ENTHÜLLTE TARNUNG

SPANNENDER HISTORISCHER ROMAN ÜBER TAPFERKEIT UND STÄRKE

MARION KUMMEROW

Enthüllte Tarnung: Spannender Historischer Roman über Tapferkeit und Stärke

Kriegsjahre einer Familie, Band 9

ISBN der Printausgabe: 978-3-948865-41-2

© 2021 Marion Kummerow

Herstellung und Verlag:

Marion Kummerow
c/o WirFinden.Es
Naß und Hellie GbR
Kirchgasse 19
65817 Eppstein

Titelbildgestaltung: http://www.StunningBookCovers.com

Bildnachweis:

Alexander & Cathleen Simon

Dieses Buch basiert auf historischen Begebenheiten, historische Persönlichkeiten und Vorfälle wurden sorgfältig recherchiert und wiedergegeben.

Die Namen der Hauptpersonen und die Handlung sind frei erfunden. Ähnlichkeiten mit lebenden oder realen Personen sind rein zufällig.

KAPITEL 1

Stavanger, Norwegen, April 1945

Lotte saß in dem kleinen Funkraum, der sich gut getarnt in einem der alten Gebäude befand, die die felsigen Klippen der norwegischen Küste säumten. Nach ihrem ersten, turbulenten Einsatz in Warschau war sie zusammen mit ihrer Freundin Gerlinde letzten Herbst nach Stavanger versetzt worden. Während der langen und dunklen Wintermonate hier oben im Norden Europas hatte sie das raue Klima und die schroffe Landschaft kennen und lieben gelernt.

Doch die atemberaubende Schönheit dieser Region mit ihren Bergen und Fjorden konnte sie nicht täuschen, denn Stavanger hatte 1940 aufgehört, eine friedliche Hafenstadt zu sein. Mehrere zermürbende Wochen norwegischen Widerstands konnten der deutschen Invasion nichts entgegensetzen.

Seitdem waren die eisfreien Häfen entlang der Küste in strategische Militärstützpunkte umgewandelt worden. Basen, von denen aus Zerstörer, U-Boote und Stukas in die Nordsee starteten, um die britischen Konvois auf der arktischen Route aufzuspüren und zu versenken. So sollte die Versorgung der russischen Armee mit dringend benötigtem Material unterbunden werden.

Lotte verbrachte ihre Tage im Funkraum damit, verschlüsselte Nachrichten an das Hauptquartier zu senden. Mittlerweile war das Morsen für sie zu einer zweiten Muttersprache geworden. Sie musste nicht mehr überlegen, denn ihre Finger tippten wie von allein die Dits und Dahs, um kriegswichtige Informationen zu übermitteln.

„Mittagspause", rief ihre Vorgesetzte, Oberführerin Littmann, und Lotte beendete schnell die Nachricht, bevor sie aufstand und ihren Uniformrock glattstrich.

Gerlinde wartete bereits an der Tür. Lotte fand, dass die feldgraue Dienstkleidung der Wehrmachthelferinnen an ihrer Freundin viel besser aussah als an ihr selbst. Sie füllte die Uniform mit ihrer üppigen Sanduhrfigur perfekt aus und der Rock endete eine Handbreit unterhalb des Knies – zu kurz für den konservativen Geschmack von Oberführerin Littmann. Gerlinde erklärte das immer mit ihren besonders langen Beinen, aber Lotte kannte die Geheimnisse ihrer besten Freundin und Zimmerkameradin: Spät in der Nacht saß sie auf dem Bett und kürzte den Saum ihres Rocks um ein paar kaum merkliche Zentimeter.

Denn wie Gerlinde zu sagen pflegte: In einem Rock, der über die Mitte der Wade hinabreichte, wollte sie nicht einmal begraben werden. Und sie würde ganz sicher nicht ein solch unmodisches Kleidungsstück tragen, wenn sie in einer Garnison voll junger, fescher Soldaten lebte. Lotte selbst machte sich nichts aus den bewundernden Blicken der Männer, denn sie liebte nur Johann.

Der goldene Reichsadler auf der Brust von Gerlindes –

heimlich taillierter – Uniformjacke strahlte fast so hell wie die Sonne selbst. Und das Schiffchen zierte stets akkurat ihren Kopf mit dem Schwung zu einer Seite, der sie schick statt matronenhaft aussehen ließ.

Lotte musste beinahe laut lachen. Selbst während der hitzigen Kämpfe im Warschauer Aufstand hatte Gerlinde ausgesehen wie die makellosen Mannequins auf einer der vor dem Krieg aus Paris importierten Modezeitschriften. Aber trotz ihrer Oberflächlichkeit war Gerlinde die beste Freundin, die sie sich wünschen konnte.

„Alex, worauf wartest du? Willst du unsere Mittagspause in diesem trostlosen Raum vertrödeln?", rief Gerlinde und riss Lotte aus ihren Gedanken. Selbst nachdem sie seit mehr als einem Jahr unter ihrer neuen Identität als Alexandra Wagner lebte, fühlte es sich immer noch seltsam an, mit diesem Namen angesprochen zu werden.

„Ich komme ja schon." Sie schnappte sich ihren Mantel und folgte Gerlinde. Eine kühle Brise wehte und sie blickte sehnsüchtig auf das Meer hinaus. Der Anblick des tiefblauen Wassers versprach eine Ruhe, die ihr wohltat.

Sie kniff die Augen zusammen und versuchte, sich England als einen Punkt am Horizont vorzustellen. Die Insel auf der anderen Seite der Nordsee war einer der Hauptakteure in diesem schrecklichen Krieg. Eine Insel, die sie niemals betreten hatte, und doch verriet sie ihr eigenes Land, um den Engländern zu helfen. Aber nach dem, was die Nazis ihr und ihrer jüdischen Freundin Rachel angetan hatten, würde sie alles tun, um sie zu stürzen.

Sogar dem Feind helfen.

Sich freiwillig für die Wehrmacht zu melden und Funkerin zu werden, war der logische erste Schritt gewesen. Und jetzt spionierte sie für die Briten. Sobald sie in Stavanger angekommen war, hatte sie den Auftrag erhalten, die lokale norwegische Widerstandszelle zu kontaktieren, die mit den Engländern zusammenarbeitete. Seitdem hatte sie ihnen mit deutscher Zuverlässigkeit, wie ein Uhrwerk, jede Woche die neuen Verschlüsselungscodes geliefert.

„Lass uns einen Spaziergang am Ufer entlang machen", sagte Gerlinde und hakte sich bei ihr ein. Kaum hatten sie die Garnison hinter sich gelassen, fragte sie: „Hast du schon gehört?"

„Was gehört?"

„Es wird eine britische Invasion erwartet." Gerlinde war in der Regel bedeutend besser informiert als die anderen Wehrmachthelferinnen. Sie war bei den Männern beliebt und hatte ihre subtilen Wege, mehr Informationen zu bekommen, als man ihnen normalerweise erzählte.

„Erwarten wir die nicht immer?"

„Aber dieses Mal ist es ernst. Hast du nicht bemerkt, dass immer mehr Soldaten herkommen? Die Garnison platzt aus allen Nähten und sie haben fast jedes Gebäude in der Stadt requiriert."

Lotte hob eine Augenbraue. „Es wimmelt doch ständig nur so von Soldaten."

Gerlinde schüttelte den Kopf. „Nicht so wie jetzt. Wir bereiten uns auf den Endsieg vor."

„Den Endsieg?" Lotte blieb stehen und sah ihre Freundin an. „Aber für die Alliierten, nicht für uns. Dieser Krieg ist seit Stalingrad verloren und es ist ein teuflisches Wunder, dass er sich immer noch weiterschleppt, wie ein tödlich verletzter Soldat, der sich weigert, seinen letzten Atemzug zu tun."

„Red nicht so ein dummes Zeug. Das macht mir Angst." Gerlinde zog ihren Schal fester um sich als sie um eine Ecke bogen und der vollen Wucht der Meeresbrise ausgesetzt waren.

Lotte hatte Mühe, mit Gerlindes langen Schritten mitzuhalten. „Warum macht es dir Angst? Willst du nicht, dass das Blutvergießen endlich aufhört?"

„Doch schon. Aber was wird aus uns werden, wenn der Feind siegt? Hast du gehört ...“

„Ja, ich habe die Gerüchte gehört. Aber darum kümmere ich mich erst, wenn es soweit ist.“

Gerlinde schüttelte den Kopf. „Mir ist wirklich schleierhaft, wie du so fatalistisch sein kannst. Hast du denn keine Angst davor, was der Feind mit dir machen wird? Dich foltern? Dich töten? Was sie den Frauen antun?“

„Ich erwarte nicht, dass es schlimmer sein wird als das, was die Gestapo mit mir gemacht hat. Sie haben mich vor ein Erschießungskommando gestellt, weißt du noch?“ Lotte schauderte bei der Erinnerung und eine Welle der Übelkeit drohte sie zu verschlingen. Nur aufgrund von Johanns Eingreifen, der seinen höheren Rang gegenüber dem Gestapomann ausgespielt hatte, war sie noch am Leben.

„Natürlich erinnere ich mich.“ Gerlinde zog die Nase kraus und wechselte schnell das Thema, denn beide wollten die tragischen Erinnerungen aus Warschau am liebsten für immer vergessen. „Aber ich fühle mich besser, wenn all diese Soldaten um mich herum sind.“

„Da bin ich mir sicher.“ Lotte kicherte, was ihre Freundin veranlasste, ihr einen entrüsteten Blick zuzuwerfen. „Obwohl ich nicht glaube, dass es viel helfen wird. Schau dir nur diese Küste an; sie ist viel zu lang und zerklüftet, um sie anständig verteidigen zu können. Sollten die Briten eine Invasion planen, dann werden sie ganz sicher nicht im Hafen von Stavanger landen.“

Gerlinde warf ihr einen finsteren Blick zu und sagte nach einem Blick auf ihre Armbanduhr: „Wir müssen wieder zurück.“

* * *

NACH SCHICHTENDE GING sie mit Gerlinde hinüber in die Kantine. Ihre Kontaktperson zum norwegischen Widerstand, eine junge Frau namens Lina, arbeitete in der Garnisonsküche. Normalerweise ließ Lotte den wöchentlich wechselnden Code, den sie bereits am Vormittag auf einen Zettel gekritzelt und in einer Serviette versteckt hatte, auf ihrem Tablett liegen, damit Lina ihn einstecken konnte, wenn sie das leere Tablett wegräumte. Er erlaubte es den Briten, die abgefangenen Nachrichten zu entschlüsseln. Doch heute fand sie die junge Frau nirgendwo, so sehr sie sich auch nach ihr umschaute.

Mit wachsendem Unbehagen aß Lotte so langsam, wie sie konnte, und spürte bereits, wie Gerlinde verärgert zu ihr hinüberschaute. Ihre Freundin hatte zwei fesche Soldaten dabei erwischt, wie sie ihr schöne Augen machten, und es war klar, dass sie mit ihnen ein Gespräch beginnen wollte. Aber da die weiblichen Hilfskräfte und die männlichen Soldaten nie gemeinsam an einem Tisch saßen, würde das in der Kantine nicht passieren.

Schon gar nicht unter den wachsamen Augen von Oberführerin Littmann, die es sich zur persönlichen Aufgabe gemacht hatte, die Mädels nicht nur während der Arbeitszeit anzuleiten, sondern auch in der Freizeit über ihre moralische Integrität zu wachen.

„Bist du endlich fertig, damit wir gehen können?", zischte Gerlinde.

„Tut mir leid, aber ich habe noch Hunger. Warum gehst du nicht schon mal vor, während ich mir einen Nachschlag hole?", sagte Lotte.

Gerlindes Augen verengten sich. „Bist du sicher? Ich meine, du kannst ja später nachkommen ..."

„Geh und hab Spaß. Ich bin gleich fertig."

Lottes Unruhe wuchs, als sie sich verstohlen nach Lina umsah. Die Angst drohte ihr die Luft abzuschnüren, aber sie ermahnte sich selbst zur Ruhe. Linas Abwesenheit konnte tausend valide, harmlose Gründe haben. Nur glaubte Lotte weder an Zufälle noch an harmlose Gründe.

Kalter Schweiß bildete sich auf ihren Handflächen, während gleichzeitig die Angst ihre Sinne schärfte. Viel länger konnte sie sich nicht am Tisch aufhalten, ohne Verdacht zu erregen. Einen Moment lang erwog sie, die Serviette mit den wertvollen Codes einfach auf dem Tablett liegen zu lassen, damit Lina sie später einsammeln konnte, aber das wäre geradezu unverantwortlich. Ein Schauer lief ihr über den Rücken, als sie daran dachte, was mit ihr passieren würde, wenn die Codes in die falschen Hände gerieten – oder wenn ihre Vorgesetzten herausfänden, dass sie streng gehütete Militärgeheimnisse an den Feind weitergab.

Eine ältere Frau mit weißer Mütze und Schürze kam auf sie zu. „Kann ich das haben?"

Mit offenem Mund starrte Lotte sie an, als wäre sie ein dreiköpfiges Ungeheuer.

„Ihr Tablett. Sind Sie fertig? Wir schließen jetzt", sagte die Frau.

Lotte nickte, aber in dem Moment, als die Frau nach dem Tablett griff, lief es ihr eiskalt den Rücken herunter. Panisch sprang sie auf, schnappte sich die verräterische Serviette, schnäuzte lautstark hinein und vergrub den Beweis ihres Landesverrats tief in ihrer Rocktasche, um ihn bei der erstbesten Gelegenheit die Toilette hinunterzuspülen.

„Bitte entschuldigen Sie." Sie schaute die Frau an und überlegte, ob es klug wäre, nach Linas Verbleib zu fragen. Noch vor Jahresfrist hätte sie es getan ohne zu zögern, aber die Zeiten, in denen sie ohne Bedenken alles aussprach, was ihr gerade in den Sinn kam, waren vorbei. Obwohl sie nicht mehr der impulsive Wildfang war, brannte die Neugier in ihr. Sie war sich der Gefahr ihrer Äußerungen bewusst, trotzdem musste sie das Risiko eingehen, zu wichtig war es, Lina die Codes zu geben.

„Entschuldigen Sie, ich habe Sie noch nie hier gesehen. Sonst hat immer ein Mädchen mit blonden Zöpfen hier abgeräumt", sagte Lotte so beiläufig, wie sie nur konnte.

„Lina? Die ist nicht mehr hier." Das Gesicht der Frau nahm den panischen Ausdruck eines Kaninchens vor der Schlange an.

Irgendetwas stimmte ganz und gar nicht.

Lotte setzte ein falsches Lächeln auf und verließ den Raum auf Beinen, die sich in Pudding verwandelt hatten.

Wo zum Teufel bist du, Lina?

KAPITEL 2

So weit oben im Norden waren die Tage im April lang – viel länger sogar als daheim in Berlin und als Lotte nach dem Abendessen in den Hof der Garnison trat, leuchtete ein klarer blauer Himmel über ihr. Nach den zermürbenden Wintermonaten, in denen die Sonne an der norwegischen Küste nur wenige Stunden am Tag schien, bestaunte sie die endlosen Stunden des Lichts im späten Frühling.

Andere Blitzmädel, die im letzten Sommer hier gearbeitet hatten, behaupteten sogar, die Sonne würde im Juni und Juli niemals untergehen. Selbst in der späten Nacht würde die Welt in ein dämmriges Zwielicht getaucht. Lotte hatte ihre Schilderungen für stark übertrieben gehalten, aber sah sich nun eines Besseren belehrt.

Sie zog ihren leichten Mantel fester um sich, aber trotzdem durchliefen Schauer ihren Körper. Angst zerfraß ihre Seele und sie befahl sich selbst, nicht so feige zu sein. *Du wusstest, worauf du dich einlässt*, ermahnte sie sich wieder und wieder. Hundert plausible Gründe konnten die Antwort auf Linas mysteriöse Abwesenheit in der Garnisonsküche sein.

Aber ein Grund stach hervor.

Nahm von ihr Besitz.

Ließ das Blut in ihren Adern zu Eiszapfen gefrieren.

Ein einziger Grund.

So sehr sie sich auch bemühte, sie wurde die böse Ahnung nicht los, dass etwas schiefgelaufen war. Und zwar ganz schrecklich schief. Die Angst zehrte sie körperlich aus und sie schleppte ihre Füße über die festgestampfte Erde im Hof. Plötzlich blieb sie wie angewurzelt stehen. Bleierne Schwere ließ sie erstarren und ihr Gesichtsausdruck wurde zu Stein.

„Oh, nein! Nein, nein!" Sie schrie die Worte heraus, aber es kam kein Ton aus ihrem Mund.

Eine junge Frau, die ihr seltsam bekannt vorkam, wurde von Militärpolizisten über den Hof geschleppt. Lotte erhaschte einen Blick auf ihr zerschundenes Gesicht. Lina!

Lauf, Lina, lauf!, drängte sie gedanklich die Gefangene, die von drei bewaffneten Männern begleitet wurde. Entsetzt beobachtete Lotte, wie die Soldaten Lina grob in einen wartenden Transporter schoben. Kurz bevor einer der Männer die Tür zuschlug, fing Lotte Linas gequälten Blick auf. Es war nur der Bruchteil einer Sekunde, aber in diesem Augenblick lagen unendliche Qualen.

Dieser Ausdruck sollte Lotte noch jahrelang verfolgen, denn sowohl sie als auch Lina wussten, was als Nächstes passieren würde.

Lottes Knie wackelten, aber sie konnte nicht zulassen, dass die Panik die Oberhand gewann. So sehr der Anblick der verhafteten und misshandelten Lina sie verstörte, ja ihr sogar körperlich übel wurde, sie musste unbedingt einen kühlen Kopf bewahren.

Sie zog die Schultern hoch und schlug den Kragen ihres Mantels bis über die Ohren, in dem verzweifelten Versuch, unsichtbar zu werden. Ihre Ohren brannten mit der Gewissheit, dass jeder Passant die Schuld, die ihr ins Gesicht geschrieben stand, sehen und mit nur einem einzigen Blick ihre wahre Identität erkennen würde. Ein Spion. Ein Verräter an Führer und Vaterland.

Denn eine Sache war sicher: Lina würde reden. Jeder redete. Jeder wurde gebrochen. Früher oder später.

Die Männer bei der Gestapo hatten ein Arsenal abscheulicher Methoden, um Geständnisse zu erpressen. Es war nur eine Frage der Zeit, bis Lina die Identität ihrer Kontaktperson bei der Wehrmacht ausplauderte. Obwohl sie Lotte nur unter dem Namen Karla kannte, war die Gestapo kein Haufen dummer alter Männer und würde schon bald die Verbindung herstellen.

Reflexartig schossen Lottes Beine nach vorne, um zu fliehen, aber sie fing sich gerade noch rechtzeitig und zwang sich, gelassen zu bleiben – zu gehen wie eine unschuldige Frau, die nichts zu befürchten hatte, weil sie nichts Falsches getan hatte. Irgendwie schaffte sie es, in ihr Quartier zurückzukehren und sich die Treppe zu ihrem Zimmer hinaufzuschleppen.

Gerlinde war bereits da und summte ein beliebtes Lied von Zara Leander, während sie sich ausgehfein machte.

„Wo bist du so lange gewesen?", fragte Gerlinde und bürstete sich energisch die Haare.

„Tut mir leid, ich habe mich unterwegs festgequatscht."

Gerlinde brach in ein mädchenhaftes Kichern aus. „Sah er gut aus?"

„Warum nimmst du sofort an, dass es ein Mann war?", fragte Lotte.

„Der Statistik wegen. Es gibt fast tausend Männer in der Garnison und nur zwei Dutzend Frauen", antwortete Gerlinde und erläuterte Lotte anschließend – quirlig wie immer – den Plan für den Abend. „Da wir morgen erst am Nachmittag arbeiten müssen, habe ich die alte Hexe überredet, unseren Ausgang bis elf Uhr zu verlängern. Also beeil dich lieber, damit wir keine wertvolle Zeit verlieren."

„Ich habe eigentlich keine Lust, heute Abend wegzugehen."

Lottes ganzer Körper zitterte noch immer von der Wucht dessen, was sie vor wenigen Minuten erlebt hatte – und was folgen könnte, wenn Lina redete.

„Komm schon, das ist unser einziger freier Abend diese Woche. Wir müssen auch mal Spaß haben", bettelte Gerlinde mit einem Schmollmund. Gott allein wusste, woher sie den roten Lippenstift hatte, mit dem sie nun sorgfältig ihre Lippen nachzeichnete. „In der Bar wartet ein fescher Offizier auf mich."

„Danke, aber nein danke. Ich hatte einen schrecklichen Tag und möchte mich einfach nur ins Bett legen und hundert Jahre lang schlafen." In Wirklichkeit zerbrach sich Lotte den Kopf darüber, ob es besser war, abzuhauen oder zu bangen, dass die Militärpolizei kam und sie gefangen nahm.

„Komm, lass uns eine Nacht daraus machen. Ein oder zwei Gläschen Sekt werden dich entspannen und aufmuntern. Du bist am Leben! Wer weiß, was der morgige Tag bringen wird?" Gerlinde zupfte an Lottes Arm. „Du kannst noch genug schlafen, wenn du tot bist."

Gerlindes überschwängliches Verhalten brachte Lotte zum Kichern und sie dachte über die Wahrheit der Worte ihrer Freundin nach. Wenn sie schon dazu verdammt war, in naher Zukunft zu sterben, dann konnte sie zumindest die wenige Zeit genießen, die ihr noch blieb.

„Wenn das nicht die Wahrheit ist, dann weiß ich nicht, was es ist", rief sie, während ihr lebhafte Bilder von ihren letzten Momenten auf Erden bedrohlich im Kopf herumwirbelten.

Schnell zog sie sich zivile Kleidung an und drehte sich ein paar Locken in die Haare über der Stirn. Diese Frisur war der letzte Schrei und stand ihr ausgesprochen gut. Leider waren ihr schon vor Monaten die Schminke und der Lippenstift ausgegangen, aber Gerlinde lieh ihr großzügig von ihren Vorräten.

„Bereit, die Nacht zu erobern?", fragte Lotte, als sie fertig war, und drehte eine alberne Pirouette.

„Du siehst umwerfend aus, meine Liebe. Und ich bin sicher, mein Offizier hat ein Dutzend Kameraden, die sich die Finger nach dir lecken werden."

„Du weißt, dass ich nur Johann liebe", protestierte Lotte, wobei zärtliche Gedanken an den Mann, dem ihr Herz gehörte, sie mit Sehnsucht erfüllten.

„Er ist weit weg, und ich kann dir versichern, dass er Trost in den Armen eines willigen Mädels findet, wo auch immer er jetzt gerade ist. Es ist Krieg und die traditionellen Regeln für Beziehungen gelten nicht mehr."

„Nicht für mich. Und nicht für ihn", erwiderte Lotte stur. „Wir werden einander immer treu sein."

Gerlinde schnaubte. „Nicht einmal einen kleinen Kuss?"

„Nicht einmal einen kleinen Kuss." Lotte blieb standhaft. Andere würden vielleicht denken, ein Kuss sei nicht der Rede wert, aber sie war anderer Meinung.

„Nicht einmal, wenn es Jahre dauert, bis du ihn wiedersiehst?", stichelte Gerlinde.

„Nicht einmal, wenn es mein Leben lang dauert. Solange er lebt, werde ich ihn nicht betrügen."

„Oh, Mädel. Aber das verbietet keinen harmlosen Tanz mit einem schneidigen jungen Mann, oder?" Gerlinde konnte nie lange ernst bleiben. Sie griff Lottes Arm und sie traten nach draußen, wo eine sanfte Meeresbrise durch die Blätter rauschte.

„Es ist so schön hier." Lotte atmete die frische, salzige Luft ein, auch wenn sie sich insgeheim auf den Zorn der Militärpolizei gefasst machte, die sie sicher schon bald festnehmen würde.

„Ja, das ist es", stimmte Gerlinde zu. „Wäre es nicht eine Schande gewesen, zu Hause zu bleiben?"

„Sie haben wie immer recht, Fräulein Weiler."

„Hören Sie einfach auf mich, Fräulein Wagner, und Sie werden nie etwas falsch machen." Gerlinde kicherte und voll-

führte eine anmutige Drehung. „Ich verspreche, wir werden uns prächtig amüsieren. In Norwegen ist alles möglich."

Lotte schauderte vor den Möglichkeiten der kommenden Stunden und hoffte, dass sich die Worte ihrer Freundin nicht als prophetisch erwiesen.

KAPITEL 3

Die beiden Frauen liefen zum Stadtzentrum, wo sich ihr Lieblingsnachtklub befand. Die Bar Boca war ein lebhaftes Lokal mit einer tollen Atmosphäre, das von Norwegern und Deutschen gleichermaßen besucht wurde. In der schummrigen Bar tummelten sich Menschen, die sich trotz des Krieges amüsieren, Jazzmusik hören und tanzen wollten.

„Meine Güte, ist der Laden voll", sagte Lotte und hatte Mühe, sich durch den überfüllten Raum zu kämpfen. Die zahlreichen Gäste hatten eines gemeinsam: Sie waren erpicht darauf, einen schönen Abend zu erleben und die Entbehrungen zu vergessen, die der Krieg nach Stavanger gebracht hatte. Alkohol hatte bei den meisten bereits die Alltagssorgen betäubt und malte ein schiefes Lächeln auf die Lippen derer, die ihren Kummer verbergen wollten.

„Je mehr, desto besser", erwiderte Gerlinde fröhlich, die sich nie von einem Raum voller Männer einschüchtern ließ. „Mal sehen, ob wir jemanden finden, der uns ein Getränk spendiert."

Es waren viele deutsche Soldaten unter den Gästen und Gerlinde schien die meisten von ihnen zu kennen, denn sie quittierte ihre Pfiffe und gerufenen Komplimente entweder mit einem Kopfschütteln oder einem Lächeln, je nachdem, wer der Übeltäter war.

Die beiden Freundinnen bahnten sich einen Weg über die winzige Tanzfläche, auf der sich Paare im Rhythmus der lebhaften Musik bewegten. Während Gerlinde das Bad in der Menge genoss, kämpfte Lotte gegen eine leichte Form von Klaustrophobie an. Seit sie an jenem schicksalhaften Tag mit Dutzenden anderen Frauen in einen Viehwaggon geschubst worden war, verabscheute sie Menschenmassen.

Schließlich erreichten sie einen Tisch, an dem einige Offiziere aus ihrer Garnison saßen. Doch noch bevor Gerlinde mit den Wimpern klimpern konnte, um einen von ihnen dazu zu bringen, ihnen ein Getränk zu spendieren, wurden die beiden Frauen zum Tanz aufgefordert.

Lotte war insgeheim froh, aus ihren schwermütigen Gedanken herausgeholt zu werden. Der junge Mann, Albert, versuchte sein Bestes, sie zu umgarnen, und es war schwer, seine Bewunderung zu ignorieren. Er war gutaussehend, charmant und Lotte hätte sich nicht an seinen Avancen gestört, wäre da nicht Johann gewesen. Aber sie hatte ihm Treue versprochen, als sie sich vor sechs langen Monaten in Warschau zum Abschied geküsst hatten.

Seither hatte sie Johann nicht mehr gesehen und sein letzter Brief war vor drei Monaten eingetroffen. Er war von den Zensoren fast zur Unkenntlichkeit geschwärzt worden und was übrigblieb, waren vage Sätze, die nichts über seine wirkliche Situation verrieten.

Unser neuer Koch ist viel besser als der alte. Der Russe kommt näher, aber wir sind zuversichtlich, dass wir diesen Krieg gewinnen werden. Mach Dir keine Sorgen um mich.

Ich liebe Dich.

Für immer,

Dein Johann

Kurz nachdem sie den Feldpostbrief erhalten hatte, hörten

sie im Radio, dass Warschau gefallen war. Sie hatte keine Ahnung, ob Johann vorher abkommandiert, bei der Verteidigung der Stadt ums Leben gekommen oder ... vom Russen gefangen genommen worden war.

Sie schob die Sorgen beiseite und erinnerte sich an die schönen gemeinsamen Zeiten. Die Art, wie er sie zum Lachen brachte ... Ein Lächeln kräuselte ihre Lippen. Johann war der letzte Mensch, in den sie sich hätte verlieben sollen. Aber die Liebe fragte nicht nach Zweckmäßigkeit oder Logik und wenn Amors Pfeil traf, gab es kein Halten mehr. Sie hoffte nur, dass er diesen schrecklichen Krieg überlebte und an ihre Seite zurückkehrte, sobald alles vorbei war. Wenn nicht, würde sie auf ihn warten. Bis zum Ende ihrer Tage, wenn es sein musste.

„Du hast so einen verträumten Blick auf deinem Gesicht. Habe ich das Glück, der Grund dafür zu sein?", fragte Albert und drückte sie fester an sich.

Das Blut wich aus ihrem Gesicht und für einen Moment wurde sie von einer Welle des Schuldgefühls erdrückt. Sie hatte nichts getan, hatte nicht gewollt ... und doch war sie hier und ermutigte diesen jungen Mann.

Sie senkte den Blick und schüttelte den Kopf. „Nein, es tut mir leid. Ich habe an meinen Freund gedacht."

„Oh." Alberts Kinnlade fiel herunter. Er löste seinen Griff und hielt sie mit einigen Zentimetern Abstand. Sobald das Lied endete, ließ er ihre Hand fallen, als wäre sie ein glitschiger Fisch, und flüchtete von der Tanzfläche.

Lotte sah sich um und entdeckte Gerlinde, die mit ein paar Männern in Offiziersuniformen am Tisch saß. Sie ging zur Bar und bestellte ein Bier, vor lauter Angst, dass etwas Stärkeres ihre Sinne trüben könnte. Dann steuerte sie durch die Menge zu ihrer Freundin.

„Alex, wo ist dein Verehrer?", fragte Gerlinde.

„Verschwunden, in dem Moment, als ich ihm von meinem Verlobten erzählt habe", schnauzte Lotte und zu ihrer Freude sah sie, wie die Mundwinkel einiger Möchtegern-Verehrer am Tisch nach unten sackten. Da sie keine Lust hatte, weitere ungebetene Annäherungsversuche abzuwehren, klärte sie auf: „Leutnant Johann Hauser ist derzeit in Polen und kämpft für das Reich."

Gerlinde warf ihr einen finsteren Blick zu, gefolgt von einem honigsüßen Lächeln. „Bitte setz dich, wir haben uns gerade über Musik unterhalten." Offiziell galt Jazz als Negermusik, die von einer minderwertigen Rasse gespielt wurde und deshalb unerwünscht war. Aber hier, weit weg vom Führer, hörten es selbst die Offiziere – zumindest die jüngeren – wenn auch nicht mit Erlaubnis der Garnisonsleitung, so doch zumindest mit ihrer stillschweigenden Duldung.

Lotte tat, wie geheißen, nippte an ihrem Bier und entspannte sich allmählich. Mit der Zeit lockerte der Alkohol die Zungen der Männer an ihrem Tisch und sie sprachen offener, als sie es in der Garnison taten.

„Der Krieg wird bald vorbei sein", sagte ein dunkelhaariger Leutnant mit Kaiser-Wilhelm-Schnurrbart.

Bei der Aussage stieg Lottes Laune, denn normalerweise traute sich niemand, solche defätistischen Worte offen auszusprechen, die einen leicht vor ein Kriegsgericht bringen konnten. Aber wenn dieser Mann es offen zugab, war der Krieg möglicherweise schon vorbei, bis die Gestapo den Zusammenhang herstellte und sie verhaftete ... Es war ein winziger Strohhalm, an den sie sich da klammerte, aber besser als nichts.

„Schluss mit diesem defätistischen Gerede! Deutschland ist unbesiegbar!" Ein eifriger Nazi schlug mit der Faust auf den Tisch. „Der Krieg ist zu Ende, wenn der Führer es sagt, und keinen Tag vorher. Dann werden wir die Welt beherrschen und sie zu einem besseren Ort für die Herrenrasse machen."

Die Gruppe am Tisch wurde still, bis jemand das Thema wechselte.

„Eine der Küchenhilfen wurde verhaftet", bemerkte ein

junger blonder Mann mit strahlend blauen Augen beiläufig. „Sie hat angeblich für den norwegischen Widerstand gearbeitet."

Fassungslos vernahm Lotte seine Worte und konnte vor Schreck kaum noch atmen, als die schlummernde Angst mit einem Mal aufwachte und wie ein wildgewordener Drache in ihr tobte.

„Manche Leute lernen es nie", erwiderte ein Mann lachend. „Wir haben mehr Widerstandsringe aufgelöst, als wir zählen können. Dieser hier wird keine Ausnahme sein. Wenn unsere Freunde von der Gestapo diese Verräterin erst einmal zum Reden gebracht haben, wird der Rest sich zerstreuen wie Ratten, die ein sinkendes Schiff verlassen. An dieser törichten Kreatur wird ein Exempel statuiert werden."

„Sie hat bis jetzt nichts gestanden, was wir nicht sowieso schon wussten", sagte ein Leutnant.

„Das liegt daran, dass sie von Amateuren verhört wurde. Warten Sie nur ab, was die Gestapo herausfinden wird", lachte der andere. „Sie wird bald aus voller Kehle singen und ihre Kameraden verraten, in der vergeblichen Hoffnung, ihre eigene wertlose Haut zu retten."

Wieder presste der eisige Griff des Terrors die Luft aus Lottes Lungen und sie kämpfte darum, unbeteiligt auszusehen. In dem Moment, in dem Lina redete, war ihr eigenes Leben keinen Pfifferling mehr wert. Aus der Bar zu flüchten, schien das einzig Vernünftige zu sein, oder besser noch, augenblicklich zu desertieren und unterzutauchen. Sie musste etwas unternehmen, bevor es für eine Flucht zu spät war. Aber wie?

„Du siehst blass aus, Alex", sagte Gerlinde besorgt. „Geht es dir nicht gut?"

„Es ist so stickig hier drin", antwortete Lotte und setzte alles daran, ihre Panik zu kontrollieren, um nicht ohnmächtig zu werden. „Der ganze Zigarettenrauch. Mir ist irgendwie schwindelig … ich brauche nur etwas frische Luft."

„Lass uns eine Weile nach draußen gehen", schlug Gerlinde vor, als Lotte aufstand.

„Nein, bleib du ruhig hier, Gerlinde. Sobald ich etwas frische Luft geschnappt habe, gehts mir bestimmt besser. Ich will dir nicht den Abend verderben. Amüsiere dich und erzähl mir alles haarklein, wenn du nach Hause kommst."

„Nein, bitte bleib", beharrte ihre Freundin.

„Wirklich, ich will lieber zurück in die Garnison."

„Du kannst noch nicht gehen; der Abend ist noch jung."

„Nein, Sie können wirklich noch nicht nach Hause gehen, schönes Fräulein." Ein gutaussehender Bursche in Zivil mit leichtem norwegischem Akzent versperrte ihr den Weg. „Nicht, wenn wir uns noch nicht einmal kennengelernt haben."

Bevor sie protestieren konnte, führte er sie zügig in Richtung Tanzfläche.

KAPITEL 4

Lotte wand sich im festen Griff des Fremden und wollte dem impertinenten Mann gerade gegen das Schienbein treten, als er ihr ins Ohr flüsterte: „Möchten Sie ein Stück *Knekkebrød* mit *leverpostei*?"

Sie verschluckte sich an seinen Worten, dem Erkennungssatz für die Widerstandszelle, und hatte Schwierigkeiten, sich an die geforderte Antwort zu erinnern. Zum Glück dauerte es nur wenige Sekunden, bis ihr Verstand wieder einsetzte.

„Ich bevorzuge mein Knäckebrot mit Erdbeermarmelade." Sie blickte zu ihm auf und bemerkte den zufriedenen Ausdruck auf seinem Gesicht. Er hatte einen gewissen Charme, der sie in seinen Bann zog, ähnlich wie Johann, der zwar nicht im herkömmlichen Sinne gutaussehend war, aber dessen Lächeln ihre Knie immer weich werden ließ.

„Ich bin Harald," sagte der Mann, während seine starken Arme sie fest an sich gedrückt hielten und er sie mit meisterhaften Schritten über die Tanzfläche führte. Er roch nach Tabak und Seife.

„A..." Sie biss sich im letzten Moment auf die Zunge. „Karla." Tief einatmend rang sie um ihre Fassung.

Harald führte sie in die Mitte der tanzenden Menge und drückte sie so dicht an sich, als wären sie eins, und seine gekonnte Führung machte es ihr leicht, den komplizierten Tanzschritten zu folgen. Als das Lied endete, hatte er immer noch kein weiteres Wort gesprochen. Er nickte mit dem Kopf in Richtung der Musikgruppe, und wie auf ein Stichwort spielten sie einen langsamen Blues.

Er schlang seine Arme um sie und sah ihr kurz in die Augen, bevor er seine Wange an ihre legte, als wären sie Liebende, die einen süßen Moment teilten. Trotz seiner Unverfrorenheit fand sie, dass er die schönsten blauen Augen hatte, und seine Nähe war ihr nicht unangenehm. Etwas benommen von der seltsamen Wirkung, die sein unerwartetes Erscheinen auf sie hatte, war sie dankbar, dass seine starken Arme sie festhielten.

„Lina ist weg", flüsterte sie in sein Ohr. Er zuckte leicht mit den Schultern, als hätte er keine Ahnung, wovon sie sprach. Sie hatte auch nicht wirklich eine Antwort erwartet, denn sie war sich der Regeln bewusst, dass nur wesentliche Informationen weitergegeben werden durften. Sie versuchte etwas Abstand zwischen ihre Oberkörper zu bringen, aber er verstärkte den Druck seiner Arme, um sie weiterhin fest an sich zu pressen.

„Hast du die Codes?", flüsterte er und sein warmer Atem kitzelte ihr Ohr.

Lotte musste sich daran erinnern, dass er nicht hier war, um mit ihr zu flirten, sonst hätte sie ihn weggestoßen. Dieser Mann hatte sich als ihre Kontaktperson für die Codes zu erkennen gegeben. Nicht mehr und nicht weniger. Oder hatte Lina bereits gestanden und er war von der Gestapo geschickt worden, um sie dazu zu bringen, ihre Tarnung preiszugeben? Sie beschloss, ihn zu testen.

„Woher weiß ich, dass Du mein Kontakt bist und nicht ein Untergrundagent, der von denselben Leuten geschickt wurde, die auch Lina haben?"

„Das weißt du nicht. Du musst darauf vertrauen, dass Lina

das geheime Codewort, das man dir für den Notfall gegeben hat, nicht kannte und es deshalb nicht verraten konnte." Seine tiefe, kehlige Stimme schwankte keine Sekunde lang.

Lotte runzelte nachdenklich die Stirn. Es stimmte. Lina wusste das Geheimwort nicht, das Lotte für den Notfall erhalten hatte. Der Erkennungssatz war genau für Situationen wie diese gedacht, wenn ihr erster Kontakt durch welche Umstände auch immer ausgeschaltet wurde. Sie musste es drauf ankommen lassen und ihm vertrauen.

„Ich habe sie nicht bei mir", sagte Lotte. „Aber ich kann sie aufschreiben."

„Nicht hier", murmelte er in ihr Ohr.

Sie dachte einen Moment lang nach, bevor ihr eine Idee kam. „Ich machs in der Toilette."

„Ja, mach das", stimmte er zu und lenkte sie in Richtung der Damentoilette. Als die Musik aufhörte, löste er seine Umarmung und sagte: „Ich warte hier auf dich."

Die Damentoilette war ein schummrig beleuchteter, muffelnder Ort und sie rümpfte angewidert die Nase. Die Tatsache, dass sie auf eine freie Kabine warten musste, verschlimmerte ihre Nervosität noch und sie fühlte sich plötzlich schwindelig. Schließlich steckte sie ihren Kopf aus der Tür, um sich zu vergewissern, dass Harald noch auf sie wartete. Er stand ein paar Schritte entfernt, umgeben von einem Trio kichernder Norwegerinnen, die ihn anhimmelten.

Stirnrunzelnd sah sie ihn an und dachte sich, er sollte besser etwas unauffälliger agieren. Er fing ihren Blick auf, zwinkerte ihr zu und sie verschwand schnell wieder hinter der Tür, gerade rechtzeitig als sie an der Reihe war.

Schon im Siegesrausch dämmerte es ihr, dass sie weder Stift noch Papier hatte, um die Codes aufzuschreiben. Aber wenn sie hinausging, um an der Bar nach etwas zu Schreiben zu fragen, würde sie nicht nur die Kabine verlieren, sondern sich außerdem verdächtig machen. Sie kramte in ihren Taschen, fand einen abgekauten Bleistiftstummel und schnappte sich etwas Toilettenpapier. Mit hämmerndem Herzen ließ sie sich auf dem Klodeckel nieder, so eklig er auch war. Ihre Hände zitterten so sehr, dass sie beim ersten Versuch das Papier zerriss.

Lotte unterdrückte einen Fluch und schnappte sich mehr Klopapier. Diesmal ging sie vorsichtiger mit dem fragilen Material um und ließ sich viel Zeit, einen Buchstaben nach dem anderen aufzuschreiben. Mit zusammengekniffenen Augen betrachtete sie ihr Werk. Es war nicht besonders leserlich, aber es würde reichen müssen.

Dann machte sie sich daran, die zweite Reihe aufzuschreiben, als sie ein ungeduldiges Klopfen an der Tür aufschrecken ließ. Mit angehaltenem Atem, die Augen auf die Türklinke geheftet, saß sie regungslos da und wartete darauf, dass Gestapoagenten die Tür aufrissen.

„Beeil dich, Hübsche! Ich mach mir gleich in die Hose!", rief eine Frauenstimme.

Lotte sackte vor Erleichterung in sich zusammen und rief zurück: „Nur noch eine Minute."

„Komm schon, Mädchen! Es ist dringend!"

„'tschuldigung! Ich bin gleich soweit", versprach sie.

Als sie fertig war, faltete sie das Papier und steckte es in ihren Ärmel. Dann öffnete sie die Tür zu einer Gruppe von Frauen, die alle gleichzeitig versuchten, in die Kabine zu stürmen. In ihrer Eile, die geheimen Informationen zu Harald zu bringen, vergaß sie, sich die Hände zu waschen, bis der missbilligende Blick einer anderen Frau sie daran erinnerte.

Sie lächelte entschuldigend und wusch sich gründlich die Hände, wobei sie versuchte, so unauffällig wie möglich zu wirken. Aber wie konnte sie Unschuld vortäuschen, wenn das verräterische Stück Klopapier Löcher in ihre Haut brannte? Als sie auf den dunklen Gang neben der Tanzfläche trat, rutschte ihr das Herz in die Hose. Harald war verschwunden.

Er würde nicht grundlos aufgegeben haben, auf ihre äußerst wichtigen Informationen zu warten. Irgendetwas musste passiert sein ... Gestapoleute tauchten vor ihrem inneren Auge auf und sie konnte den Reflex nicht unterdrücken, die Hand ans Herz zu legen. Schließlich schluckte sie den Kloß hinunter, der sich in ihrem Hals gebildet hatte, und beschloss schließlich, sich auf den Weg zurück zum Tisch zu machen, wo Gerlinde immer noch eine Schar Männer unterhielt.

„Was ist mit deinem feschen Verehrer passiert?", fragte Gerlinde und kicherte mit der Hemmungslosigkeit einer beschwipsten Frau.

„Hör schon auf", sagte Lotte. „Harald ist nicht mein Verehrer. Er hat mich nur zum Tanzen aufgefordert."

„Ach, Harald, heißt er?", stichelte Gerlinde. „Und er ist nicht dein Liebster, was? Du und Harald seid aber in kürzester Zeit allerbeste Freunde geworden. Oder vielleicht konnte ich das von hier aus nicht so gut sehen."

„Wahrscheinlich nicht, in dem Zustand, in dem du bist." Lotte erkannte ihren Fehler, den Namen des Mannes zu nennen, auch wenn es höchstwahrscheinlich ein Deckname war. „Wir sollten nach Hause gehen. Du hast genug getrunken."

„Noch nicht nach Hause. Wir haben morgen Vormittag frei", lallte Gerlinde und legte ihre Arme um Lotte, die über ihre Freundin lachen musste. Gerlinde wurde nach dem Genuss von Alkohol immer rührselig.

Lotte selbst allerdings wurde von Unruhe über Haralds Verschwinden gepackt. Die Erleichterung, die sie vorhin empfunden hatte, war mit ihm verschwunden und nun durchströmte pure Panik ihre Adern, während sie versuchte, ein Lächeln aufzusetzen. Am liebsten hätte sie sich sofort davongestohlen, aber sie hoffte weiterhin, dass er sich noch irgendwo in der Bar aufhielt, obwohl keine Spur von ihm zu sehen war.

Nachdem sie einige Minuten gewartet hatte, beschloss sie zu gehen und die Beweise ihres Verrats loszuwerden. Aber dann sah sie ihn, wie er sich mit zwei deutschen Soldaten stritt. Haralds Blick erhaschte den ihren, woraufhin er wegsah und vorgab, sie nicht zu erkennen.

Lotte konnte nicht hören, was gesagt wurde, aber der Norweger schien streitlustig zu sein und wurde bald darauf nach draußen eskortiert. Er verließ die Bar und ließ Lotte, die sich fragte, was sie als Nächstes tun sollte, mit den Codes im Ärmel zurück.

„Warum kann nicht ein einziges Mal alles glattgehen?", stöhnte Lotte leise vor sich hin.

„Was ist denn los?", fragte Gerlinde.

„Ach nichts", seufzte sie. „Ich dachte nur, ich mache mich wirklich besser auf den Heimweg."

Die Erlebnisse hatten Lotte sehr mitgenommen und obwohl es erst kurz nach zehn Uhr abends war, war sie vollkommen erschöpft. Sie würde am nächsten Tag ein totales Wrack sein, wenn sie nicht bald schlafen ging.

Menschen mit einem wachen Verstand leben länger, das hatte ihr Bruder Richard immer gesagt, wenn sie ihn damit aufzog, dass er seine Nase in ein Buch steckte, anstatt sich mit ihr in irgendein verrücktes Abenteuer zu stürzen. Ausnahmsweise, und das gab sie nur ungern zu, hatte er recht gehabt. Sie brauchte ihren ganzen Scharfsinn, wenn sie unbeschadet aus dieser Situation herauskommen wollte.

Heimweh überkam sie und mit ihr die Sehnsucht nach ihrer Familie und der wunderbaren Zeit, bevor der Krieg ihr Leben zerrissen und sie in all vier Winde verstreut hatte. Die sehr reale Möglichkeit, allein in einem fremden Land fern der Heimat zu sterben, traf sie mitten ins Herz und sie musste sich am Tisch festhalten, um nicht zu schwanken.

„Geht es dir gut?", fragte Gerlinde mit sorgenvollem Gesicht.

„Ja, ja, aber ich sollte wirklich gehen." Hölzern schlüpfte Lotte in ihren Mantel und knöpfte ihn zu. In diesem Moment hatte sie wenig Hoffnung, ihre Familie jemals wiederzusehen.

Denn nicht nur Lina war verhaftet worden, sondern auch ihren neuen Kontaktmann Harald schien das gleiche Schicksal ereilt zu haben.

Das Einzige, was sie tun konnte, war, den Schauplatz zu verlassen und in die Kaserne zurückzukehren, um dann so zu tun, als sei nichts geschehen und sie nie eine Spionin für die Tommies gewesen.

„Komm schon, wir haben noch eine ganze Stunde, bis wir in der Garnison sein müssen", sagte Gerlinde mit einem enttäuschten Gesichtsausdruck, als sie sich anschickte, aufzustehen und mit ihr zu gehen.

„Unsinn, du bleibst und hast Spaß", erwiderte Lotte. „Ich finde auch allein zurück, und ich bin mir sicher, einer deiner Bewunderer wird dich sicher zur Garnison geleiten."

Niemand am Tisch protestierte, denn jeder wollte die Zeit bis zum Zapfenstreich ausnutzen. Gerlinde winkte Lotte mit einem Arm zu und sagte: „Schlaf gut."

„Das werde ich", log Lotte, obwohl sie sicher war, nie wieder schlafen zu können, weil sie befürchtete, hinter jeder Ecke lauerte die Militärpolizei, um sie zu verhaften.? Plötzlich wünschte sie sich nichts inständiger, als die überfüllte Bar mit ihrer rauchgeschwängerten Luft und der ohrenbetäubenden Musik zu verlassen. Draußen angekommen, weckten der Schock der Stille und die frische Luft ihre Lebensgeister. Vielleicht war doch noch nicht alles verloren und sie würde einen weiteren Tag überleben.

Die Straßen waren wie leergefegt. Die winzigste Spur von Helligkeit hing am Horizont und gab eine Vorahnung auf die endlosen Tage des Nordens, die in weniger als vier Wochen begannen. Aber sie hatte keine Geduld, um die Schönheit der Landschaft zu bewundern. Stattdessen schaute sie sich heimlich nach Harald um, in der irrationalen Hoffnung, er würde irgendwo auf sie warten.

Selbstverständlich war er nirgends zu sehen, aber zumindest

war die Militärpolizei auch nicht da. Erleichterung durchflutete ihre Adern und sie atmete die frische Luft tief ein, die vom Meer herüberzog. Während des Winters in Stavanger hatte sie gelernt, die feucht-salzige Luft zu hassen, die in Kleidung und Knochen kroch und wehrlos gegen den kalten Wind machte, der tief in Haut und Seele schnitt. Aber jetzt, im Frühling, war die Brise eine willkommene Erfrischung und brachte Hoffnung auf bessere Zeiten.

Jeder wusste, dass der Krieg verloren war und Frieden nur noch einen Steinwurf weit entfernt. Frieden würde kommen, da war sie sich sicher. Nur wann? Und … wäre es für sie bereits zu spät? Sie verdrängte die deprimierenden Gedanken aus ihrem Kopf, schob die Hände tief in die Taschen und spürte durch den Stoff des Mantels die zerkauten Reste eines Bleistifts. Sengende Hitze durchfuhr sie, als sie mit den Fingern das verdächtige Utensil umschloss und sich daran erinnerte, dass der Beweis für ihren Verrat noch immer in ihrem linken Ärmel steckte. In ihrer Eile, aus der Bar zu fliehen, hatte sie vergessen, es loszuwerden und die Toilette hinunterzuspülen. Falls jemand die Codes fände, sähe es nicht gut für sie aus.

Nervös zog sie die Schultern hoch und ging auf die Küste zu, wo sich die Garnison befand. Plötzlich hörte sie ein leises Pfeifen. Sie blieb stehen, um zu lauschen, aber nur die Stille der Nacht und das ferne Brechen der Wellen gegen die zerklüftete norwegische Küste hallten zurück. Ihre Fantasie musste ihr einen Streich gespielt haben.

Lotte beschleunigte ihren Schritt, ballte die Hände zu Fäusten und schob sie tiefer in die Manteltaschen. Dann hörte sie es wieder. Ein Pfeifen. Sanft und leise, aber dennoch deutlich. Sie blieb wieder stehen, drehte sich langsam um und musterte den Bereich hinter sich. Eine große Person stand versteckt im Schatten der Häuser, die die Straße säumten.

Sie zögerte, da sie nicht erkennen konnte, wer es war. Es könnte eine Falle sein. Oder Harald. Ihr Herz hämmerte laut genug, um alle anderen Geräusche zu übertönen, und sie kämpfte mit sich, was sie tun sollte. Dann trat die Person aus dem Schatten in das fahle Licht der Nacht und sie erkannte ihn. Ihre Knie wurden weich und sie hatte gute Lust, ihn dafür auszuschimpfen, dass er sie so erschreckt hatte.

Nach einem kurzen Moment schritt sie mit zurückgewonnener Fassung betont lässig auf Harald zu. Er verzog keine Miene, griff lediglich nach ihrem Ellenbogen und zog sie mit sich in den Schatten der Häuser. Es gab keinen Grund sich zu verstecken, da niemand in der Nähe war, der sie hätte beobachten können. Dennoch achtete er darauf, dass sie von der Straße her nicht gesehen werden konnten, während sie die Codes austauschten. Und dafür war sie ihm dankbar.

Wortlos überreichte sie ihm das Klopapier und ebenso wortlos steckte er es ein. Eine schwere Last fiel von ihren Schultern, als sie das gräuliche Stück Papier in seinen Händen sah. Falls jemand sie in diesem Augenblick erwischte, war nicht sie es, die die Bürde des Verrats trug. Von nun an war es seine Aufgabe zu verhindern, dass die Beweise entdeckt wurden.

„Wie kann ich dich kontaktieren?", fragte Lotte.

„Komm jede Woche mit den neuen Codes in der Bar vorbei", antwortete er und suchte die Umgebung ab, als wolle er flüchten. „Der Barkeeper, der heute da war, ist einer von uns. Er weiß Bescheid."

„Bar Boca?" Sie sah ihn an und er zuckte mit den Schultern. „Ich soll also die Codes dem Barkeeper übergeben, nicht dir?" Sie musste absolut sicher sein.

„Ja." Er führte sie aus dem Schatten heraus, aber gerade als sie auf die Straße traten, hörte Lotte die lauten Stimmen von Passanten. Ihr wurde klar, dass man sie sehen würde. Es konnten unschuldige Barbesucher sein – oder die Militärpolizei, die Tag und Nacht den Ort patrouillierte.

Lotte schickte ein kurzes Dankgebet zum Himmel, dass sie die Voraussicht gehabt hatte, ihre Uniform auszuziehen, denn in ihrer Zivilkleidung würde sie als norwegisches Mädel durchgehen, das mit seinem Freund nach Hause ging. Aber eine Sekunde später wurde ihr mit Entsetzen klar, dass es bereits nach der Ausgangssperre für die lokale Bevölkerung war und man sie zweifellos anhalten und befragen würde. Wie sollte sie erklären, dass sie nachts mit einem Norweger unterwegs war?

Harald jedoch hatte einen klareren Verstand als sie – oder vielleicht hatte er einfach mehr Übung mit dieser Art von Situation – und presste sie gegen die Wand. Dann schlang er seine starken Arme um sie und bedeckte ihren Mund mit einem leidenschaftlichen Kuss.

Ihr erster Instinkt war, sich gegen seinen Übergriff zu wehren, aber bei näherem Nachdenken änderte sie ihre Meinung. Es war die perfekte Tarnung. Die Militärpolizei hatte Besseres zu tun, als ein küssendes Liebespaar zu unterbrechen.

Mit dem Rücken an die kalte Wand und der Vorderseite an Haralds warmen Körper gepresst blickte sie über seine Schulter auf die Straße und sah zwei deutsche Militärpolizisten auf sich zukommen. Erschrocken schloss sie die Augen und erwischte sich dabei, wie sie fieberhaft Haralds Kuss erwiderte.

Sie war so sehr in der Hitze des Augenblicks gefangen, angespornt durch den schieren Lebenswillen, dass sie kaum registrierte, wie die beiden Militärpolizisten lachten und dem Mann, der sie in seiner Umarmung hielt, vulgäre Ratschläge gaben.

Kaum waren sie weitergegangen, brach Harald den Kuss ab und sagte: „Das war knapp."

Das war es definitiv. Viel zu knapp für ihren Geschmack und das in mehr als einer Hinsicht. Sie war froh, dass seine Lippen nicht mehr auf ihre pressten und ihr seinen Willen aufzwangen, aber gleichzeitig durchfuhr eine seltsame Traurigkeit ihren Körper. Es war ein berauschendes Gefühl, sicher in seine Arme gehüllt zu sein, seinen warmen und starken Körper zu spüren. Sich nicht so allein zu fühlen. Sie konnte immer noch den Druck und den Geschmack seines Mundes spüren und fragte sich, wie sie mit diesem beunruhigenden Gefühl umgehen sollte.

„Wir sollten gehen", sagte Harald beiläufig und wischte sich energisch den Staub von seiner Jacke, als wollte er jede Erinnerung an das Geschehene tilgen. Er drehte sich um und verschwand in die nächtliche Umgebung. Kein Lächeln, kein Dankeschön, keine gute Nacht. Was für ein Schuft! Und was für ein Küsser!

Lotte berührte reumütig ihre geschwollenen Lippen. Sie hatte diesen Kuss nicht gewollt, schon gar nicht danach gefragt, aber zu ihrem Entsetzen hatte sie ihn genossen. Ein Kuss von einem Mann, der nicht ihr liebster Johann war. Wie konnte sie sich nur so schändlich verhalten? Hatten sie sich nicht beide Treue geschworen, als sie in den Zug gestiegen war, der sie von ihm wegbrachte?

Der Zweck heiligt die Mittel, und ich habe ihn nur geküsst, um am Leben zu bleiben. Johann würde es verstehen. Aber tief in ihrem Herzen fürchtete sie, dass er es vielleicht doch nicht verstehen würde, und beschloss, dieses kleine Geheimnis in ihrer Seele zu begraben. Zusammen mit so vielen anderen Geheimnissen, die sie mit sich herumtrug und bei denen sie sich nicht traute, sie jemals ans Tageslicht kommen zu lassen.

KAPITEL 5

In den nächsten Tagen tat Lotte ihr Bestes, alle Gedanken an Linas Verhaftung zu verdrängen, aber die lähmende Angst begleitete sie jeden wachen Moment.

Am Sonntag überredete Gerlinde sie, zu einem Ausflug an den berühmten Preikestolen-Felsen am Lysefjord mitzukommen. Zusammen mit einer Gruppe Soldaten, die den Transport organisierten, machten sie sich auf den Weg zu einem der atemberaubendsten Flecken in ganz Norwegen.

Selbst Lotte konnte nicht anders, als ihre Sorgen zu vergessen und in der Erhabenheit der Natur zu schwelgen, sobald sie das Fahrzeug unten an der Straße abgestellt hatten und den zweistündigen Aufstieg über die Rückseite des Felsens begannen.

„Ist das nicht wunderschön?", rief Gerlinde, als sie an saftig grünen Wiesen, lichten Wäldern und einem tiefblauen See, der zum Baden einlud, vorbeikamen.

Lotte näherte sich dem Ufer und tauchte mutig eine Hand ins Wasser, um die Temperatur zu testen. „Ieeek", kreischte sie unter dem brüllenden Gelächter ihrer Kameraden.

Helmut, der das Fahrzeug organisiert und gefahren hatte,

gluckste: „Was dachtest du denn? Die Schneeschmelze ist gerade erst vorüber."

Sie stimmte in das Lachen ein und beschloss, dass nichts und niemand diesen wunderbaren Tag trüben konnte. Nicht der Krieg, nicht ihre Angst und schon gar nicht das eiskalte Wasser. Während sie den mäßig steilen Hügel hinaufkletterten, plauderten sie belangloses Zeug, bis sie schließlich den Felsvorsprung erreichten.

Das Gerede verstummte augenblicklich und jeder in ihrer Gruppe stand mit offenem Mund da. Es war ein Anblick von übernatürlicher Schönheit, der Lotte mit Ehrfurcht erfüllte. Im Angesicht der immensen Kraft der Natur fühlte sie sich, und mit ihr die gesamte Menschheit, klein und unbedeutend.

Sie standen auf einem Felsplateau, das etwa fünfundzwanzig Quadratmeter groß war und senkrecht in den blauen Fjord unter ihnen abfiel. Auf der gegenüberliegenden Seite waren niedrigere graue Felsen, die teilweise mit Gras und Büschen bewachsen waren.

Hier oben fühlte es sich an, als würde sie im Himmel schweben. Eine sanfte Brise wehte vom Meer herein, die Sonne schien auf sie herab und wärmte den Felsen. Lotte ging so nah an die Kante heran, wie sie sich traute, und spähte hinunter, wobei sie ein Schwindelgefühl überkam. Leicht schwankend spürte sie eine Hand auf ihrer Schulter.

„Vorsichtig", sagte Helmut. „Wenn du runterschauen willst, ist es besser, dich flach auf den Boden zu legen und bis zur Kante zu robben."

Einen Moment lang dachte sie, er wollte sie auf den Arm nehmen, aber sein Gesichtsausdruck blieb ernst.

„Ich komme mit dir", sagte er.

„In Ordnung." Lotte legte sich auf den Bauch, der Wind raschelte am Saum ihres Rocks. Wieder einmal wünschte sie sich, dass Frauen die viel praktischeren Hosen tragen dürften. Aber sobald ihr Körper den warmen Felsen berührte, waren all diese Details vergessen und sie fühlte sich geborgen. Geerdet.

„Besser?", fragte Helmut mit einem aufgeregt strahlenden Gesicht.

„Viel besser. Dann mal los." Gemeinsam robbten sie zur Felskante und noch ein bisschen weiter, bis ihre Schultern an den Boden gepresst waren, ihre Köpfe aber frei in der Luft hingen.

Trotz des Wissens, dass sie sicher lag und nicht herunterfallen konnte, durchströmte Lotte ein berauschendes Gefühl der Gefahr und der Nervenkitzel schärfte ihre Sinne. Nie zuvor hatte sie ein solches Gefühl der völligen Schwerelosigkeit erlebt. Sie lachte laut auf und das Echo hallte von den gegenüberliegenden Wänden des Lysefjords wider.

„Pass mal auf", sagte Helmut und nahm einen faustgroßen Stein aus seiner Tasche. Er holte aus und warf ihn weit in die Schlucht hinein. Dann zählte er. „Eins ... zwei ... drei ..."

„...elf." Der Stein tauchte ins Wasser, hinterließ einen kaum sichtbaren Ring aus weißen Wellen und Augenblicke später drang ein leises Plätschern an ihre Ohren.

Lotte staunte über die lange Reise, die der Stein gerade hinter sich gebracht hatte.

„Elf Sekunden", sagte Helmut und runzelte angestrengt die Stirn. „Fast sechshundert Meter."

Lotte starrte ihn an, denn sie konnte seinem Gedankengang nicht folgen. „Was hast du da gerade gesagt?"

Er schaute stolz und erklärte: „Ich hab die Höhe ausgerechnet. Es ist wirklich einfach. Du musst nur die Erdbeschleunigung durch zwei teilen und das Ergebnis mit dem Quadrat der Zeit von elf Sekunden multiplizieren. Dann bekommst du die Entfernung in Metern."

„Wirklich?" Es schien ihr keineswegs einfach zu sein, solch eine anspruchsvolle Berechnung durchzuführen, schon gar nicht ohne Stift und Papier. „Woher kannst du so was?"

„Erstes Semester Physik. Ich habe Architektur studiert und

Physik war eines meiner Lieblingsfächer." Seine blaugrauen Augen verdunkelten sich mit so viel Sehnsucht, dass es Lotte tief in die Magengrube traf.

Aus einem Impuls heraus legte sie ihre Hand auf seine. „Ich bin mir sicher, dass du dein Studium nach dem Krieg fortsetzen kannst."

„Wünschen wir uns das nicht alle?"

Sie nickte und versuchte ein kleines Lächeln, um seine Traurigkeit zu verscheuchen, die wie dicker Nebel zwischen ihnen hing.

Zum Glück verging seine Sehnsucht ebenso schnell, wie sie erschienen war, und er grinste Lotte an: „Wenigstens wird es für mich als Architekt genug zu tun geben. Was kaputtgebombt wird, muss schließlich auch wieder aufgebaut werden."

Sie krochen vom Rand zurück, standen auf und sahen sich nach den anderen um, die in der Mitte des Plateaus saßen, die Landschaft bewunderten und die mitgebrachten belegten Brote auspackten.

„Was willst du nach dem Krieg machen?", fragte Helmut, als sie sich neben den anderen niederließen und ihre Rucksäcke öffneten.

„Ich?" Sie runzelte die Stirn. Darüber hatte sie noch nie nachgedacht. „Ehrlich gesagt, weiß ich es nicht. Ich habe nicht einmal die Schule beendet. Sie hat nach den Sommerferien nicht wieder aufgemacht, weil alle Knaben eingezogen und die Mädels zum Reichsarbeitsdienst abkommandiert wurden." Lotte selbst hatte keinen Arbeitsdienst leisten müssen, weil sie auf dem Hof ihrer Tante lebte und Bauernkinder vom Arbeitsdienst befreit waren. Tante Lydia hatte sogar jedes Jahr zusätzliche Erntehelfer angefordert und sie hatte regelmäßig sowohl Arbeitsmaiden vom Arbeitsamt als auch Fremdarbeiter zugewiesen bekommen.

Als sie am späten Nachmittag zur Garnison zurückkehrten, fühlte sich Lotte so unbekümmert wie seit Monaten nicht mehr.

„Helferin Wagner, Hauptmann Kochel erwartet Sie in seinem Büro", begrüßte der Wachtposten sie bei ihrer Rückkehr.

Die grauenvolle Angst kehrte mit einem Schlag zurück und ließ ihre Knie weich werden. Was konnte der Garnisonsführer bloß von ihr wollen? An einem Sonntagnachmittag? Es gab nur eine Möglichkeit ...

Lotte straffte die Schultern und nickte dem Wachmann freundlich zu. „Vielen Dank. Ich ziehe schnell meine Uniform an und –"

„Nein, der Hauptmann hat gesagt, ich soll Sie sofort zu ihm schicken, wenn Sie auftauchen."

Ein weiterer, härterer, Schlag in die Magengrube. Es war ein sehr schlechtes Zeichen, wenn der überkorrekte Hauptmann Kochel sich nicht um Formalitäten scherte. Als ob jemand einen Lichtschalter ausgeknipst hätte, verschwand die warme April-sonne aus ihrer Welt und ließ sie in einer dunklen, kalten Höhle des Schreckens zurück.

„Na...türlich." Sie biss die Zähne fest zusammen, damit sie nicht klapperten, und eilte dann zum Verwaltungsgebäude, wo sie einmal tief, aber nicht wirklich beruhigend Luft holte, bevor sie an die Tür ihres Vorgesetzten klopfte.

„Herein", sagte eine tiefe Stimme und sie betrat das Büro, wo der großgewachsene Mann hinter seinem Schreibtisch saß. Wie in jedem offiziellen Raum üblich, hing hinter dem Schreibtisch ein Hitlerporträt an der Wand, flankiert von zwei riesigen Hakenkreuzfahnen. Das Porträt blickte sie drohend an, als wäre die abgebildete Person lebendig und der Führer wüsste, dass sie sich ihm widersetzt hatte. Instinktiv richtete sie den Blick zu Boden und ging in Richtung Schreibtisch.

„Schließen Sie bitte die Tür", sagte Hauptmann Kochel in einem knappen Ton, der sein Unbehagen über das Kommende verriet.

Lotte gehorchte seinem Befehl und bereitete sich innerlich darauf vor, dass aus den Ecken des Raumes Militärpolizisten heraussprangen, um sie zu verhaften und der gefürchteten Gestapo zu überstellen. Ein weiterer Schlag in den Magen, der es ihr kaum erlaubte, sich aufrecht zu halten.

Völlig außer sich vor Furcht sank sie dankbar in den Stuhl, auf den ihr Vorgesetzter deutete. Sie wollte fliehen. Nur weg von hier. Lieber ließe sie sich auf der Flucht erschießen, als von der Gestapo verhört zu werden und vor ihrem Leben zunächst ihre Menschenwürde zu verlieren.

Niemand konnte deren Foltermethoden lange standhalten und sie zerbrach sich den Kopf darüber, wen sie verraten würde, wenn ihre Zeit gekommen war. Lina – für die war bereits jede Hoffnung verloren. Harald? Sicherlich. Den Barkeeper? Zum Glück kannte sie nicht einmal seinen Namen.

Um ihre wild kreisenden Gedanken zu bändigen, konzentrierte sich Lotte auf die verschiedenen Orden an der Uniform des Hauptmanns. Er arbeitete zwar im Hafen von Stavanger, gehörte aber zur Armee und nicht zur Marine. Auf den Schulterklappen trug er zwei goldene Sterne.

„Helferin Wagner", begann er und faltete die Hände akribisch auf dem Schreibtisch. Er mied ihren Blick und räusperte sich, bevor er fortfuhr: „Ich fürchte, ich habe schlechte Nachrichten für Sie."

Wurden so Verräter über ihre bevorstehende Verhaftung informiert? Sie schrie innerlich auf und konnte nicht verhindern, dass ihre Hände zu ihrem Gesicht flogen, als wollte sie ihr Bewusstsein vor seinen vernichtenden Worten abschirmen.

„Na, na. Beruhigen Sie sich, Helferin Wagner", sagte er. „Wir alle müssen in diesem Krieg Opfer bringen und ich bin derjenige, der Ihnen die Nachricht überbringen muss, dass Ihr Verlobter, Leutnant Johann Hauser, bei Warschau von den Sowjets gefangen genommen wurde."

Trotz der Sorge um Johann spürte sie einen Schauer der Erleichterung durch ihren Körper rasen. Ihre eigene Verhaftung war auf einen anderen Tag verschoben worden.

„Danke sehr ... für ... die Information", sagte sie, während sie sich langsam der Bedeutung seiner Worte bewusst wurde. Ihr geliebter Johann war jetzt ein Kriegsgefangener der Russen. Das war schlecht, sehr schlecht sogar, denn es gab grausige Gerüchte. Die Soldaten hatten dem Schrecken, den eine Gefangennahme durch den Iwan hervorrief, sogar einen eigenen Namen gegeben: Russenschreck. Ein Wort, das nur mit größter Ehrfurcht geflüstert wurde.

Aber wenigstens kämpfte Johann nicht mehr. Weitab von der Front waren seine Überlebenschancen um ein Vielfaches gestiegen. Ja, ganz sicher waren sie das. Daran musste sie einfach glauben.

„Gibt es sonst noch etwas, das Sie über ihn wissen? Wo er ist? Ist er ... verwundet?", fragte sie.

„Es tut mir leid, aber ich habe keine weiteren Informationen", antwortete Hauptmann Kochel mit einem nachsichtigen Blick. „Er wird stark bleiben wie all die anderen tapferen Soldaten, die für unser Vaterland kämpfen. Sie können gehen."

„Vielen Dank noch mal, Herr Hauptmann." Lotte ging auf wackligen Beinen zur Tür. Die Hand bereits auf dem Griff, umklammerte sie das kalte Metall wie einen Rettungsanker, als Kochel sagte: „Ach, einen Augenblick, Helferin Wagner, da ist noch etwas ..."

Das wars. Ich bin erledigt. Der Schrecken kehrte schneller in ihre Knochen zurück als ein Stuka-Bomber vom Himmel stürzte. Sie drehte sich um und sah ihren Vorgesetzten an. „Ja?"

„Diese Norwegerin, die in der Küche gearbeitet hat ... Lina, glaube ich, hieß sie." Er sagte die Worte langsam und musste dabei beobachtet haben, wie die Farbe aus Lottes Gesicht wich.

„Geht es Ihnen nicht gut, Helferin?", fragte er. „Sie sind so blass geworden."

„Mein Verlobter," stammelte sie und hielt sich die Hand vor den Mund. „Es tut mir leid, Herr Hauptmann, aber ich kann den Gedanken nicht ertragen, dass er leiden muss."

„Bitte nehmen Sie nicht an, dass er leidet. Ich sage, der Bursche hat verdammtes Glück. Als Gefangener ist er raus aus dem Kugelhagel. Wir müssen Vertrauen haben und das Beste hoffen", sagte er unwirsch. „Nun zu dieser Küchenhilfe. Sie kennen sie, nicht wahr?"

„Jeder hier kennt sie. Sie hat in der Messe serviert", sagte Lotte vage.

„Sie ist verhaftet worden."

„Verhaftet? Warum?", täuschte sie Unwissenheit vor.

„Sie wussten nichts von ihrer Verhaftung?"

„Nein, Herr Hauptmann. Ich ... ich habe mich nur gewundert, warum sie in der letzten Woche nicht in der Kantine war, aber es ist mir nie in den Sinn gekommen ... sie war nur eine lokale Küchenhilfe. Nicht jemand, mit dem ich mich abgeben würde."

„Sie waren also nicht mit ihr befreundet?", fragte er mit einer scharfen Wachsamkeit in den Augen.

„Nein."

„Und doch haben Sie neulich in der Messe nach ihr gefragt." Er hob fragend eine Augenbraue. „Was wollten Sie von ihr?"

„Das? Ich ..." Sie suchte verzweifelt nach einer brauchbaren Ausrede. „... ich glaube, ich habe nach ihr gefragt, weil es mir seltsam vorkam, dass sie an diesem Tag nicht im Dienst war." Ein Blick in seine Augen zeigte ihr, dass er nicht überzeugt war. „Nun gut, ich gebe es zu. Ich hatte Halsschmerzen und wollte sie bitten, mir eine heiße Suppe zu machen, die ich mit in mein Quartier nehmen kann."

Er schürzte die Lippen voller Missbilligung. „Warum diese Lina und nicht ein anderes Küchenpersonal?"

„Es tut mir so leid." Lotte setzte ihr zerknirschtestes Gesicht auf. „Ich weiß, dass es verboten ist und ... ich will sie wirklich nicht in Schwierigkeiten bringen ... aber letzten Dezember, als ich eine schlimme Erkältung hatte, hat sie mir heiße Suppe in mein Quartier gebracht. Bitte bestrafen Sie sie nicht für ihr gutes Herz."

Hauptmann Kochels Gesicht entspannte sich ein wenig. „Regeln gibt es aus einem bestimmten Grund. Selbst wenn Sie nicht verstehen, warum es verboten ist, Essen aus der Kantine mit in Ihr Quartier zu nehmen, ist es immer noch ein Regelverstoß und muss bestraft werden. Aber ..." Er warf ihr einen prüfenden Blick zu, der ihr einen Stich versetzte. „Aber Ihnen Suppe zu bringen, ist das geringste von Linas Problemen. Sie wird für ein viel schwereres Verbrechen bestraft werden."

Lottes Mund blieb offen stehen. „Ein Verbrechen? Oh Gott, hat sie jemanden umgebracht?"

Er lehnte sich zurück und der Stuhl knarzte unter seinem Gewicht. „Wie kommen Sie denn darauf? Trauen sie dieser Norwegerin zu, so etwas Abscheuliches zu tun?"

„Oh nein ... ich ... ich weiß nicht ... weil Sie ein schweres Verbrechen sagten", stotterte Lotte und verhedderte sich allmählich in ihrem eigenen Spinnennetz aus Lügen und Vortäuschungen.

„Diese undankbare Frau hat für den norwegischen Widerstand gearbeitet." Kochel knallte seine Faust mit solcher Wucht auf den Schreibtisch, dass Lotte zusammenzuckte.

KAPITEL 6

„Wussten Sie davon?" Kochels Blick durchbohrte sie, als wollte er eine geheime Verbindung zwischen den beiden Frauen aufdecken. „Wussten Sie, dass die ach so gutherzige Frau, die Ihnen geholfen hat, die Regeln der Garnison zu brechen, in subversive Aktivitäten verwickelt war?"

„Nein ... so etwas wäre mir niemals in den Sinn gekommen", murmelte Lotte. Das Entsetzen und das plötzliche Schwindelgefühl, das sie verspürte, musste sie nicht vortäuschen. „Ich bin schockiert. Ich hatte ja keine Ahnung!" Lotte hatte Mühe, ihre Hände vom Zittern abzuhalten. „Wie kann ein so nettes Mädel so etwas Schreckliches tun? Es fällt mir schwer, diese Anschuldigungen zu glauben. Hoffentlich kommt die Wahrheit ans Licht."

„Natürlich wird die Wahrheit bald aufgedeckt werden, Helferin Wagner", sagte er mit einem sardonischen Lächeln im Gesicht. „Aber ich bezweifle, dass es dieser Verräterin gefallen wird. Unsere Leute machen keine Fehler. Vielmehr wird die Gestapo mit ihrer Hilfe weitere Feinde unseres Reiches ausfindig machen."

„Selbstverständlich wird sie das, Herr Hauptmann", sagte

Lotte mit gespieltem Enthusiasmus. Ihr Vorgesetzter könnte ein Spitzel sein, der verdeckt für die Gestapo agierte und sie dazu bringen sollte, sich selbst zu verraten. Selbst hochrangige Militärs wie Kochel waren vor Verdächtigungen nicht gefeit und ließen sich deshalb bereitwillig für die Zwecke der nationalsozialistischen Überwachung einspannen. Sie entschied sich, dick aufzutragen. „Trotz der Hindernisse, die ihr in den Weg gelegt werden, leistet die Partei sehr gute Arbeit."

„Hervorragende Arbeit sogar!" Er schien der Schmeichelei nicht widerstehen zu können, obwohl sie sich fragte, wie viel davon ehrlich gemeint und wie viel gespielt war, genau wie bei ihr selbst. „Die Norweger können bereits die Vorteile des Nationalsozialismus am eigenen Leib erleben. Sie sehen, wie sehr sich die Bedingungen in ihrem Land nach der deutschen Besatzung verbessert haben. Die Erwachsenen haben Arbeit und die Kinder gehen zur Schule. Sie verdienen ihren Lebensunterhalt mit unseren Bauprojekten. Alle sind wohlhabend und glücklich. Bald schon werden wir die Übergangsphase hinter uns lassen und eine vereinte arische Herrenrasse bilden, um die Welt zu beherrschen."

Freiheit genießen sie allerdings nicht. Aber wen kümmerte schon die Freiheit des Einzelnen im Angesicht der Weltherrschaft? Sicherlich nicht den Führer und seine Leute.

Hauptmann Kochel vergaß übrigens auch zu erwähnen, dass norwegische Politiker, Offiziere und Zivilisten entlassen wurden, wenn sie nicht das taten, was die neuen Herren von ihnen verlangten.

Während der Invasion war vieles zerstört worden. Gebäude, Fabriken und ganze Städte wurden bombardiert und niedergebrannt. Lebensmittel, Kleidung und andere Güter waren knapp und rationiert. Die Menschen erlebten eine schwere Zeit und die Zukunft war ungewiss.

„Kann ich irgendwie bei den Ermittlungen helfen?", fragte sie, um seinen Lobgesang auf die Nazis zu unterbrechen.

„Diese grauenvolle Person wurde der Gestapo zum Verhör überstellt", sagte er gut gelaunt. „Sie wird bald schöner singen als eine Nachtigall."

Die Wucht seiner Aussage warf Lotte beinahe um. Sie fühlte die Schärfe in ihr Fleisch schneiden, als wären es Messer statt Worte. Denn sie wusste sehr wohl, was eine eingehende Befragung bedeutete. Und Fragen waren nur ein sehr kleiner Teil davon.

Sie schluckte die heraufkommende Galle hinunter und krallte ihre Hände um die Türklinke, bis ihre Knöchel weiß wie frisch gefallener Schnee wurden. Glücklicherweise klopfte jemand an die Tür und unterbrach ihre schauerlichen Gedanken.

„Herein!", rief Kochel und sie öffnete die Tür. Ein sehr verstört aussehender Soldat stand auf der Schwelle.

„Herr Hauptmann, es tut mir sehr leid, Sie stören zu müssen, aber ..." Der Soldat wand sich wie eine Schlange, die festgehalten wurde, und Lotte fragte sich, welche schlechte Nachricht er zu überbringen hatte. „... diese Norwegerin ... sie hat sich umgebracht."

„Wie um alles in der Welt konnte das passieren?", explodierte der Hauptmann, während gleichzeitig eine Welle seliger Erleichterung über Linas Ableben durch Lottes Adern strömte. „Bin ich verflucht, mit einem Haufen unfähiger Narren dienen zu müssen?"

Der Überbringer der Nachricht kam nicht dazu, zu antworten.

„Wer ist dafür verantwortlich? Wissen Sie, was die Gestapo über uns denken wird? Nicht einmal in der Lage, eine einzige verdammte weibliche Gefangene am Leben zu halten! Ich schwöre, dafür werden Köpfe rollen. Und es wird ganz sicher nicht meiner sein!" Hauptmann Kochels Gesicht war puterrot angelaufen.

Lotte drückte sich gegen die Wand, in der Hoffnung, er

würde ihre Anwesenheit vergessen und sie könnte bei passender Gelegenheit unbemerkt hinausschlüpfen.

„Ich ... bin ... nur ... der Bote", stammelte der verängstigte Soldat, der offenbar fürchtete, höchstpersönlich wegen Inkompetenz, Kollusion und möglicherweise Hochverrat angeklagt zu werden.

„Sie sind entlassen, Wagner!", brüllte Kochel wie aus heiterem Himmel Lotte an, als er sich ihrer erinnerte.

Ihr Herz schlug einen Trommelwirbel, aber sie vergeudete keine Sekunde und stürmte postwendend in den langen Flur hinaus. Sie blieb nicht stehen und blickte nicht einmal zurück, bis sie in ihrem Quartier ankam, wo sie von heftigen Emotionen geschüttelt auf ihr Bett sank.

Trotz der Trauer über Linas Selbstmord, war sie zutiefst erleichtert, was sofort mit heftigen Schuldgefühlen quittiert wurde, und sich schließlich in Dankbarkeit verwandelte. Lina hatte das Einzige getan, was sie davor bewahrte, ihre Freunde zu verraten – darunter auch Lotte. Obwohl Lotte keine wirkliche Freundin war, nicht einmal eine Bekannte, sondern nur jemand, der geheime Informationen an sie weitergegeben hatte. Eine Mitverschwörerin gegen das Dritte Reich.

Dann nahm wieder Traurigkeit Besitz von ihr. Eine junge, lebensfrohe Frau hatte das höchste Opfer gebracht, um die gemeinsame Sache zu retten. Ein weiteres vergeudetes Leben. Aber was wurde nicht verschwendet in diesem grässlichen Krieg? Millionen waren schon gestorben und Millionen würden noch folgen, wenn die Alliierten dem Ganzen nicht bald ein Ende setzten.

Trotz Hauptmann Kochels Durchhalteparolen wusste Lotte, dass selbst er und seine Vorgesetzten den Krieg für verloren hielten. Es gab keine Chance für die Wehrmacht, das Blatt noch zu wenden. Ein Feldzug nach dem anderen mit erfahrenen, aber erschöpften und kriegsmüden deutschen Soldaten brach unter dem Ansturm der frischen Truppen der Alliierten zusammen.

Obendrein griffen die Männer jedes befreiten Landes zu den Waffen, um gemeinsam mit den Alliierten gegen die verhassten Nazis zu kämpfen. Und wer konnte es ihnen verübeln?

Sicher nicht Lotte.

Sobald sie sich etwas beruhigt hatte, überfiel sie plötzlich die Sorge um Johann. Was hatten die Russen mit ihm vor? Wie würden sie ihn behandeln? Die beunruhigenden Nachrichten über seine Gefangennahme und Linas Selbstmord gesellten sich zu der Anspannung, mit der sie schon seit Tagen lebte. Überwältigt von Emotionen konnte sie dem nichts mehr entgegensetzen und schluchzte verzweifelt in ihr Kissen.

Viel später rauschte Gerlinde ins Zimmer, noch ganz aufgeregt von ihrem Ausflug zum Lysefjord. Sie blieb wie angewurzelt stehen und starrte Lotte an. „Was ist denn mit dir los?"

„Es ist ... Johann. Er ist in Gefangenschaft geraten", schluchzte Lotte.

Gerlindes Gesichtsausdruck spiegelte die Wucht der Nachricht wider, aber ihre Stimme blieb ruhig, als sie sagte: „Das tut mir so leid. Aber es könnte schlimmer sein. Glaubst du nicht? Er könnte verwundet sein, oder tot."

Lotte schniefte und wischte sich die Tränen aus den Augen. „Ich weiß. Aber ich kann einfach nicht ertragen, daran zu denken, was ihm bevorsteht."

Jeder hatte die Propaganda über den Russenschreck gehört. Kein Zweifel, Goebbels und sein Propagandaministerium nutzten die Angst vor den Sowjets aus, um die Soldaten bis zum letzten Blutstropfen kämpfen zu lassen. Dennoch war Lotte überzeugt, dass etwas Wahres an den Geschichten dran sein musste.

„Glaub nicht alles, was du hörst", sagte Gerlinde. „Kriegsgefangene müssen nach der Genfer Konvention behandelt werden."

„Nur, dass ... die Sowjetunion sie nie unterzeichnet hat." Lotte wurde wieder von heftigen Schluchzern geschüttelt. Sie spürte mehr als sie sah, dass sich Gerlinde an ihre Seite setzte und sie wie ein Kind in den Arm nahm. Der Trost ihrer Freundin war Balsam für ihre Seele und sie fühlte sich an vergangene Zeiten erinnert, in denen ihre Mutter dasselbe getan hatte.

„Ich bin sicher, du wirst bald einen Brief von ihm bekommen, in dem er dir schreibt, dass es ihm gut geht und du keinen Grund zur Sorge hast."

„Die Briefe werden zensiert", stöhnte Lotte.

Gerlinde schalt sie sanft: „Du solltest dankbar sein, dass er nicht mehr auf dem Schlachtfeld und damit aus der Schusslinie ist."

Trotz ihrer Verzweiflung musste Lotte lachen. „Das Gleiche hat Hauptmann Kochel gesagt."

„Siehst du? Wenn sogar der Chef das sagt, muss es ja stimmen. Sei tapfer und du wirst schon sehen, dass du deinen Johann wiedersiehst, sobald dieser Krieg zu Ende ist. Das ist mehr, als ich von mir sagen kann."

Im Gegensatz zu Lotte, die ihren Beitrag zum Kriegsgeschehen leisten wollte – wenn auch auf ganz andere Weise, als es sich die Anwerber für Wehrmachthelferinnen vorzustellen wagten – hatte sich Gerlinde aus purer Langeweile verpflichtet. Sie hatte das privilegierte Leben einer Großgrundbesitzertochter in Ostpreußen sattgehabt und das Abenteuer gesucht. Mittlerweile bereute sie ihre Entscheidung jedoch sehr und wäre lieber bei ihrer Familie.

„Hast du Nachricht von deinen Eltern?", fragte Lotte.

„Nicht seit dem Brief von Januar." Ein steiles Runzeln erschien auf Gerlindes Stirn und verriet die Sorge um ihre Familie.

„Das tut mir leid." Lotte dachte an den Inhalt des Briefes. Gerlindes Mutter hatte ihr geschrieben, dass sie beschlossen hatten, vor der Roten Armee über das zugefrorene Haff zu fliehen. Ein Schauer lief ihr über den Rücken bei dem Gedanken, das tückische Eis der Ostsee betreten zu müssen, während sie am Boden von der Roten Armee gejagt und aus der Luft von Tieffliegern beschossen wurde.

„Meine arme Mutter." Gerlindes Blick ging in die Ferne, als würde ihre Seele zu ihren Lieben fliegen, und sie murmelte: „Ich weiß nicht einmal, ob sie es über die Ostsee geschafft haben oder wo sie jetzt sind. Allein die Vorstellung, wie sie in den eisigen Fluten versinken ... nach Atem ringend ..." Ihre Hand flog an ihr Herz und diesmal war es Lotte, die ihre Freundin fest drückte.

Beide Frauen klammerten sich aneinander und hingen ihren schrecklichen Vorstellungen nach, voller Furcht um die Menschen, die sie am meisten liebten. Schließlich fasste sich Lotte wieder und sagte: „Deine Familie ist inzwischen ganz bestimmt in Sicherheit. Wir sollten uns nicht so viele Sorgen machen, denn das hilft niemandem."

KAPITEL 7

Am nächsten Tag ging Lotte wie gewohnt zur Arbeit. Eine gewisse Spannung hing in der Luft, aber nichts, worauf sie mit dem Finger zeigen konnte. Jeder in der Garnison schien nervös zu sein und es herrschte ungewöhnlich viel Betrieb.

Lotte fragte sich, ob es wohl mit Linas Selbstmord und der bevorstehenden Untersuchung zu tun hatte. Zweifellos musste jemand die Konsequenzen dafür tragen, dass niemand eine wichtige Zeugin davon abgehalten hatte, sich umzubringen.

„Ich frage mich, was da los ist", sagte Gerlinde. „Das kommt mir vor wie ein Haufen Schuljungen, die einen Ausflug machen."

„Vielleicht tun sie das. Ist dir aufgefallen, dass heute so gut wie keine Vorgesetzten da sind?"

„Du glaubst ... wir sind doch nicht ... meinst du, sie lassen die Garnison im Stich?"

„Keine Ahnung. Ich wünschte, sie täten es, denn das würde bedeuten ..."

„... dass der Krieg so gut wie vorbei ist."

Wieder dachte sie an Lina und wurde ganz unruhig. Sie musste die Widerstandszelle über den Tod des Mädchens informieren, sonst brächte sich vielleicht noch jemand in Gefahr, weil er etwas Unüberlegtes tat.

„Lass uns nach der Arbeit in die Stadt gehen", schlug Lotte vor.

„Tolle Idee", stimmte Gerlinde eifrig zu, denn sie hielt sich nie lange mit negativen Gedanken auf. „Lass uns unseren Sold für traditionelles norwegisches Essen ausgeben."

„Wenn es welches gibt." Lotte verzog das Gesicht, denn sie wusste, dass es für einen Deutschen in Uniform immer etwas zu essen gab, selbst wenn die Norweger hungern mussten. „Da fällt mir ein, dass ich meinen Seidenschal in der Bar Boca vergessen habe – den, den mir meine Freundin Ursula geschenkt hat – ich muss ihn unbedingt wiederhaben. Können wir kurz dort vorbeischauen?"

„Aha! Es ist dieser fesche, hochgewachsene Kerl, den du getroffen hast, nicht wahr?", stichelte ihre Freundin. „Irgendetwas, das ich wissen sollte?"

„Quatsch. Er ist in der Sekunde verschwunden, als das Lied zu Ende war", sagte sie, um Desinteresse zu heucheln. „Im Ernst, dieser Schal ist mir lieb und teuer. Ich würde ihn nur ungern verlieren. Nur ein kurzes Wort mit dem Barmann. Du kannst auch draußen warten, wenn du nicht mit reinkommen willst."

„Jawohl, Frau Oberhelferin" antwortete Gerlinde mit einem gespielten Salut. Die beiden kicherten und vergaßen für eine Weile ihre Sorgen.

Als sie in die Stadt marschierten, bewunderten sie die malerischen, in Pastellfarben gestrichenen Holzhäuser, die die schmalen Straßen säumten. An der zerklüfteten Küste hob sich die schwere Artillerie deutlich vom Horizont ab. Die martialischen Marinegeschütze erinnerten mahnend an den Krieg, auch wenn sie hier oben am westlichsten Ende Norwegens, wo der europäische Kontinent auf die unzähmbare Nordsee traf, nicht viel davon mitbekamen.

Das Lachen spielender Kinder erregte Lottes Aufmerksamkeit. Es war ihre Nichtbeachtung der Umgebung, die sie tief im Herzen berührte. Sie genossen ihre Spiele, ohne sich um die Flugabwehrbatterien, Panzer oder Artillerie zu kümmern, die zur Abwehr einer Invasion bereitstanden.

Als sie durch die gepflasterten Straßen schlenderten, sagte Gerlinde: „Hast du von dem Mädchen aus der Küche gehört? Sie wurde verhaftet, weil sie im Widerstand war. Und dann hat sie sich umgebracht, um ihrer gerechten Strafe zu entgehen."

„Oh, bitte erinnere mich nicht daran", sagte Lotte, ihr Körper starr vor Anspannung. „Das ist alles zu deprimierend."

„Ja, sehr traurig", fuhr Gerlinde gedankenverloren fort. „Wie schuldig sie sich gefühlt haben muss, dass sie sich lieber umgebracht hat, als sich der Gestapo zu stellen."

„Bitte hör auf. Ich meine es ernst", flehte Lotte. „Ich habe sie in der Kantine gesehen, habe sie sogar ein paar Mal gegrüßt. Sie war so jung und freundlich. Möge ihre Seele in Frieden ruhen. Lass uns lieber von schönen Dingen reden – zum Beispiel darüber, was wir machen wollen, wenn der Krieg vorbei ist."

„Als Erstes werde ich meine Familie finden und mit ihr auf unsere Ländereien zurückkehren."

Lotte bezweifelte, dass eine Rückkehr in diesen Teil Ostpreußens infrage kam. Nachdem große Teile des Gebiets nach dem Ersten Weltkrieg an Polen abgetreten worden waren, war die Region zu einer deutschen Enklave geworden. Das war Stalin schon immer ein Dorn im Auge gewesen und er würde das Gebiet sicher nicht wieder herausrücken. Aber sie hielt den Mund und nickte ihrer in Heimweh schwelgenden Freundin zu.

„TUT MIR LEID, WIR HABEN GESCHLOSSEN", rief der Barmann, als sie die Tür öffnete und in den schummrigen Raum trat. Kaum sah er ihre Uniform, änderte er seine Haltung: „Obwohl, wenn

Sie einen frühen *Drink* wollen, könnte ich eine Ausnahme für Sie machen."

Lotte blickte sich in dem leeren Lokal um, das ganz anders aussah als am Vorabend, als es aus allen Nähten platzte mit Menschen, die das Vergessen suchten. Für ihren Zweck war es sogar besser, dass keine anderen Gäste anwesend waren.

„Nein danke, ich bin nur auf der Suche nach meinem Schal", sagte sie und überquerte rasch die Tanzfläche, bis sie direkt vor dem Barmann zum Stehen kam.

„Tut mir leid, ich habe keinen Schal gefunden." Er beäugte sie misstrauisch.

Sie beugte sich über die Theke. „Sind Sie sicher?" Und dann flüsterte sie schnell: „Lina hat sich umgebracht, bevor ..." Der Rest ihres Satzes blieb unausgesprochen in der Luft hängen, aber dem Schimmer in seinen Augen nach zu urteilen, wusste er, dass sie gekommen war, um ihn zu beruhigen.

Obwohl niemand zu sehen war, tat er so, als würde er nach etwas suchen, und sagte dann: „Nein, Fräulein, kein Schal hier." Er senkte seine Stimme und fügte hinzu: „Kommen Sie niemals wieder." Mit diesen Worten wandte er ihr den Rücken zu und sortierte seine Mixgeräte für den kommenden Abend.

„Hast du deinen Schal gefunden?", fragte Gerlinde, als Lotte nach draußen zurückkehrte.

„Nein", antwortete sie niedergeschlagen. „Ich fürchte, den hat sich jemand unter den Nagel gerissen."

„Mach dir nichts draus, Alex. Es wird von Tag zu Tag wärmer; bald wirst du ihn eh nicht mehr brauchen."

„Na, wenn das keine Erleichterung ist."

Gerlinde musste ihre knappe Antwort missverstanden haben, denn sie berührte Lotte sanft an der Schulter. „Es war eine schwere Zeit – für uns alle. Du wirst Ursula bald wiedersehen und dann brauchst du den Schal nicht mehr, um dich an sie zu erinnern."

„Ich wüsste nicht, was ich ohne dich tun würde." Eine Welle der Dankbarkeit erwärmte ihr Herz. Ohne Gerlindes Freundschaft wäre das alles so viel schwieriger.

KAPITEL 8

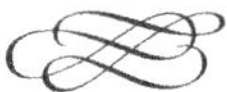

Die Tage vergingen und Lotte entspannte sich; zumindest ein bisschen. Mit jeder verstreichenden Stunde verringerte sich die Gefahr, dass die Gestapo sie verhaftete. Wenn Lina vor ihrem Tod geredet hätte, wären sie längst hier gewesen.

Hoffnung auf das kommende Kriegsende war allgegenwärtig, aber selbst das brachte sie nicht zum Lächeln. Die Trauer über den sinnlosen Tod der jungen Frau lag wie ein Schleier über ihr, denn es hätte genauso gut sie selbst sein können, die nun kalt und leblos unter der Erde lag.

In der gesamten Garnison und darüber hinaus kursierten Gerüchte und Verwirrung war an der Tagesordnung. Lotte und Gerlinde gingen weiterhin jeden Tag ihrer Arbeit im Funkraum nach, aber auch die Nachrichten, die sie weiterleiteten, wurden immer chaotischer.

„Es passiert etwas Großes. Ich wünschte nur, wir wüssten, was", sagte Lotte.

„Hast du gesehen, dass Akten und Geräte verpackt werden und ständig Lastwagen kommen und wieder abfahren?", antwortete Gerlinde.

„Ja, natürlich. Drück die Daumen, dass das ein gutes Zeichen ist und wir bald nach Hause dürfen." Eine weitere Nachricht kam herein und Lotte unterbrach das Gespräch, um die Dits und Dahs zu tippen. „Das verstehe ich nicht", murmelte sie und zeigte den Text ihrer Freundin.

„Das liegt daran, dass es doppelt verschlüsselt ist. Wir müssen die Nachricht sofort dem Chef geben, damit er sie von einer anderen Person noch mal entschlüsseln lässt."

Lotte schaute Gerlinde an, unsicher, ob das ein Scherz sein sollte, denn so etwas war ihr noch nie passiert.

„Komm schon. Erzähl mir nicht, du hast das nicht gewusst. Das steht irgendwo ganz hinten im Regelbuch. Mir ist das bisher ein einziges Mal passiert."

„Und wann war das?"

„Bevor du nach Warschau gekommen bist. Wie wir später erfuhren, hatte die Nachricht die Landung in der Normandie angekündigt."

Ein Schaudern durchlief Lottes Körper. „Heißt das ... die Alliierten werden in Norwegen landen?"

„Das wissen wir nicht. Aber es könnte sein. Auf jeden Fall ist die Nachricht enorm wichtig und wir müssen sofort den Chef informieren." Gerlinde nahm ihr das Papier aus der Hand und eilte in den Nebenraum, wo ihr Vorgesetzter sein Büro hatte.

Lotte saß derweil wie auf glühenden Kohlen und schaffte es kaum, die Flut von Nachrichten mitzuschreiben, die durch den Äther kamen, bis Gerlinde endlich zurückkehrte und mithalf.

„Und?", fragte Lotte schließlich, als ihre Schicht zu Ende war.

„Was und?"

„Was stand in der Nachricht?"

Gerlinde lachte laut auf. „Du hast doch nicht erwartet, dass er sie mir laut vorliest, oder?"

„Natürlich nicht." Lotte schaute angesichts ihrer eigenen Dummheit betreten zu Boden.

Ein weiterer Tag verging, und die Spannung in der Garnison stieg im gleichen Maß wie Lottes Neugierde. Aber es wurden keine Neuigkeiten verkündet und niemand in den unteren Rängen hatte auch nur die leiseste Ahnung, was als Nächstes passieren würde.

Dann rief Oberführerin Littmann alle weiblichen Hilfskräfte zusammen und sagte: „Packt eure Sachen und versammelt euch in einer Stunde auf dem Hof. Alle Wehrmachthelferinnen werden zurück ins Reich evakuiert. Unverzüglich."

„Endlich ist es soweit", sagte Lotte, während zwei Dutzend Frauen zu ihren Baracken eilten, um ihre Sachen zu packen.

„Wir fahren nach Hause, Alex!" Gerlinde konnte es sich nicht verkneifen, ein kleines Tänzchen aufzuführen.

„Fünf Minuten bis zur Evakuierung", rief Oberführerin Littmann, die am Lastwagen stand und eine Frau nach der anderen von ihrer Liste abhakte.

Lotte kletterte auf die Ladefläche und fand einen Platz an der Reling, die ihr fast bis zur Hüfte reichte. Dort befanden sich Stäbe und Stahlösen, mittels derer die Plastikplane über der Ladefläche festgezurrt wurde. Als sich weitere Frauen hineinquetschten wie Sardinen in eine Dose, musste Lotte die Knie anziehen.

„He! Pass auf, wo du hintrittst!", schrie jemand und ein Ruck ging durch die Menge auf dem Laster. Lotte kauerte sich tiefer in die Ecke und hielt ihren Koffer zwischen den Beinen. Gerlinde saß in der gleichen unbequemen Stellung neben ihr.

„Weiß jemand, wohin wir fahren?", fragte eine der Frauen, aber niemand hatte eine Ahnung. *Nach Hause.* Das war es, was alle hofften. Es gab keine Frau im Lastwagen, die nicht die Nase voll hatte vom Krieg und einfach nur nach Hause wollte.

Trotz der relativ komfortablen Lage in Norwegen, wo die Schlachtfelder Hunderte von Kilometern entfernt waren, sehnten sie sich alle danach, zu ihren Familien zurückzukehren

– und hofften verzweifelt, dass es noch jemanden gab, zu dem sie zurückkehren konnten.

Endlich kam Oberführerin Littmann und verkündete: „Wir fahren nach Kristiansand und von dort aus wird uns eine Fähre nach Dänemark übersetzen." Bevor jemand eine Frage stellen konnte, zog sie die Plane herunter und machte sie an der Heckklappe fest. Dann kletterte sie in die Fahrerkabine. Kaum hörte Lotte die Tür zuschlagen, setzte sich der LKW auch schon in Bewegung.

„Sieht aus, als hätten wir eine lange Fahrt vor uns", murmelte Gerlinde. „Ungefähr zweihundertfünfzig Kilometer, mehr oder weniger. Das heißt, wenn wir den direkten Weg nehmen."

„Woher weißt du das?", fragte eine andere Frau.

„Gerlinde verbringt ihre Freizeit vor der riesigen Karte, die im Funkraum an der Wand hängt", erklärte Lotte. „Sie kennt alle Länder Europas auswendig, einschließlich der wichtigsten Städte und der Entfernungen zwischen ihnen. Sie kann dir sogar die genaue Position aller Garnisonen in Norwegen sagen und wo die bestaussehenden Soldaten leben."

Lachen brach in dem voll besetzten Fahrzeug aus und nahm etwas von der Nervosität. Lotte versuchte, sich zu entspannen und ein wenig zu schlafen, aber es war ein vergebliches Unterfangen. Der Fahrer musste ein Wahnsinniger sein, denn er raste in einem irrwitzigen Tempo über die Straßen und machte sich nicht einmal die Mühe, den Schlaglöchern auszuweichen. Zeitweise hüpfte der schwere LKW auf und ab wie ein Gummiboot auf See, das von den Wellen hin und her geworfen wurde.

„Aua", schrie Lotte, als ihr Kopf gegen die Blechwand knallte. Stunden später war ihr Hintern taub, aber sie konnte sich nicht bewegen, weil jeder Zentimeter des Bodens mit Gliedmaßen oder Gepäckstücken bedeckt war. Jeder Knochen in ihrem Körper schmerzte. Es war dunkel im Inneren des Lastwagens und trotz des furchtbaren Rumpelns musste sie irgendwann eingenickt sein, denn sie erwachte von hellem Licht, das ihr durch die offene Heckklappe ins Gesicht schien.

„Raus, raus, Mädels", befahl Oberführerin Littmann den ineinander verknoteten Frauen. Es dauerte eine ganze Weile, Beine, Arme und Koffer zu sortieren, aber schließlich stand eine Frau nach der anderen auf steifen Beinen und sprang vom LKW hinunter in den Sand.

Auf einem Schild stand „Kristiansand Hafen" und noch bevor sie das Fahrzeug verlassen hatte, roch Lotte bereits den vertrauten Geruch von Salzwasser und hörte das tiefe Horn eines großen Schiffes. Sie ging ein paar Schritte auf ihren gefühllosen Beinen, die jetzt wie verrückt prickelten, als das Blut wieder in sie hineinschoss.

Trotzdem war sie froh, wieder ins Freie zu kommen. Die Dunkelheit und das beklemmende Gefühl, eingesperrt zu sein, hatten sie an die schlimmen Zeiten in Warschau erinnert. Damals ... als sie Johann kennengelernt hatte.

Der Gedanke an ihn erwärmte ihr Herz, aber Traurigkeit folgte auf dem Fuß und verjagte das wohlige Gefühl. Was musste er in diesem Augenblick durchmachen? Wann würde sie ihn wiedersehen? Wo sollte sie überhaupt nach ihm suchen?

„Komm schon." Gerlinde stieß Lotte den Ellbogen in die Rippen und reichte ihr die beiden Koffer, bevor sie aus dem Wagen kletterte. „Ich bin froh, wenn ich dieses stinkende Ding verlassen kann."

Einige der Frauen hatten es offenbar eilig, sich nach der stundenlangen Fahrt zu erleichtern und Lotte sah sie hinter den Büschen verschwinden.

„Ich könnte was zu essen brauchen."

Oberführerin Littmann musste Lotte gehört haben, denn sie warf ihr einen strengen Blick zu und sagte: „Sie werden warten müssen, bis wir an Bord sind – wie alle anderen auch."

„Ja, Frau Oberführerin." Lotte hatte vor langer Zeit gelernt, dass es in der Wehrmacht nichts brachte, zu protestieren, sich zu beschweren oder zu widersprechen.

Die Oberführerin zählte ihre Schäfchen, bevor sie die Frauen hinunter zum Hafen führte. Obwohl die Sonne vom Himmel brannte, zeichneten sich in der Ferne dunkelgraue Gewitterwolken ab. Sie blieben in der Nähe eines Schiffes stehen, das für Truppentransporte requiriert worden war, und beobachteten die Verladung Dutzender Militärfahrzeuge, Panzer, Haubitzen, Mörser auf Rädern und anderer merkwürdiger Objekte.

Jemand trat auf die Gruppe zu, trug die Namen in eine Liste ein und verteilte belegte Brötchen und Wasser. Lotte biss mit Hingabe in ihr Brötchen. Mehrere Kompanien von Soldaten standen herum, rauchten Zigaretten und machten anzügliche Bemerkungen.

„Guck mal, ein Haufen Blitzmädel, was haben wir für ein Glück", sagte einer von ihnen.

„Die weichste Matratze aller Zeiten", antwortete ein anderer mit einem lüsternen Grinsen im Gesicht.

„Ich brauche dringend etwas Abwechslung im Bett ... diese Norwegerinnen sind prüde wie sonst keine."

„Vielleicht bei dir ..."

Lotte blendete das liederliche Gerede aus und konzentrierte sich auf das tiefblaue Wasser im Hafen. Sie war noch nie auf einem solchen Schiff gewesen, und ein leichtes Unwohlsein überkam sie. Ihre einzigen Erfahrungen mit schwimmenden Geräten waren bisher eine Luftmatratze, ein Ruderboot auf einem der Berliner Seen und die kurzen Fährfahrten zwischen den dänischen Inseln. Aber diese Fähre hier war eine ganz andere Nummer.

Die dunklen Wolken hatten sich inzwischen über den größten Teil des Himmels ausgebreitet und schoben sich vor die Sonne. Der Wind heulte um die Gebäude im Hafen, während riesige Wellen vom Meer hereinrollten und mit solcher Wucht gegen die Mole krachten, dass Lotte dachte, die Steinmauer würde zerbersten. In Stavanger hatte sie das dramatische Spektakel immer genossen – aus sicherer Entfernung am Ufer. Aber jetzt, wo sie eine dieser Nussschalen besteigen sollte, die von den wütenden Wogen umhergeworfen wurden, konnte sie keine Schönheit in den schäumenden Wellen finden.

Kreischende Möwen flogen über den Hafen und stürzten sich auf alles, was sie für essbar hielten. Lotte kniff die Augen zusammen, um in die Ferne zu sehen, konnte aber kein Land ausmachen. Sie wusste, dass es nur einhundert Seemeilen über das Skagerrak nach Dänemark waren, aber für sie hätten es auch tausend über den Atlantik sein können. Was machte es für einen Unterschied, ob sie zehn, hundert oder tausend Meilen von Land entfernt Schiffbruch erlitten? Und einen Schiffbruch würden sie erleiden, da war sie sich sicher, denn inzwischen erreichten die Schaumkronen die Höhe des einsamen Leuchtfeuers, das am anderen Ende der Mole stand.

Oberführerin Littmann besprach etwas mit dem Offizier, der für den Truppentransport zuständig war, kehrte dann zu den Frauen zurück und sagte: „Alles bereit. Wir können jetzt an Bord gehen. Das Schiff wird im Schutz der Nacht fahren und wir sollten morgen früh in Dänemark ankommen."

„Wie wissen die überhaupt, wohin sie fahren müssen, wenn es Nacht ist?", flüsterte Lotte.

„Die Seeleute navigieren mit Kompass und Sextant, Dummerchen", erklärte ein Mädchen vom meteorologischen Dienst der Luftwaffe. „Das ist so ähnlich wie bei den Flugzeugen. Es ist nur dann problematisch, wenn der Himmel bewölkt ist, weil man dann die Position nicht richtig bestimmen kann."

„Oh, danke." Die Antwort linderte Lottes Unbehagen nicht wirklich und die dunklen Wolken, die sich über ihr auftürmten, machten sie mächtig nervös. Umso mehr, weil sie nun wusste, dass der Kapitän klaren Himmel brauchte, um sein Schiff zu steuern.

„Werden diese Wellen das Schiff nicht beschädigen?", fragte eine andere Frau.

Einer der Soldaten hatte ihre Frage gehört. „Natürlich nicht. Diese Schiffe sind für Schlimmeres als das gebaut. Kein Grund zur Beunruhigung. Obwohl ich jeder von Ihnen, die Angst hat, den Schutz meiner Umarmung anbieten kann."

„Natürlich tut er das", flüsterte Gerlinde. „In der Hoffnung, bei einer von uns zu landen."

„Nicht dein Typ?", neckte Lotte und erntete dafür einen entrüsteten Blick.

„Beeilt Euch. Das Schiff wartet nicht auf uns", ermahnte die Oberführerin ihre Frauen.

Lotte schnappte sich ihren Koffer und überquerte die schwankende Landungsbrücke, den Blick starr auf die Reling geheftet. Normalerweise liebte sie das Wasser, war sogar eine ausgezeichnete Schwimmerin, aber das gurgelnde Schwarz unter ihr sah gar nicht einladend aus. Es war eine irrationale Angst, aber vor ihrem inneren Auge erschien das Bild, wie sie darum kämpfte, sich über Wasser zu halten, während ihre Uniform mit den klobigen Schuhen sich vollsaugte und sie tief unter Wasser zog.

„Es gibt keinen Grund zur Sorge", hörte sie eine vertraute Stimme durch den Nebel, der von ihrem Verstand Besitz ergriff, aber sie konnte nur den Kopf schütteln. Es gab in der Tat jede Menge Gründe, sich Sorgen zu machen.

Gerlinde musste die Geduld verloren haben, denn sie griff nach Lottes Hand und zog sie über die Landungsbrücke auf das schwankende Schiff. „Ich wusste nicht, dass du Angst vor dem Meer hast."

„Das wusste ich selbst nicht", hörte Lotte ihre eigene verzerrte Stimme sagen. Mit einer Hand ihren Koffer umklammernd und mit der anderen Gerlindes Arm folgte sie ihrer Freundin. Gerlinde suchte ihnen ein geschütztes Plätzchen an Deck und Lotte starrte auf die kleiner werdende Uferlinie mit ihren markanten Felsen, Hügeln und Holzhäusern.

„Das ist also das Ende unserer Zeit in Norwegen", murmelte sie und prägte sich die Erinnerungen ein.

„Ich schätze, das ist es", sagte Gerlinde mit einer tiefen Traurigkeit in ihrer Stimme. Lotte wusste, dass sie sich um das ungewisse Schicksal ihrer Familie sorgte, und legte den Arm um ihre Schulter. Gemeinsam würden sie es über das Meer und zurück nach Hause schaffen.

Das Schiff stampfte und rollte über die entgegenkommenden Wellen, während es durch das raue Wasser des Skagerraks navigierte. Nach einer Weile gewöhnte sich Lotte an die Bewegung und dachte, dass es gar nicht so schlimm wäre. Doch die Erleichterung währte nur, bis die Fähre den Kurs änderte und die Wellen seitlich auf den Rumpf schlugen, sodass es von einer Seite auf die andere kippte.

Übelkeit überkam sie, und sie konnte nur noch zur Reling eilen, sich darüber lehnen und sich die Seele aus dem Leib kotzen. Sie fütterte die Fische, bis nur noch grüne Galle kam. Erst dann wagte sie einen Blick zu beiden Seiten und ihre Augen bestätigten, was ihre Ohren und ihre Nase bereits vermutet hatten: Unzählige Männer und Frauen säumten die Reling und ergossen den Inhalt ihrer Mägen ins Meer. Zu schwach, um sich zu bewegen, klammerte sie sich an das Geländer und hoffte, dass diese Reise zu Ende gehen würde, bevor sie starb.

Wieder einmal kam ihr Gerlinde zu Hilfe. „Es wird besser, wenn du dich hinlegst."

Apathisch trottete Lotte zurück an ihren geschützten Platz und protestierte nicht einmal, als Gerlinde ihr befahl, sich hinzulegen. Vielleicht besserte sich die Übelkeit, vielleicht aber auch nicht. Lotte wusste es nicht und es war ihr auch egal. Alles, was sie wollte, war, dass diese schreckliche Seekrankheit aufhörte – ob das nun geschah, weil sie Land erreichten oder weil sie starb, war ihr in diesem Moment ziemlich egal.

KAPITEL 9

Lottes erster Anblick von Dänemark war das kleine Fischerdorf Hirtshals. Aber sie wäre überall von Bord gegangen, solange sie das rollende, schlingernde und kippende Ungetüm verlassen konnte. In ihrer Eile quetschte sie sich durch die Mengen an Militärfahrzeugen, die ebenfalls das Schiff verließen, und schaute nicht zurück, bis sie den festen Boden der Anlegestelle erreichte.

Sobald sie Land unter ihren Füßen spürte, verschwand die Übelkeit im Nu, als hätte es sie nie gegeben. Nur das Hungergefühl erinnerte sie an die Leere in ihrem Magen.

„Gott sei Dank haben wir diese Höllenfahrt überlebt", sagte sie.

„Jetzt übertreibst du aber. Das war nicht einmal ein richtiger Sturm", sagte eine der wenigen Frauen, die nicht seekrank geworden waren.

„Wenn das nur ein leichtes Lüftchen war, möchte ich keinen ausgewachsenen Sturm erleben." Lotte suchte einen Unterschlupf, denn es regnete wie aus Eimern, und ihre durchnässte Uniform hatte dem eiskalten Wind nicht viel entgegenzusetzen.

Eine halbe Stunde später waren alle Fahrzeuge ausgeladen

und das Schiff fuhr wieder ab, um weitere Ladung überzusetzen. Die Soldaten waren mit ihren Kompanien verschwunden und ließen die Wehrmachthelferinnen allein zurück, wie verlassene Schiffbrüchige auf einer einsamen Insel.

„Wie trostlos es hier ist", sagte Gerlinde, als sie im zugigen Wartebereich des Hafens standen. Die Frauen um sie herum nickten.

„Es ist nur das scheußliche Wetter", erwiderte Lotte. „Wenn die Sonne scheint, ist es hier bestimmt schön." Aber ihre Bemerkung heiterte ihre Kameradinnen nicht auf. Um sich herum sah sie nur mürrische Gesichter und die Verärgerung über den feindseligen Empfang in Dänemark hing über der Gruppe.

„Was sollen wir hier überhaupt?", beschwerte sich eine schwarzhaarige junge Frau leise.

Oberführerin Littmann eilte auf und ab und sprach mit jedem Offizier, den sie erwischen konnte – ohne Erfolg. Schließlich kehrte sie zu ihren Mädels zurück und sagte: „Offenbar wurde niemand über unsere Ankunft informiert."

Keine von ihnen wagte, ein Wort zu sagen, aber die Frauen blickten sich an und Lotte sah ihre eigenen Gedanken in den Augen der anderen gespiegelt. *Die Oberführerin sagte nicht die ganze Wahrheit.* Mehr als eine von ihnen hatte Gesprächsfetzen überhört und es war klar, dass der Oberbefehlshaber in Dänemark, General Georg Lindemann, jegliche Evakuierung von Truppen, selbst die von weiblichen Hilfstruppen, strikt ablehnte. Vor etwa einer Woche hatte er verkündet, dass er Dänemark gegen jeden Angriff, von welcher Seite auch immer, bis zur letzten Kugel und zum letzten Blutstropfen verteidigen würde.

Er betrachtete die Anwesenheit der evakuierten weiblichen Hilfstruppen nicht nur als eine Schmach, sondern sogar als ein Hindernis für seine weiteren Kriegsanstrengungen. Ihr Auftauchen erinnerte die Soldaten unter seinem Kommando daran, dass anderswo die Kampfhandlungen bereits eingestellt worden waren. Lotte vermutete, dass der frostige Empfang ein Zeichen dafür sein könnte, dass General Lindemann in der Tat bis zum letzten Mann kämpfen wollte.

„So, wie es aussieht, müssen wir hier warten, bis das Garnisonskommando uns einen Transport schicken kann", sagte die Oberführerin.

Lotte bedauerte sie fast für ihre unglückliche Rolle bei dieser schlecht geplanten Evakuierung, die zu einem Politikum geworden war. Die ältere Frau mochte streng sein, manchmal sogar pedantisch, aber sie hatte immer das Wohl ihrer Schützlinge im Hinterkopf.

Der Morgen ging in den Nachmittag über und nicht nur Lottes Magen knurrte wie ein wütender Hund. Das belegte Brötchen vom Vortag hatte sie den Fischen verfüttert und nun verlangte ihr Körper nach Nahrung. Aber es gab nichts Essbares, nicht einmal Wasser, mal abgesehen von dem Regen, der immer noch herabprasselte.

Nach einer weiteren durchnässt und fröstelnd verbrachten Stunde setzte sie sich auf ihren Koffer. Sie kauerte sich zusammen, zog ihre Knie bis ans Kinn und vergrub das Gesicht in ihrem triefnassen Schal. Die meisten anderen taten es ihr gleich. Es war eine Schar elender Frauen, die eher an begossene Pudel erinnerten als an Mitglieder der Wehrmacht.

„Können wir nicht zu Fuß zur Garnison gehen?", fragte das schwarzhaarige Mädchen.

Oberführerin Littmann schüttelte nur den Kopf. Vielleicht war es zu weit, vielleicht hatte sie aber auch einfach nur keine Ahnung, wohin sie gehen mussten. Kleinere Schiffe landeten und legten wieder ab, Militärfahrzeuge rasten an ihnen vorbei und Einheimische warfen ihnen wahlweise misstrauische, verächtliche oder mitleidige Blicke zu. Gerade als Lotte sich damit abgefunden hatte, auch die Nacht an diesem unwirtlichen Ort zu verbringen, fuhr ein Lastwagen vor und hielt direkt vor ihnen.

Ein junger Soldat, dessen blonder Haarschopf unter dem Blechhelm hervorlugte, sprang heraus. „Seid ihr die gestrandeten Blitzmädel? Steigt ein!"

Bei jeder anderen Gelegenheit hätte Oberführerin Littmann ihn für seine respektlosen Umgangsformen ermahnt. Heute jedoch schien sie zu erfreut, endlich den Transport zu bekommen, auf den sie den ganzen Tag gewartet hatten, und ließ sein Verhalten unerwähnt.

„Alle einsteigen", befahl sie ihren Mädels.

Die Fahrt dauerte fast eine Stunde, aber schließlich kamen sie an einer Garnison an, die aus einer anderen Zeit zu sein schien. Jeder Soldat war bis zu den Zähnen bewaffnet und wartete auf die finale Schlacht – wohlwissend, dass der Krieg bereits verloren und es nur noch eine Frage der Zeit war, bis die Alliierten in Dänemark eintrafen.

„Ach du meine Güte", seufzte Gerlinde müde.

Wenn sich die Frauen eine richtige Baracke mit einem Waschraum nur für sie gewünscht hatten, wurden sie enttäuscht. Sie wurden in ein Betongebäude gepfercht, das vermutlich als Versammlungsraum gedient hatte, bevor es jemand hastig mit Decken und Bettlaken ausgestattet hatte.

Der Wind pfiff durch die zerbrochenen Fensterscheiben in den zugigen Raum. Es gab keine Heizung und Lotte hoffte, dass der Regen eher früher als später aufhörte, denn sonst würden sie sich in ihren nassen Kleidern eine böse Erkältung einfangen.

„Ihr dürft eure Zivilkleidung anziehen, bis wir eure Uniformen getrocknet haben", sagte die Oberführerin.

„Was ist denn mit dem Drachen los? Das ist gegen die Regeln", sagte Gerlinde mit gespielter Empörung.

„Sie ist genauso sauer über die abschätzige Behandlung wie wir. Ich denke, das ist ihre Art zu rebellieren", antwortete Lotte, schälte sich aus den nassen Klamotten und kramte in ihrem Koffer nach etwas Warmem zum Anziehen. Kaum hatten die Frauen trockene Kleidung angezogen, klopfte jemand an die

Tür und verkündete, sie könnten in die Messe gehen und Essen fassen.

Da General Lindemann fest entschlossen war, bis zum bitteren Ende zu kämpfen, wurde nicht weiter darüber gesprochen, die Frauen zurück ins Reich zu evakuieren. Vorläufig saßen sie also in ihrer behelfsmäßigen Unterkunft fest, langweilten sich zu Tode und warteten darauf, Zeugen seines militärischen Ruhms zu werden.

„Du hast mir nie erzählt, was genau du vor dem Krieg gemacht hast, Gerlinde", fragte Lotte.

„Ich? Nicht viel." Gerlinde schaute verträumt und schwelgte in Erinnerungen. „Ich war eine typische verwöhnte Göre. Mein Vater besitzt riesige Ländereien in Ostpreußen und meine Mutter sagte oft scherzhaft, dass es eine Tagesreise sei, um unsere nächsten Nachbarn zu besuchen."

Lotte konnte sich nicht vorstellen, wie es gewesen sein musste, auf dem Land aufzuwachsen, weitab von jeglicher Zivilisation. Sie selbst war in einer Berliner Dreizimmerwohnung zusammen mit ihren Eltern, ihrem Bruder Richard und ihren beiden älteren Schwestern Anna und Ursula großgeworden. Schließlich seufzte sie tief.

„Was ist los? Denkst du wieder an Johann?"

„Nein, an meine Familie. Mein Vater ist nun schon seit Jahren in russischer Gefangenschaft."

„Ich dachte, du bist Vollwaise?" Gerlinde kniff die Augen zusammen.

Lottes Mund schnappte zu. Für einen Moment hatte sie ihre falsche Herkunft vergessen. Alexandra Wagner war ein Einzelkind. Ein verwaistes Einzelkind. „Das bin ich, warum?"

„Weil du gesagt hast, dein Vater ist in russischer Gefangenschaft."

„Sicher nicht. Ich habe gesagt, mein Onkel ist ein russischer Kriegsgefangener."

„Na, das hätte ich aber gehört."

„Ich muss ganz dringend auf die Toilette." Lotte schoss hoch und eilte aus dem Gebäude. Sie musste vorsichtig sein und sich immer an ihre Geschichte halten. Charlotte Klausen war tot – an Fleckfieber im KZ Ravensbrück gestorben.

Draußen ging sie über den Hof und atmete die nach Frühling duftende Nachtluft ein. In ein paar Tagen begann der Mai. Vor ziemlich genau einem Jahr hatte sie ihre älteste Schwester zuletzt gesehen. Ursula hatte nach der Geburt ihrer Tochter Evelin, ihre Arbeit als Gefängniswärterin gekündigt und half nun Tante Lydia auf ihrem Bauernhof in Bayern aus.

Mutter hingegen hatte Berlin nicht verlassen dürfen. Ihre Arbeitskraft wurde in der Kriegsindustrie gebraucht, wo die Frauen die Männer fast vollständig ersetzt hatten. Sie hatte alt ausgesehen, als Lotte sie im letzten November während ihres Heimaturlaubs besucht hatte. Alt, müde und hoffnungslos.

Lotte fühlte sich schuldig, weil sie ihre Mutter nur ein einziges Mal besucht hatte. Aber Anna, die zweitälteste, hatte darauf beharrt, dass es das Beste wäre, wenn niemand Lotte und Mutter zusammen sähe – schon gar nicht die allzu neugierige Nachbarin, Frau Weber. Diese bösartige Tratschtante wäre postwendend zur Polizei gerannt, um brühwarm zu berichten, sie hätte jemanden gesehen, die der verstorbenen Tochter ihrer Nachbarin glich, wie ein Ei dem anderen.

Ich hätte ihr als Geist erscheinen und sie zu Tode erschrecken sollen. Das würde ihr recht geschehen. Sie lachte bei dem Gedanken.

Anna und ihr Stiefsohn Jan waren wieder bei Mutter eingezogen, nachdem ihre eigene Wohnung ausgebombt wurde. Anna war die Intelligente und Ehrgeizige unter den vier Geschwistern. Sie war immer eine Einser-Schülerin gewesen und hatte davon geträumt, Biologin zu werden, sehr zum Leidwesen ihrer sehr konservativen Eltern. Sie hatten ihr nicht erlaubt, sich an der Universität einzuschreiben – zumindest nicht bis zu dem Tag, an dem Anna ausgezogen war und ihr

Schicksal selbst in die Hand genommen hatte. Wenigstens für sie hatte der Krieg etwas Gutes gebracht, denn ohne ihn hätte ihr Mentor, Professor Scherer, niemals eine Frau für die Stelle in seiner Forschungsabteilung in Betracht gezogen.

Wieder zog sich Lottes Herz vor Sorge zusammen, denn auch seit dem letzten Brief ihres Bruders Richard war mehr als ein Jahr vergangen. Einige Wochen später hatte das Oberkommando in Polen ein Telegramm an Mutter geschickt, in dem stand, dass Richard vermisst wurde.

Was für ein furchtbares Wort. *Vermisst.* Als wäre er ein lebloser Gegenstand, der nicht an seinem üblichen Platz stand. Erwarteten sie, ihn eines Tages wiederzufinden? Vielleicht, wenn sie sich einen Tag freinahmen, um die Kaserne zu putzen? Dann läge er überraschend zwischen versteckten Spielsachen unter dem Bett oder hinter dem Schrank? Sie kicherte hysterisch bei der Vorstellung.

Richard war ihr der Liebste ihrer Geschwister. Nur ein Jahr älter als sie hatten sie sich die meiste Zeit ihrer Kindheit wie Hund und Katz gestritten. Aber sie hatten sich auch mit einer Inbrunst geliebt, die sie für ihre Schwestern, die vier und fünf Jahre älter waren, nicht empfunden hatte. Tief in ihrem Herzen wusste sie, dass er am Leben war.

Irgendwo.

Sie hätte es gefühlt, wenn er gestorben wäre.

Ja, das hätte sie.

KAPITEL 10

„Es ist so unglaublich laaaaangweilig hier", beschwerte sich Lotte. Sie waren bereits vor über einer Woche in Dänemark angekommen und es gab keinerlei Anzeichen dafür, dass sie jemals diese verflixte Garnison und die behelfsmäßige Baracke verlassen dürften. „Wir können nicht einmal in die Stadt gehen, weil es keine Stadt gibt."

„Nur plattes Land, Wind und Regen", mischte sich Agathe ein, eine Helferin der Kriegsmarine. „Und ich dachte, meine Arbeit in Stavanger ist langweilig."

In diesem Moment hätte jede Frau im Handumdrehen die langweiligste Arbeit dem Herumsitzen vorgezogen.

„Lass uns abhauen. Niemand wird merken, dass wir weg sind", flüsterte Lotte, als sie mit Gerlinde allein war.

„Du bist ja völlig verrückt."

„Ich habe mir die Karte angesehen, so weit ist es nicht. Außerdem können wir wahrscheinlich unterwegs irgendwo einen Zug nehmen."

„Nicht weit? Es sind mindestens vierhundert Kilometer. Die Langeweile scheint deinen Verstand angefressen zu haben. Und was willst du dem Schaffner sagen?“ Gerlinde verstellte ihre Stimme. „Entschuldigen Sie, wir sind Deserteure der Wehrmacht und möchten nach Hause.“

Lotte konnte sich ein Kichern nicht verkneifen und stieß ihre Freundin mit dem Ellbogen an. „Natürlich nicht, ich würde das subtiler angehen.“

„Aha, erinnere mich bitte: Seit wann gehört Subtilität zu deinen Talenten?“

„Schon immer.“ Lotte grinste, denn das war gelogen. „Aber wenn wir hierbleiben, sterbe ich bald vor Langeweile.“

„Glaub mir, es ist besser, an Langeweile zu leiden, als wegen Desertierens erschossen zu werden.“ Gerlinde schüttelte den Kopf über Lottes theatralische Grimassen. „Halte noch ein paar Tage durch, der Krieg ist so gut wie vorbei. Hast du es nicht gehört?“

„Was gehört?“ Lotte spitzte die Ohren. Gerüchte über eine bevorstehende Kapitulation kursierten schon seit Wochen, aber es gab nie etwas Konkretes.

* * *

IN DEN NÄCHSTEN Tagen überschlugen sich die Ereignisse. Am späten Abend des ersten Maies gab das Garnisonskommando bekannt, dass Adolf Hitler Selbstmord begangen hatte. Neuer Reichskanzler wurde Propagandaminister Goebbels und der Oberbefehlshaber der Marine, Großadmiral Karl Dönitz, war der neue Reichspräsident.

Ein Raunen ging durch die Reihen und schockierte Mienen erschienen auf fast allen Gesichtern. Erleichterung, Entsetzen, Enttäuschung, je nach Person, aber immer gepaart mit Schock. Nun konnten selbst die eifrigsten Nazis nicht mehr an einen deutschen Sieg glauben.

Lottes eigener Gesichtsausdruck zeigte wahrscheinlich

schockierten Jubel, denn dies bedeutete das Ende einer Ära, die sie von ganzem Herzen gehasst hatte – so sehr, dass sie zur Verräterin an ihrer eigenen Nation geworden war.

Sie spürte ein kollektives Schwanken in den Reihen, als wären sie von einer wahren Tragödie getroffen worden. Fast wie Kinder, die zu Waisen geworden waren und sich nun gegenseitig anschauten, um zu erfahren, wie es mit ihrem Leben weitergehen sollte.

„Das ist nicht das Ende", murmelte einer der Soldaten.

„Doch, das ist es", erwiderte ein anderer.

Am nächsten Tag erreichte sie die Nachricht von einem weiteren Selbstmord: Der neue Reichskanzler Joseph Goebbels hatte es vorgezogen, dem Beispiel seines Führers zu folgen und sich der Verantwortung für die von ihm begangenen Verbrechen zu entziehen.

Doch was Lotte zutiefst entsetzte, war, dass er und seine Frau Magda zuerst ihre sechs Kinder getötet hatten, bevor sie sich selbst das Leben nahmen. Sie sank auf den Boden, unfähig, eine solche Grausamkeit zu begreifen.

„Wie konnten sie nur? ... ihre eigenen Kinder", stammelte sie hilflos.

„So eine Abartigkeit", sagte Gerlinde.

„Besser, als unter dem Feind leben zu müssen", murmelte jemand.

Lotte starrte den Übeltäter an und schimpfte: „Wie erbärmlich du bist! Wie kannst du es gutheißen, dass ein Mann seine unschuldigen Kinder tötet, nur weil er zu feige ist, die Konsequenzen seines Handelns zu tragen?"

„Feige? Goebbels war ein fantastischer Mann!"

Lotte ließ ihre Fäuste auf ihn einprasseln, um ihm eine wohlverdiente Tracht Prügel zu verpassen. Nicht, dass sie sich Illusionen darüber gemacht hätte, wer von ihnen beiden den Faustkampf gewinnen würde, aber ihre innere Anspannung war so groß, dass sie sich nach körperlicher Gewalt sehnte, um sie loszuwerden.

Hätte Oberführerin Littmann nicht unverzüglich eingegriffen, läge sie wahrscheinlich blutüberströmt und mit gebrochenen Knochen im Krankenhaus. Stattdessen stand sie für unbestimmte Zeit unter Hausarrest.

Der Strom der Nachrichten riss nicht ab. Kurze Zeit später kapitulierte die Stadt Hamburg. Britisch-amerikanische Truppen erreichten Lübeck und Wismar und schnitten damit den nördlichsten Teil Deutschlands an der Grenze zu Dänemark vom Rest des Reiches ab.

Die Oberbefehlshaber von Holland, Dänemark und Norwegen wurden zu einem Treffen mit Großadmiral Dönitz in Flensburg einberufen. Am selben Abend verkündete der Rundfunk die Teilkapitulation Norddeutschlands und der besetzten Gebiete in Skandinavien vor den Westalliierten.

„Der Krieg ist zu Ende!", schrie jemand draußen und Lotte nahm dies als Zeichen, dass mit dem Krieg auch ihr Hausarrest beendet war. Sie wagte sich in den Hof und sah Männer und Frauen, die sich erleichtert in den Armen lagen. Allerdings dauerte dies nur ein paar kurze Minuten, dann machte sich Ernüchterung unter ihnen breit.

„Wir haben überlebt", fasste Gerlinde das allgemeine Gefühl in Worte. „Aber was wird jetzt mit uns geschehen?"

„Kriegsgefangenschaft natürlich", sagte jemand.

Diese Worte krochen Lotte eiskalt den Rücken hinunter und ließen ihr die Nackenhaare zu Berge stehen. Sie hatte sich nie wirklich Gedanken darüber gemacht, was nach dem Krieg mit ihr geschehen würde. Irgendwie hatte sie angenommen, dass sie einfach nach Hause gehen durfte.

Obwohl die weiblichen Hilfskräfte nicht als Soldaten am Krieg teilnahmen, waren sie dennoch Angehörige der Wehrmacht in Uniform und würden als solche genauso behandelt wie ihre männlichen Kollegen. So hieß es zumindest ... obgleich sie auch schon Horrorgeschichten gehört hatte.

Wehrmachthelferinnen waren angeblich zur Sklavenarbeit in russische Gulags geschickt worden oder schlimmer noch, in Bordelle, um dort Rotarmisten zu „unterhalten". Ihr ganzes Wesen versteifte sich beim Gedanken an ein solches Schicksal.

„Vielleicht schicken sie uns nach Hause?", sagte Agathe zaghaft.

„Nach Hause? Ich habe nicht einmal mehr ein Zuhause!" Gerlinde schob eine lose Haarsträhne hinter ihr Ohr. „Wo sollen sie mich denn hinschicken? Meine Heimatstadt liegt jetzt mitten in Russland."

„Das tut mir so leid." Lotte legte ihren Arm um Gerlindes Schulter. „Wenn sie uns wirklich nach Hause schicken, kannst du mit mir kommen."

„Danke." Gerlinde wischte sich verstohlen eine Träne aus den Augen.

Aber es geschah nichts. Tagelang nicht. Teile der Wehrmacht kämpften noch, vor allem in Berlin, und es hatte noch immer kein alliierter Soldat einen Fuß nach Dänemark gesetzt. Also warteten sie weiter.

Eine nervöse Spannung legte sich über alle, denn General Lindemann hatte den Befehl gegeben, sich nicht dem dänischen Widerstand, sondern nur den alliierten Truppen zu ergeben. Beide Seiten saßen auf einem Pulverfass und warteten voller Bangen darauf, ob es explodierte, bis eine Woche später endlich die ersten britischen Soldaten eintrafen. Zu sagen, dass sie überrascht waren, einen Haufen Frauen in Uniform vorzufinden, wäre eine Untertreibung gewesen.

„Vom Regen in die Traufe", sagte Agathe, die sich täglich gegen sexuelle Annäherungsversuche wehrte, wie die meisten anderen jungen Frauen im Lager. Ohne eine offizielle Position oder männliche Vorgesetzte, die allzu aufdringliche Verehrer bestraften, waren die Wehrmachthelferinnen zu Freiwild geworden.

Trotz der unermüdlichen Bemühungen von Oberführerin Littmann betrachteten es die Soldaten in der Garnison als ihr gutes Recht, die Frauen zu erobern, und ihre Übergriffe wurden von Tag zu Tag lästiger und mitunter sogar beängstigend.

„Wir sollten den ganzen Parolen, die verbreitet werden, keinen Glauben schenken", sagte Gerlinde. „Es kann nicht schlimmer sein als das, was wir jetzt schon ertragen müssen."

„Ich wäre froh, wenn ich diesen jämmerlichen Ort mit seinem grässlichen Wetter hinter mir lassen könnte. Kannst du dir vorstellen, dass es schon Mitte Mai ist und wir noch keinen einzigen Sonnenstrahl gesehen haben?", schimpfte Lotte vor sich hin.

Am nächsten Tag wurden alle in der Garnison auf offene Lastwagen verfrachtet und in ein behelfsmäßiges Gefangenenlager irgendwo im Landesinneren gebracht. Dort angekommen wurden Männer und Frauen getrennt und Letztere in die leere Turnhalle einer Schule geschafft, wo sie registriert wurden. Eine doppelte Reihe Stacheldraht umgab das Gelände. Bei dem Anblick tauchten tief begrabene Erinnerungen auf und Lotte begann, heftig zu zittern.

„Name?", fragte ein britischer Soldat.

„Alexandra Wagner."

„Rang?"

„Nachrichtenhelferin."

„Personenkennziffer?"

„589452", sagte sie, noch immer in ihren Erinnerungen gefangen.

Der Soldat starrte sie mit großen Augen an. „Wie bitte?"

Sie verstand seine Frage nicht und sah ihn unschlüssig an.

„Das ist keine gültige Nummer", erklärte er.

Langsam dämmerte es ihr. Sie hatte ihm ihre Häftlingsnummer aus Ravensbrück gegeben. Nach kurzer Überlegung beschloss sie, vorerst niemandem von ihrer wahren Identität als Charlotte Klausen zu erzählen. Ohne Beweise würde man ihr sowieso nicht glauben.

„Entschuldigung." Dann nannte sie ihm ihre Erkennungsnummer bei der Wehrmacht.

Die Bedingungen in der neuen Unterkunft waren noch beklagenswerter als zuvor. Das Gelände gehörte zu einer Schule, die schon seit vielen Jahren nur als Lager genutzt wurde und genau so sahen auch die sanitären Anlagen aus: verwahrlost.

Die Wasserleitungen mussten im Winter eingefroren sein, denn als Lotte den Wasserhahn öffnete, tröpfelte lediglich brauner Schleim heraus. Sie schnupperte angewidert und beschloss, dass das Waschen warten musste.

Da sie sich noch nie einfach mit den Begebenheiten abgefunden hatte, griff sie nach einem verstaubten Besen, der in einer Ecke stand, und begann, den Boden zu fegen. Bald schlossen sich ihr die anderen Frauen an und wischten mit Schals und Tüchern den schlimmsten Staub und Dreck von Fenstern, Böden und Wänden.

Nach einiger Zeit harter Arbeit schmerzte Lottes Rücken. Sie streckte sich und reichte Agathe den Besen. „Hier, übernimm du mal, bitte."

Später begutachtete Lotte stolz das Ergebnis ihrer Arbeit. Einladend sah die Turnhalle zwar immer noch nicht aus, aber wenigstens erträglich. Als Oberführerin Littmann am Abend von ihrer Befragung durch die Briten zurückkam, rief sie überrascht: „Also, Mädels, das habt ihr wirklich toll gemacht!"

Dann winkte sie ihren Untergebenen zu und erhob ihre Stimme. „Kommt alle mal her, ich habe Neuigkeiten."

Lotte platzte beinahe vor Spannung, wie es mit ihnen weitergehen würde, und sie gesellte sich zu den anderen, die in einem engen Kreis um die ältere Frau standen.

„Offen gesagt sind die Briten mit der Anzahl ihrer Gefangenen überfordert und es wird eine Weile dauern, bis wir alle abgewickelt werden. Anscheinend hat das Oberkommando der Wehrmacht den Befehl gegeben, alle weiblichen Hilfskräfte zu entlassen, aber aufgrund der Kapitulation hat uns dieser Befehl nie erreicht. Die Briten haben versprochen, so schnell wie möglich Entlassungspapiere für jede von euch anzufertigen. Aber sie haben im Moment dringendere Probleme, um die sie sich kümmern müssen.

Zunächst einmal müssen sie den Rücktransport nach Deutschland organisieren und sie werden Sammellager für diejenigen einrichten, die keine Heimat mehr haben, in die sie zurückkehren können." Littmanns Blick wanderte hinüber zu Gerlinde und einigen der anderen Mädchen aus Gebieten, die jetzt zu Russland, Polen oder der Tschechoslowakei gehörten.

„Frau Oberführerin, wie lange wird das dauern?", fragte jemand.

Ein müder Ausdruck erschien auf ihrem Gesicht. „Das kann ich beim besten Willen nicht sagen. Ein paar Tage, vielleicht eine Woche oder zwei. Alles, was wir tun können, ist geduldig zu bleiben und bestmöglich zu kooperieren."

Einige Frauen begannen zu tuscheln, aber die Oberführerin ermahnte sie nicht. Sie schien viel zu niedergeschlagen, um die gewohnte Disziplin einzufordern.

Was Lotte an ihrem neuen Quartier am meisten hasste, waren die sanitären Anlagen. Da es kein fließendes Wasser gab, mussten sie nach draußen gehen, um sich in einer behelfsmäßigen Latrine zu erleichtern – immer in der Gefahr, dass einer der Wachleute sie beobachtete und mit neugierigen Blicken und obszönem Gerede in Verlegenheit brachte. Sie lernte bald, nie allein zu gehen und immer eine Kameradin Schmiere stehen zu lassen, damit die herumlungernden Männer keinen *zufälligen* Blick erhaschen konnten.

Jeden Morgen wurde eine Gruppe von Frauen geschickt, um Wasser aus einem nahegelegenen Fluss zu holen. Unter den

Argusaugen ihrer Bewacher, die keinen Finger rührten, um zu helfen, füllten sie rostige Stahlfässer mit Wasser und schleppten die schweren Behälter zurück in ihr Quartier.

Die Gefangenen hatten den Luxus eines Bades längst vergessen, aber Lotte genoss es, zumindest einmal am Tag eine Katzenwäsche zu machen und sich Gesicht, Hände und Hals zu säubern. Da sie nirgendwo vor den lüsternen Augen ihrer Bewacher geschützt waren, wagte sie es nicht, ihre Bluse zu öffnen oder ihren Rock hochzuschieben, um die nackte Haut darunter zu waschen.

Nach einem weiteren Gang zum Fluss beschloss Lotte eines Tages, den Briten die Wahrheit über sich zu sagen. Sie machte sich keine Illusionen darüber, dass man sie wie eine Königin behandeln würde, aber vielleicht musste sie diese beklagenswerten Zustände nicht länger ertragen. Also verlangte sie, mit dem Kommandanten des Gefangenenlagers zu sprechen.

„Was wollen Sie?", fragte er sie in einem ziemlich barschen Ton.

„Sir, ich wollte Sie über meine Arbeit für den norwegischen Widerstand informieren."

„Wir sind in Dänemark." Er wandte demonstrativ den Blick ab und studierte die die Papiere vor sich.

Obwohl Lotte klar war, dass er nicht an ihrer Geschichte interessiert war, versuchte sie es erneut. „Ich weiß, aber die britische SOE –"

„Erzählen Sie Ihre Märchen jemand anderem. Ich habe zu arbeiten", sagte er und deutete auf die Tür.

Mit gesenkten Schultern kehrte Lotte zu ihren Kameradinnen zurück. Es war zumindest einen Versuch wert gewesen.

* * *

Essen gab es nur spärlich und unregelmäßig. Wie die Oberführerin gewarnt hatte, hatten die Alliierten dringendere

Probleme, als sich um die Verpflegung der Kriegsgefangenen zu kümmern. In gewisser Weise konnte Lotte das sogar verstehen. Jeder hatte unter der Rationierung gelitten und nur weil der Krieg vorbei war, bedeutete das nicht, dass sich die Lebensmittelvorräte auf wundersame Weise vervielfachten und die Knappheit verschwand.

Ohne die gut geölte Maschinerie der Beschlagnahme der besten Dinge für die deutschen Besatzer, tauschten sie nun den Platz mit der dänischen Bevölkerung, die den größten Teil der Lebensmittel für sich beanspruchte und nur Reste für die verhassten Unterdrücker übrig ließ. In Ermangelung von Essen fingen die Frauen an, unaufhörlich davon zu reden.

„Zum Erntedankfest ließ mein Vater immer ein Schwein schlachten", schwärmte Gerlinde. „Es war ein rauschendes Fest mit reichlich Wein und leckerem Essen. Meine Oma hat die feinste Blut- und Leberwurst weit und breit gemacht."

Lottes Mund wurde wässrig bei den anschaulichen Beschreibungen und sie konnte förmlich den Essigduft des Sauerkrauts riechen, das die traditionelle Schlachtplatte ergänzte.

„Und das Bier, nicht zu vergessen das Bier", sagte eine Münchnerin, leckte sich über die Lippen und machte eine Geste, als ob sie sich den Schaum vom Mund wischte. „Die goldene Flüssigkeit mit dem bitteren Geschmack."

„Ich weiß noch, wie wir in den Sommerferien in der Holledau Hopfen ernten mussten. Das war eine verdammt anstrengende Arbeit", sagte ein blondes, dünnes Mädchen.

„Du warst auch dort? Wann?"

Und schon entspann sich ein Gespräch über die Vorteile des Hopfenpflückens gegenüber dem Sammeln von Kartoffelkäfern oder anderen *freiwilligen* landwirtschaftlichen Arbeiten, zu denen sie als Schulmädel gezwungen worden waren.

Lottes Gedanken schweiften zurück zum Bauernhof ihrer Tante Lydia, wo sie viele Sommer verbracht und bei der Ernte geholfen oder mit ihrem Bruder Richard und ihren vielen Cousins gespielt hatte. Kurz nach Kriegsbeginn hatte ihre Mutter sie für fast zwei Jahre zu Tante Lydia geschickt, in der Hoffnung, dass Lotte weitab der Hauptstadt nicht in Schwierigkeiten geraten würde.

Das hatte allerdings nur so lange funktioniert, bis Rachel, ein jüdisches Mädchen, etwa in Lottes Alter, mit ihren drei jüngeren Geschwistern in Lydias Scheune Zuflucht gesucht hatte. Lotte wischte die traurigen Erinnerungen beiseite, die sie zu überwältigen drohten.

„He, Alex, woran denkst du?" Gerlinde stieß sie mit dem Ellbogen an.

„Was? Ich?"

„Ja, du. Du hattest einen Gesichtsausdruck, als müsstest du dich vor dem Jüngsten Gericht verantworten."

Lotte zuckte mit den Schultern und kämpfte gegen ihre Tränen an. An den Tod und das Leid denken zu müssen, die sie mit ihren impulsiven Handlungen verursacht hatte, würde für den Rest ihres Lebens ihre persönliche Hölle sein. Seit den schrecklichen Geschehnissen versuchte sie vergeblich, ihre gut gemeinten, aber schlecht durchdachten Taten wiedergutzumachen, die den Tod ihrer besten Freunde zur Folge gehabt hatten.

So sehr sich Lotte nach dem Ende des Krieges gesehnt hatte, wurde ihr nun bewusst, dass es nur noch schlimmer werden würde – für sie selbst und so viele andere. In Norwegen waren sie in einer sehr angenehmen Lage gewesen, weit weg von den Kriegsschauplätzen, wo das eigentliche Geschehen stattfand.

„Ach du meine Güte, Gerlinde", wimmerte sie plötzlich. „Glaubst du, dass es überhaupt noch ein Berlin gibt, in das wir zurückkehren können?"

„Warum willst du überhaupt dorthin? Hat deine Familie nicht in Köln gelebt, bevor ... du weißt schon ... sie gestorben sind?"

Lotte verschluckte sich an ihrem Ausrutscher. „Na ja, ich

weiß mit Sicherheit, dass in Köln kein Stein mehr auf dem anderen steht, also dachte ich, die Hauptstadt wäre ein guter Ort für mich, um ein neues Leben zu beginnen."

„Du bist ganz schön abenteuerlustig, Alex. Was würde ich nicht dafür geben, in meine Heimat zurückkehren zu können."

KAPITEL 11

Im Lauf der nächsten Tage kamen immer mehr Wehrmachthelferinnen aus ganz Skandinavien in das Sammellager, und – abgesehen von Verpflegung und Waschmöglichkeiten – wurde nun auch der Platz knapp.

Lotte weinte fast vor Erleichterung, als endlich verkündet wurde, dass man sie nach Deutschland zurückschicken würde. Weitere Details wurden nicht genannt und wilde Parolen machten die Runde.

Scheinbar wahllos wurden sie schließlich in Zwölfergruppen auf Militärfahrzeuge verteilt. Die meisten Frauen aus ihrer Einheit landeten auf anderen Lastwagen, aber wie durch ein Wunder blieb wenigstens Gerlinde an ihrer Seite.

„Ich bin so froh, dass wir zusammen sind", gestand Lotte, als sie sich in der Enge des Lastwagens niederließen. Drinnen war es schummrig, denn das einzige Licht drang durch Löcher in der Plane.

„Wir fahren nach Hause. Ist das nicht aufregend?"

„Ich glaube erst daran, dass ich zu Hause bin, wenn ich meine Familie sehe." Aus irgendeinem Grund hatte Lotte ein schlechtes Gefühl und sie befürchtete das Schlimmste. Die

Bilder, die sie in der Zeitung gesehen hatte, waren niederschmetternd, denn in ihrer geliebten Heimat lag kein Stein mehr auf dem anderen. Alle größeren Städte waren durch die unaufhörlichen Bombenangriffe in Schutt und Asche gelegt worden und Berlin hatte sie auf dem Luftbild nicht einmal erkannt.

Wie jemand inmitten einer solchen Verwüstung leben konnte, lag jenseits ihrer Vorstellungskraft. Sie wünschte sich, sie könnte eine Postkarte an ihre Mutter schicken, um ihr zu sagen, dass sie in Sicherheit und auf dem Weg nach Hause war. Aber angesichts der Papierknappheit und der nicht funktionierenden Post war dies reines Wunschdenken.

„Wohin fahren wir?", fragte eine der Frauen, als zwei britische Soldaten kamen, um die Plane an der Heckklappe zu sichern.

„*Shut up, bitch*", sagte einer von ihnen, spuckte auf den Boden und schlug die Heckklappe zu.

Seine rüde Beleidigung verpasste Lottes Vorfreude auf die Heimreise einen Dämpfer. Sie hatte den unverhohlenen Hass in den Augen des jungen Mannes gesehen. Hass und Trauer. So viele junge Menschen auf beiden Seiten würden nicht mehr zu ihren Familien zurückkehren.

„Was für ein fieser Kerl", beschwerte sich eine hübsche Rothaarige namens Hertha.

„Er hat jedes Recht, sauer zu sein, nach alldem, was wir getan haben."

„Wir? Ich habe überhaupt nichts gemacht", beschwerte sich eine andere Frau.

Lotte biss sich auf die Zunge, denn sie wollte die ohnehin hochkochenden Emotionen nicht weiter schüren. Die Frau glaubte vermutlich wirklich, was sie da sagte. So viele hatten die Augen vor den Grausamkeiten verschlossen und fadenscheinige Erklärungen geglaubt.

Arbeitslager für die Arbeitsscheuen. Umerziehungslager für

schwer erziehbare Jugendliche. Umsiedlung für die Juden. Lotte würde ihren rechten Arm darauf verwetten, dass keine der Frauen im Lastwagen jemals in einem Konzentrationslager gewesen war und aus erster Hand die unmenschlichen Bedingungen erfahren hatte.

„Psst, ich kann die Männer streiten hören", sagte eine hünenhafte Brünette.

„Kannst du was verstehen, Maria?"

„Billund. Sie wollen uns in Billund absetzen. Oh nein, der Sergeant sagt, sie müssen uns nach Gram bringen. Die beiden beschweren sich, dass es zu weit ist und sie heute Abend frei haben ... er hat ihnen den freien Abend gestrichen ... unsere Fahrer sind stinkwütend."

Das laute Knallen der Kabinentüren unterbrach Marias Übersetzung.

„Stinkwütend, in der Tat." Lotte kicherte, was ihr Ellenbogenstöße von links und rechts einbrachte.

„Das ist nicht lustig!"

Der Motor röhrte auf und das Fahrzeug schoss vorwärts.

„Wir fahren", kommentierte Gerlinde unnötigerweise.

„Gram? Von dort ist es nicht mehr weit bis zur Grenze bei Flensburg", sagte Hertha.

„Dort war mein Liebster stationiert. Glaubst du, dass ich ihn dort wiedersehe?", fragte Maria.

„Träum weiter", lachte Gerlinde. „Er wird schon lange nicht mehr dort sein, den haben sie weggeschafft in irgendein Gefangenenlager."

„Wenn er überhaupt überlebt hat ...", sagte Hertha und Maria machte ein Gesicht, als würde sie gleich in Tränen ausbrechen.

„Entschuldige, ich wollte dich nicht beunruhigen. Es ist nur ... dieser verdammte Krieg ..." Hertha schnitt eine Grimasse. „Ich war ganz zufrieden mit meinem Leben. Hatte gerade meine Lehre als Näherin begonnen, als sie mich in diese verdammte Uniform gesteckt haben."

„Du wurdest zwangsverpflichtet?“, fragte Lotte mit großen Augen. „Ich dachte, alle Wehrmachthelferinnen sind Freiwillige.“

„Normalerweise ja, aber in einigen Fällen, wenn es nicht genug Freiwillige in einem Bezirk gab, haben die Parteiführer einfach Mädels eingezogen, um ihre Quote zu erfüllen“, erklärte eine Frau in den späten Zwanzigern.

„Du hast keine Ahnung, welche Hebel ich in Bewegung setzen musste, um mich überhaupt verpflichten zu dürfen“, sagte Lotte.

„Haben deine Eltern nicht zugestimmt?“, fragte Hertha.

„Die ... waren schon lange tot, als ich mich entschloss, Wehrmachthelferin zu werden. Während der Bombardierung von Köln. Ich hatte Glück, dass ich mit dem Leben davongekommen bin.“

Alle im Lastwagen nickten. Jede von ihnen hatte Luftangriffe miterlebt und mehr Verwandte und Freunde verloren, als sie zu zählen wagte.

Die Fahrt dauerte viele Stunden und alle paar Minuten hielten sie an und warteten. Maria drückte sich in die Ecke, lugte durch ein Loch zwischen der Plane und der Metallbrüstung und berichtete, was sie sah.

„Die Straße ist in einem bedauernswerten Zustand und ich habe seit Jahren nicht mehr so viele Fahrzeuge gesehen. Es ist wie der Feierabendverkehr in München vor dem Krieg.“

„Oh, ja.“ Lotte erinnerte sich, wie es in Berlin gewesen war, vor der Benzinrationierung und der Beschlagnahme von Privatfahrzeugen für militärische Zwecke.

„Und Soldaten ... so viele ...“, sagte Maria.

„Welche Nationalität?“

„Kann ich nicht sehen ... oh, warte. Das sind unsere in feldgrau. Das müssen Tausende sein, die da marschieren. Da drüben, das müssen Briten sein, glaube ich, nach der Farbe der Uniform zu schließen.“

Lotte lehnte sich zurück und schloss die Augen, während sie Marias Geplapper zuhörte. Sie hätte darauf verzichten können, aber die anderen schienen unbedingt wissen zu wollen, was außerhalb des Lastwagens geschah.

„Schaut mal, ein Schloss. Es sieht völlig intakt aus."

„Vielleicht bringen sie uns dorthin", sagte Hertha und die anderen lachten. „Vielleicht gibt es dort sogar einen gutaussehenden Prinzen, der darauf wartet, dich willkommen zu heißen, Maria."

„Ich bezweifle, dass ein fescher dänischer Prinz dich freundlich empfangen wird, meine Liebe", wandte Gerlinde ein. „Sie waren nicht wirklich begeistert, dass wir in ihr Land einmarschiert sind."

„Ach, die dänischen Soldaten wurden kampflos entwaffnet und nach Hause geschickt. Und wer gefangen genommen wurde, durfte kurze Zeit später zu seiner Einheit zurückkehren." Hertha sah sich um. „Meinst du nicht, dass wir dadurch etwas Nachsicht verdient haben?"

„Nein, ich glaube nicht, dass die Dänen deine Ansichten teilen, meine Liebe." Gerlinde wollte einfach nicht einlenken, aber Lotte wusste, dass sie das Geplänkel absichtlich in Gang hielt, um die Stimmung im Lastwagen zu heben.

„Einige der Lastwagen biegen ab", sagte Maria plötzlich.

„Wahrscheinlich teilen sie uns auf verschiedene Quartiere auf."

„Wir bleiben zusammen, Gerlinde." Lotte umklammerte fest den Arm ihrer Freundin.

„Es sind jede Menge Menschen mit ihren Habseligkeiten auf den Straßen unterwegs. Ich frage mich, wer sie sind und wohin sie wollen."

Lotte wurde hochgeschleudert, als der Lastwagen in ein Schlagloch stürzte. Sie schrie auf, als ihr Hintern wieder auf dem harten Boden aufschlug und suchte nach etwas, an dem sie sich festhalten konnte. Gerlinde kam ihr zu Hilfe und schob sie wieder in eine aufrecht sitzende Position.

„Autsch, hat das wehgetan." Sie rieb sich den Hintern und hoffte, dass die Fahrt bald zu Ende sein würde. Tatsächlich kam der Lastwagen nach einer Weile quietschend zum Stehen und sie stieß mit dem Kopf gegen die Plane. *Verdammter Fahrer.* Die Tür der Fahrerkabine öffnete sich und knallte wieder zu.

„Scheint so, als wären wir am Ziel angekommen", sagte Lotte.

Nach einer Weile sprang der Motor erneut an, das Fahrzeug setzte sich in Bewegung, blieb jedoch nach wenigen Sekunden wieder stehen. Die rückwärtige Klappe öffnete sich und die beiden Soldaten erschienen, die gefahren waren. Einer richtete sein Gewehr auf die Frauen, während der andere befahl: „Runter mit euch, los."

Eine nach der anderen sprang von der Ladefläche herunter und machte unsicher einige Schritte auf steifen Beinen. Lotte sah sich um. Sie befanden sich in einer ehemaligen deutschen Garnison, die jetzt britische Truppen beherbergte.

Es wimmelte nur so von Soldaten, aber soweit sie erkennen konnte, war ihre Gruppe die einzige mit deutschen Gefangenen, und sie schienen die einzigen Frauen zu sein. Die feinen Haare in ihrem Nacken stellten sich auf und sie fragte sich, warum ihre Bewacher sie hergebracht hatten. Im Gänsemarsch wurden sie zu einem baufälligen Schuppen am Ende des Geländes gebracht.

„Wir besorgen uns nur einen Happen zu essen, bevor wir euch ins Gefangenenlager schaffen", erklärte der jüngere der beiden Soldaten. „Ihr wartet solange hier."

Dann verschwanden die beiden und verschlossen die Tür. Lotte begutachtete ihr neues Gefängnis. Der Schuppen musste früher als Stallung genutzt worden sein, denn es gab zwei Pferdeboxen mit Lehmboden, Strohreste, einen winzigen Abstellraum und ein Waschbecken. Sie ging hinüber, um den Wasserhahn zu öffnen, und zu ihrer großen Überraschung funktionierte er tatsächlich. Frisches, klares Wasser sprudelte heraus.

Gierig formte sie mit ihren Händen eine Schale und trank sich satt. Dann machte sie eine Katzenwäsche, bevor ihre ungeduldigen Kameradinnen sie von der köstlichen Quelle schubsten, um sich auch zu erfrischen.

„Was glaubst du, was sie mit uns machen werden?" Gerlinde gesellte sich zu ihr und gemeinsam gingen sie auf und ab, um sich nach der langen Fahrt die Beine zu vertreten.

„Du hast sie gehört. Ein Kriegsgefangenenlager hier in der Nähe."

„Aber warum haben wir hier Halt gemacht? Das macht doch keinen Sinn."

Lotte spottete: „Seit wir Stavanger übereilt verlassen haben, macht doch nichts mehr Sinn. Der Soldat war zu hungrig, um weiterzufahren."

Hertha schaltete sich in ihr Gespräch ein. „Ich wette, ich bin hungriger. Wir haben seit heute Morgen keinen Bissen mehr gegessen."

„Erwähne bloß kein Essen!"

„Es dauert bestimmt nicht lange. Ich bin sicher, wir bekommen was, sobald wir uns im Lager registriert haben."

„Was macht dich da so sicher?" Gerlinde schürzte die Lippen. „Bisher haben die Sieger nicht gerade viel Organisationstalent gezeigt."

Lotte war bereit, die Alliierten in Schutz zu nehmen. „Du musst ihnen zugestehen, dass sie eine schwierige Aufgabe haben. Und feindliche Gefangene zu verpflegen, hat wahrscheinlich keine hohe Priorität auf ihrer Liste."

„Ich will einfach nur zu meiner Familie zurück", sagte Ada, ein sehr jung aussehendes Mädel.

„Wie kommt es, dass du überhaupt hier bist? Wie alt bist du eigentlich?", fragte Hertha.

Ada erblasste. „Meine Eltern wollten nicht, dass ich Wehrmachthelferin werde, also habe ich ein bisschen geflunkert, was mein Alter angeht. Aber letzten Monat bin ich achtzehn geworden."

„Wie dumm von dir!" Gerlinde warf die Hände in die Luft und Ada sah aus, als würde sie gleich anfangen zu weinen.

Eine Welle des Mitgefühls überkam Lotte. Sie war in Adas Alter genauso impulsiv und dickköpfig gewesen und obwohl es nur zwei Jahre her war, fühlte es sich an wie ein Jahrzehnt. Oder zwei. So viel war passiert.

KAPITEL 12

ach einer gefühlten Ewigkeit hörte Lotte die ausgelassenen, lauten Stimmen von betrunkenen Männern.

„Wahrscheinlich feiern die immer noch ihren Sieg", sagte Gerlinde. Überall waren in den Tagen nach der Kapitulation spontane Feiern ausgebrochen.

Obwohl die Deutschen selbst keinen Grund zum Feiern hatten, mal abgesehen von der Erleichterung, dass der Krieg endlich vorbei war, hatten die Frauen während ihrer Gefangenschaft viele solcher Anlässe miterlebt.

„Ich hoffe, unsere Fahrer sind nicht so besoffen, dass sie uns hier vergessen", sagte Lotte. So seltsam es klang, sie sehnte sich danach, im Kriegsgefangenenlager anzukommen, und hoffte, dass man ihnen Essen, eine Decke und einen Platz zum Schlafen zuweisen würde.

Augenblicke später wurde die Tür der Baracke aufgeschlossen und ein Soldat, unsicher auf den Füßen taumelnd, schaute hinein. Er öffnete seine Hose und machte sich daran zu pinkeln. Erst dann bemerkte er die entsetzt japsende Ada und kratzte sich am Kopf. Er drehte sich um und Lotte hörte, wie er von außen an den Schuppen pinkelte, wobei er seinen Kameraden etwas Unverständliches zurief.

„Was war das?", flüsterte eine der Frauen.

„Ein stockbesoffener Soldat", antwortete Hertha.

„Ist er weg?"

Statt einer Antwort steckten drei weitere Männer ihre Köpfe herein.

„Ich fürchte nicht", sagte Lotte, während ihr die Angst den Rücken hochkroch.

„Was macht ihr Hübschen denn hier?", fragte einer von ihnen und, nachdem er ihre Uniformen erkannt hatte, wiederholte er die Frage auf Deutsch mit einem starken Akzent.

„Wir warten darauf, ins Gefangenenlager gebracht zu werden", antwortete Hertha.

„Ui ..." Er legte den Kopf schief und sah die Gruppe an. „Warum verkürzen wir euch nicht die Wartezeit?"

„Das wäre sehr nett", sagte Ada mit einem erleichterten Lächeln im Gesicht.

„Einen Moment. Bin gleich wieder da." Sein Gesicht erhellte sich und er taumelte mit einem anzüglichen Grinsen nach draußen, wo er nach seinen Kameraden rief: „Kommt her, da wartet ein Haufen netter und williger Mädels auf uns!"

Trotz der Hoffnung, dass sie die Worte falsch verstanden hatte, spürte Lotte, wie ihr das Blut aus dem Gesicht wich. Sicherlich war ihr Englisch zu schlecht und sie hatte ihn falsch verstanden. Ganz bestimmt ...

Etwa zehn Soldaten in verschiedenen Zuständen der Trunkenheit stolperten in den Schuppen und derjenige, der zuerst mit den Frauen gesprochen hatte, trat auf Ada zu.

„Komm her, meine Schöne", sagte er und deutete mit dem Finger auf sie.

Sie gehorchte pflichtbewusst, die Schüchternheit ins Gesicht geschrieben, und im nächsten Moment wollte Lotte laut aufschreien. Der Soldat presste Ada fest an sich und drückte dem jungen Mädchen einen Kuss auf den Mund.

Ada war zu betäubt, um sich zu wehren, aber Maria, die am nächsten bei ihr stand, hatte schnelle Reflexe und boxte ihn gegen die Schulter.

„Autsch!" Er ließ Ada los und drehte sich um, um Maria verständnislos anzusehen. „Was is'n los?"

„Was los ist? Sie ist gerade mal achtzehn und du fällst über sie her wie ein wildes Tier." Maria durchbohrte ihn mit ihrem Blick.

„Genau das isser", lallte einer seiner Landsleute. „Johnny is'n echter Tiger im Sack."

„Ihr seid betrunken. Lasst uns in Ruhe!", forderte Maria.

„Nee ... die süße kleine Blondine wollte, dass ich ihr die Wartezeit verkürze, also nur, weil du eifersüchtig bist ..."

„Gibt kein Grund, eifersüchtig zu sein. Wir sind genug, dass jede von euch an die Reihe kommt," sagte ein anderer Mann.

Lotte schluckte schwer. Sie hatte genug Erfahrung mit Wehrmachtsoldaten, um zu wissen, dass man mit betrunkenen Männern nicht vernünftig reden konnte. Genau aus diesem Grund blieben die Mädels immer in Gruppen und die Vorgesetzten der Männer hielten sie fest an der Kandare. Aber in dieser Situation konnten sie nicht auf die Hilfe eines Offiziers hoffen, denn es schien keiner in der Nähe zu sein.

Und wer würde schon einem Haufen feindlicher Kriegsgefangener zu Hilfe eilen? Sie drückte sich an die Wand und versuchte, sich unsichtbar zu machen, während sie das schreckliche Schauspiel beobachtete, das sich vor ihren Augen abspielte.

„Na komm schon, Süße. Es wird nicht zu deinem Nachteil sein", sagte Johnny. „Du kriegst auch Schokolade."

Inzwischen hatte Ada die Pläne der Männer durchschaut und versteckte sich hinter Marias Rücken, was Johnny aber nicht im Geringsten störte. Er murmelte etwas, zuckte dann mit den Schultern und schnappte sich die nächstbeste Frau, die herumstand. Das war Hertha.

Seine Kameraden feuerten ihn an. „Einen Kuss! Gib ihr einen Kuss!"

Hertha wehrte sich gegen den starken Mann, der ihr seine Lippen auf den Mund drückte. Als er von ihr abließ, ohrfeigte sie ihn und rief: „Nimm deine Pfoten von mir! Dreckstommy!"

Oh, nein! Lotte konnte sehen, wie sich bei ihm ein Schalter umlegte, während er einen Schritt zurücktrat und sie drohend anknurrte: „Wie hast du mich genannt, du Nazischlampe?"

„Dreckstommy. Erbärmlicher Wicht", wiederholte Hertha und unterstrich ihre Worte mit einem Tritt gegen sein Schienbein.

„Autsch", schrie er und ein böser Ausdruck trat in seine Augen. „Ich werde dir zeigen, wer hier der *Boss* ist. Wir haben Gesindel wie euch jahrelang in ganz Europa bekämpft. Glaubst du, wir werden nicht mit einem Haufen Nazischlampen fertig?"

Dann schleuderte er sie zu Boden und warf sich auf sie. Hertha schrie aus Leibeskräften, während er ihr die Bluse aufriss, allerdings nicht lange. Ein hilfsbereiter Kamerad brachte sie mit seiner großen Hand über ihrem Mund zum Schweigen.

„Lass sie in Ruhe, du widerliche Bestie!" Maria sprang vor, nur um von einem anderen Tommy abgefangen zu werden.

„Kein Grund, ungeduldig zu sein, Schätzchen, es ist genug für alle da." Seine blutunterlaufenen Augen fixierten ihren Rock und er schob seine Hände darunter.

Lotte dachte, sie würde gleich in Ohnmacht fallen. Solch schreckliche Dinge hatte sie zwar schon mit anhören, aber nie mit ansehen müssen. Nicht einmal in Ravensbrück, als der abscheuliche Doktor Tretter ... Ihr ganzer Körper erstarrte, sodass sie zu keiner Bewegung fähig war, als einer der Soldaten zu ihr kam und anfing, sie unter ihrer Kleidung zu befummeln.

„Es wird dir gefallen, *ducky*," nuschelte er ihr ins Ohr.

Sie wollte ihn boxen, treten, laut schreien oder wenigstens irgendetwas tun, um sich zu wehren. Aber Tatsache war, dass sie nicht einmal die Augen schließen konnte, weil der tief sitzende Schock sie lähmte. Der einzige Teil ihres Körpers, der noch seinen Dienst verrichtete, war ihr Herz, das gefrorenes Blut in ihre Gliedmaßen pumpte. Jeder Stoß brutaler als der vorherige.

Als das Stoßen mit einem Stöhnen endete, schreckte ein herzzerreißendes Wimmern sie aus ihrer Todesstarre auf. Und zusammen mit dem Schmelzen der gefrorenen Zellen in ihrem Körper löste sich der Schock und ließ sie orientierungslos zurück.

Ihre weit geöffneten Augen schlossen sich sanft und reine, süße Dunkelheit umfing sie. Es wurde still und sie schwebte hoch in der Luft, von wo aus sie auf den traurigen Haufen geschändeter Frauen und die betrunkene Fröhlichkeit der Soldaten blickte, die ihre Lust gestillt hatten und den Schuppen verließen.

Diejenigen, denen sie geholfen hatte, die Welt von dem Grauen der Nazis zu befreien, waren dieselben, die ihr diese grausame Behandlung zugefügt hatten. Hatte sie nicht geglaubt, die Briten seien besser als ihre Landsleute? Eine Nation mit Moral und hohen ethischen Standards?

Die Offenbarung kam wie ein Schock. Gut und Böse waren nicht Teil einer Nation, Rasse, Religion oder gar Ideologie. Ein Mann konnte für die gute Sache und für die Freiheit kämpfen, aber trotzdem glauben, er hätte das Recht, sich einer Frau aufzuzwingen, wann immer er wollte.

Sie ballte ihre Hände zu Fäusten und schwor zu Gott, dass ihr so was nie wieder passieren würde. Sie schwor, dass sie niemals vergessen und nie wieder so verletzbar sein würde.

In diesem dunklen Moment kehrte ihre jugendliche Sturheit zurück und sie gab sich selbst ein Versprechen. Sobald sie nach

Hause zurückkehrte, würde sie alles daransetzen, Anwalt zu werden und für Gerechtigkeit zu kämpfen. Sie würde für all jene kämpfen, die sonst kein Gehör fanden, und, so wahr ihr Gott helfe, würde sie wieder Gerechtigkeit in die Welt bringen.

Ja, das würde sie.

KAPITEL 13

Gerlinde lag unbeweglich ein paar Meter entfernt. Lotte kroch auf sie zu und versuchte, sie wachzurütteln. Ihre Freundin rührte sich und schaute Lotte aus gequälten Augen an.

„Ist alles in Ordnung mit dir?", fragte Lotte, obwohl sie die Antwort bereits kannte. Wie konnte es einer Frau gut gehen, nach dem, was gerade passiert war?

„Ich glaube schon ..." Gerlindes schwache Stimme zitterte.

„Wir müssen von hier verschwinden."

„Was?" Gerlinde riss die Augen weit auf.

Lotte senkte ihre Stimme zu einem leisen Flüstern: „In ihrem Rausch haben sie vergessen, die Tür abzuschließen. Das ist unsere Chance zu entkommen."

„Das ist illegal. Wir sind Kriegsgefangene."

„Na und?" Lotte schob sich eine widerspenstige Strähne ihres feuerroten Haares hinters Ohr. „Was diese Männer getan haben, war auch illegal, also haben wir jedes Recht abzuhauen."

„Alex, bitte ..."

„Ich für meinen Teil werde nicht herumsitzen und darauf warten, dass so etwas wieder passiert. Also, kommst du jetzt mit oder nicht?" Lotte konnte sehen, wie der innere Krieg in ihrer Freundin tobte, und sie fügte hinzu: „Bitte?"

„Ich weiß nicht so recht ... selbst wenn die Tür unverschlossen ist, sind doch bestimmt Wachen auf dem Gelände. Wir sind schließlich in einer Kaserne."

Lotte legte den Kopf schief und dachte über Gerlindes Worte nach. Dann zuckte sie mit den Schultern. „Weißt du was? Du bleibst hier und ruhst dich aus und ich schaue mich mal um. Wenn die Luft rein ist, komme ich und hole dich."

Gerlinde nickte schwach und ließ sich zurück auf den Lehmboden sinken. Keine der anderen Frauen rührte sich. Lottes Blick fiel auf einen staubigen Seesack, der an der Wand hing und zweifellos den neuen Besitzern der Garnison gehörte. Sie nahm ihn vom Haken und warf ihn sich über die Schulter, bevor sie durch die Tür schlüpfte.

Draußen war noch ein winziger blauer Streifen am Horizont zu sehen. Das waren die endlosen Sommernächte so weit oben im Norden. Es war schon Ende Mai und bald würde es nur noch wenige Stunden pro Nacht dunkel werden. Die Helligkeit war nicht gerade förderlich für ihr Vorhaben, einen Fluchtweg auszukundschaften, aber andererseits wäre es in absoluter Dunkelheit schwieriger, sich zurechtzufinden. Sie musste einfach vorsichtig sein, um nicht entdeckt zu werden.

Absolute Stille lag über dem Gelände und alle Soldaten schienen fest zu schlafen. Sie blieb im Schatten der Baracken, bis sie zu einem riesigen Gebäude kam, das sie als die Messe erkannte.

Wo es eine Messe gibt, muss auch eine Küche sein. Sie schlüpfte durch die unverschlossene Tür hinein und wartete, bis sich ihre Augen an die fast völlige Dunkelheit im Inneren gewöhnt hatten. Da sie davon ausging, dass alle deutschen Garnisonen mehr oder weniger gleich gebaut waren, tastete sie sich zur hinteren Wand und tatsächlich führte dort eine Tür in die Küche.

Sie wagte es nicht, das Licht einzuschalten, und folgte dem Geruch von geräuchertem Schinken, bis sie fand, wonach sie suchte: die Vorratskammer. Beim Stöbern berührten ihre Hände einen weichen, hellen Block und sie schnupperte daran. Der Geruch von reifem Käse war so verlockend für ihren hungrigen Magen, dass sie nicht widerstehen konnte, einen großen Brocken davon abzubeißen.

Hmmm. Sie genoss jeden einzelnen Krümel und leckte sich genüsslich über die Lippen, bevor sie den Rest in den Seesack stopfte. Ein großes Stück Schinken, ein Brotlaib und mehrere Konserven, von denen sie hoffte, dass es sich um Armeeverpflegung handelte, folgten dem Käse.

Dann tastete sie sich durch die Schubladen, bis sie zwei Dinge fand: eine Feldflasche und ein großes Fleischermesser. In Ermangelung anderer Waffen würde das Messer ihnen helfen, sich gegen potenzielle Angreifer zu wehren.

Als sie die Feldflasche mit Wasser aus dem Hahn füllte, überkam sie die Versuchung, sich gründlich zu waschen, aber sie hatte zu viel Angst, das Geräusch könnte jemanden aufwecken. *Es gibt nichts Schlimmeres, als in einer Militärküche beim Stehlen von Essen erwischt zu werden, wenn man gerade eine Flucht vorbereitet.* Also widerstand sie der kühlen, sauberen Flüssigkeit und schlich sich aus dem Gebäude.

Der blaue Streifen am Horizont war inzwischen verschwunden und nur die Sterne warfen ein friedliches Licht auf das Gelände. Einen Moment lang zweifelte sie an ihrer Entscheidung zu fliehen. Abgesehen von dem *Vorfall* mit den betrunkenen Männern vorhin, hatten sich die neuen Machthaber stets korrekt verhalten.

Nach Artikel 3 der Genfer Konvention hatten Kriegsgefangene Anspruch auf die Achtung ihrer Person und ihrer Ehre. Die britischen Soldaten hatten ihre Ehre eindeutig verletzt, deshalb könnte sie diese anzeigen. Doch nach kurzer Überlegung gab sie diesem Unterfangen wenig Aussicht auf Erfolg.

Auch in der Wehrmacht war es immer mal wieder zu Übergriffen gekommen und nicht ein einziges Mal hatte der betroffene Mann mehr als einen Rüffel erhalten. Stattdessen wurde die Frau in der Regel dafür verantwortlich gemacht und aus dem Dienst entlassen, als habe sie die Tat begangen.

Vielleicht wäre es das Beste, das Ganze zu vergessen, den Vorfall tief in ihrer Seele zu vergraben, zusammen mit so vielen anderen schmerzhaften Erinnerungen, und nie wieder daran zu denken. Die Engländer waren nicht dafür bekannt, Vergewaltigungen absichtlich einzusetzen, um sich an der Zivilbevölkerung zu rächen, so wie es der Iwan tat, deshalb würde sie wahrscheinlich nie wieder in eine ähnliche Situation kommen.

Sie sollte es abhaken, verursacht durch zu viel Alkohol. Ein unglücklicher *Vorfall*, der abgesehen von ein paar Kratzern keinen körperlichen Schaden verursacht hatte. Aber selbst, während sie versuchte, sich die Flucht auszureden, verkrampfte sich ihr ganzer Körper.

Ihr Angreifer hatte ihr zwar keinen bleibenden körperlichen Schaden zugefügt, aber er hatte ihr etwas viel Wertvolleres geraubt. Ihre Ehre. Ihre Würde. Den tiefsten Kern ihres Menschseins. Unter dem Ansturm der quälenden Emotionen biss sie die Zähne zusammen, krümmte sich und rang nach Luft.

Die Nazis hatten versucht, ihr die Menschlichkeit zu nehmen, nicht nur einmal, sondern zweimal, und es war ihnen nicht gelungen. Sie würde nicht zulassen, dass irgendein verdammter Tommy-Soldat das schaffte, wozu weder die SS noch die Gestapo in der Lage gewesen waren. Nein, sie würde nicht untätig herumsitzen und darauf warten, wieder ein Opfer zu werden.

Mit ihrer neugewonnenen Entschlossenheit ging sie hinüber zu dem Schuppen, in dem die anderen Frauen auf dem Boden kauerten. Sie beobachtete ihre Kameradinnen, die in schluchzenden Albträumen gefangen waren, und stupste Gerlinde an, bis ihre Freundin endlich die Augen öffnete.

Bevor sie schreien konnte, legte Lotte ihre Hand über Gerlindes offenen Mund und sagte: „Ich bins. Alex. Es ist Zeit zu gehen."

Eine Frau regte sich, sah sie an und fragte sie im Halbschlaf: „Wo wollt ihr denn hin?"

„Pinkeln", flüsterte Lotte zurück. „Musst du auch?"

„Nein", antwortete sie und schloss wieder die Augen.

Lotte zählte bis zwanzig, dann packte sie Gerlinde am Handgelenk und zog sie aus dem Schuppen.

„Der Haupteingang ist beleuchtet und bewacht", flüsterte sie. „Aber wir können hinten über die Mauer klettern."

Gerlinde sagte kein Wort und folgte Lotte wie ein Lämmchen zu einer Stelle nahe der Mauer um die Garnison, wo ein Hundezwinger stand.

„Ich gehe nicht in die Nähe der Hunde", flüsterte Gerlinde ängstlich.

„Kein Grund zur Sorge. Ich habe vorhin nachgesehen. Der Zwinger ist leer. Jetzt komm." Lotte musste sich ein Kichern verkneifen angesichts des angewiderten Gesichts ihrer Freundin. Sie konnte nicht begreifen, wie ein Mädel vom Land so viel Angst vor Hunden haben konnte. Lotte hatte zwar selbst nie einen besessen, aber fand sie süß und meistens freundlich.

Sie machte eine Räuberleiter auf das Dach des Zwingers und oben angelangt streckte Gerlinde ihre Hand aus, um Lotte hochzuhelfen. Dann beäugte sie die Mauer. Sie war nicht besonders hoch, und sie schaffte es, ihre Hände auf die Kante zu legen.

„Aua", zischte Lotte, als ein scharfer Schmerz in ihre Hand stach. „Vorsicht, da sind Glassplitter." Sie reichte Gerlinde den Seesack und hievte sich mühsam hoch. Gerade als sie das Bein über die Mauer schwingen wollte, hielt der enge Uniformrock sie zurück. Sie musste loslassen, denn ihre Hände würden ihr Körpergewicht nicht mehr lange tragen können.

Verdammter Rock. Er mochte anmutig aussehen, war aber schrecklich unpraktisch. Nicht nur, dass er kaum gegen die feuchte Kälte im Winter schützte, er behinderte auch noch ihre Bewegungen. *Ich hätte als Junge geboren werden sollen. Ich schwöre, das hätte ich.* Ein Junge musste nicht ständig Röcke tragen. Er konnte auf alle Mauern oder Bäume klettern, die er wollte. Er war kein Mensch zweiter Klasse in einer Welt voller Männer. Und er musste ganz gewiss nicht ertragen, was ihr an diesem Abend widerfahren war.

Da sie jedoch die Umstände ihrer Geburt nicht ändern konnte, schob sie ihren Rock bis zu den Hüften hoch und entblößte dabei ihre zerrissene Unterwäsche.

„Alex!" Gerlindes Augen füllten sich mit Scham, als sie den weißen Stoff gegen die dunkle Nacht aufblitzen sah.

„Es ist niemand da, der uns sehen könnte, also beeil dich." *Und was gibt es überhaupt zu sehen, nachdem sie sich bereits genommen haben, was sie wollten?* Lotte richtete sich wieder auf, tastete vorsichtig nach den Glasscherben und schwang dann ihr Bein über die Mauer. Rittlings sitzend, nahm sie Gerlinde den Seesack aus der Hand und ließ ihn auf der anderen Seite zu Boden fallen. Dann half sie ihrer Freundin hinauf, und sie sprangen gemeinsam ins Gras hinunter.

Freiheit!, wollte Lotte aus vollem Halse schreien.

„Unglaublich, das war so einfach", sagte Gerlinde, als sie genug Abstand zwischen sich und die Garnison gebracht hatten und sich wieder trauten, miteinander zu reden. „Ich glaube, Gott wacht über uns."

„Nur schade, dass er nicht über uns gewacht hat, als diese Schweine über uns hergefallen sind", erwiderte Lotte wütend, aber im selben Augenblick bedauerte sie ihre Worte. Was passiert war, war nicht Gerlindes Schuld. „Wir müssen ein

Versteck finden, bevor die Sonne aufgeht", sagte sie in einem versöhnlichen Ton.

„Können wir nicht bei Tag gehen?"

„Nicht wirklich. Wir haben immer noch unsere Uniformen an und was glaubst du, wie lange es dauern würde, bis wir wieder gefangen genommen werden?"

Selbst in der Dunkelheit konnte Lotte sehen, wie das Gesicht ihrer Freundin bleicher wurde. Sie nahm ihre Hand und versicherte ihr: „Das wird aber nicht passieren, denn wir werden vorsichtig sein. Tagsüber schlafen wir und nachts gehen wir weiter." Plötzlich schien ihr die Flucht keine so gute Idee mehr zu sein, aber es war zu spät ... eine Rückkehr in die Garnison war nur durch das Haupttor möglich.

Sie gab ein hysterisches Kichern von sich, als sie sich die Situation ausmalte. *Hallo, Herr Wachmann. Wir haben einen kleinen Spaziergang um das Gelände gemacht. Wären Sie wohl so freundlich, uns wieder reinzulassen und in den Schuppen zu sperren?*

Gerlinde jedoch erwachte aus ihrer Apathie und sagte: „Wir müssen uns stellen. Diese Flucht ist ein Selbstmordkommando."

„Nein." Lottes ganzer Körper versteifte sich und ein wütender Schmerz schoss durch ihr Inneres in Erinnerung an den *Vorfall*. „Ich werde mich ganz sicher nicht stellen. Lieber lasse ich mich auf der Flucht erschießen, als ..."

Gerlindes Gesicht verlor seine auffällige Blässe und Lotte spürte die Hitze, die von den Wangen ihrer Freundin ausging. „Ich werde mich stellen."

„Bitte nicht", flehte Lotte. „Ich schaffe das nicht allein. Bitte! Wir werden nicht erwischt. Ich verspreche es."

„Wie kannst du so etwas versprechen?"

„Weil ... ich nie wieder zulassen werde, dass ein Mann auf unsere Kosten sein Vergnügen hat." Lotte holte das Schlachtermesser aus dem Seesack. „Das nächste Mal bin ich vorbereitet."

„Du liebe Güte, Alexandra. Leg das Ding weg."

„Nur wenn du mit mir kommst. Bitte? Zusammen sind wir

unbesiegbar." Lotte bettelte und flehte, bis Gerlinde endlich einlenkte.

„Na gut. Wissen wir überhaupt, wo wir hinmüssen?"

„Nicht so wirklich. Aber ich habe mir gedacht, Dänemark ist so ein kleines Land und von Gram aus gehen wir einfach nach Süden, bis wir die Grenze erreichen."

„Sagt die Frau, die das Morsealphabet beherrscht, als sei es ihre Muttersprache, aber immer noch verloren ist, wenn sie einen Ort auf der Karte lokalisieren muss."

„Siehst du, wie sehr ich dich brauche?" Lotte drückte ihre Hand.

„Ich habe Hunger", beschwerte sich Gerlinde nach einer Weile.

„Oh, das habe ich vor lauter Aufregung ganz vergessen." Lotte griff in den Seesack und holte ein Stück Brot hervor.

„Du lieber Gott! Wo hast du das denn her?" Gerlinde schob sich gierig das Brot in den Mund.

„Aus der Garnisonsküche."

„Du hast das aus der Küche gestohlen?"

„Ja, ich habe es gestohlen!" Lotte war wütend. „Betrachte es als Bezahlung für das, was diese Schweine mir gestohlen haben. Ich würde sagen, das ist nur gerecht, oder?"

„Es tut mir leid, ich wollte dich nicht kritisieren. Ich bin genauso entsetzt wie du, aber übereilte Handlungen helfen uns nicht weiter."

„Du hast recht." Lotte verfiel in Schweigen und dachte über Gerlindes Worte nach. Sie hatte sich geschworen, nie wieder unüberlegt und unverantwortlich zu handeln und nie wieder ihre Freunde durch ihre Impulsivität in Gefahr zu bringen. War sie gerade dabei, ihre Fehler von damals zu wiederholen?

KAPITEL 14

Sie liefen die verlassene Straße unter einem Himmel voller Sterne entlang, bis sie an eine Kreuzung kamen.

„Welchen Weg sollen wir nehmen?", fragte Lotte und bewegte ihren Kopf von links nach rechts.

„Das weiß ich nicht, zumindest nicht, bis wir sehen, wo die Sonne aufgeht." Gerlinde ließ sich auf einen Stein am Straßenrand fallen. Ihr Magen gab ein eigenartiges Geräusch von sich, das dem eines Wolfs ähnelte, der den Mond anheult.

„Ich denke, wir können eine Pause einlegen und etwas essen." Lotte spähte vorsichtig in alle Richtungen, besonders in die, aus der sie gekommen waren. Aber die Nacht war still. Ihre Abwesenheit würde wohl erst am Morgen bemerkt werden, aber ab dann wären sie flüchtige Kriegsgefangene. Sie hoffte, dass die Briten nicht allzu viel Mühe auf die Suche nach zwei vermissten Frauen verwendeten. Die Art und Weise, wie man sie zuvor behandelt hatte, und als Last ansah, welche die verantwortlichen Soldaten von wichtigeren Aufgaben abhielt, gab ihr Zuversicht. Sie setzte sich neben Gerlinde, öffnete den Seesack und nahm das Fleischermesser heraus, mit dem sie großzügige Scheiben Käse, Schinken und Brot abschnitt.

Während sie kaute, überlegte sie, was ihre Optionen waren. In dieser Jahreszeit würde die Morgendämmerung schon bald beginnen und sie konnten sich genauso gut ausruhen, bevor sie sich für einen der beiden Wege entschieden. Andererseits erhöhte jede Minute, die sie warteten, das Risiko, gefunden zu werden.

„Wir müssen schleunigst aus Gram fort", sagte Lotte. „Ich möchte so weit wie möglich weg sein, wenn man unser Verschwinden bemerkt."

„Es spielt keine Rolle, wo wir sind", sagte Gerlinde und blickte an ihrer schmutzigen Uniform hinunter. „Was glaubst du, wie lange es in dieser Kleidung dauert, bis jemand merkt, dass wir Kriegsgefangene auf der Flucht sind und uns an die Behörden meldet?"

„Genau deshalb können wir nicht riskieren, dass uns jemand sieht. Ich will auf keinen Fall verhaftet werden."

„Bitte", sagte Gerlinde, während sie auf ihrem Schinkenstück kaute. „Wir sollten uns stellen. Vielleicht wird es gar nicht so schlimm."

„Ja, sicher, man wird dir großzügig verzeihen, wenn du dich stellst", sagte Lotte sarkastisch. „Die Briten haben ein Herz aus Gold. Hast du gestern Abend die kleine Kostprobe ihres Mitgefühls genossen?"

Gerlinde hielt sich die Hände vor das Gesicht und schüttelte den Kopf, als wolle sie die Erinnerung an den schrecklichen Vorfall auslöschen. „Sei nicht grausam."

„Ich war es nicht, die grausam war. Aber du scheinst völlig von Sinnen zu sein. Was genau, glaubst du, würden sie mit uns machen?"

„Aufhängen?", flüsterte Gerlinde. „Ich will nicht sterben, nicht jetzt wo der Krieg endlich vorbei ist. Haben wir jahrelang gekämpft, sogar das Blutbad in Warschau überlebt, nur um jetzt wegen Desertion getötet zu werden?"

Die Verzweiflung in der Stimme ihrer Freundin fegte Lottes

Bitterkeit weg und sie berührte Gerlindes Wange. „Es tut mir leid. Es ist nur ... ich bin so wütend. Es ist, als würde mein Blut kochen und einzig und allein Rache kann mich beruhigen. Ich will die ganze Welt in Stücke reißen und diese Schweine millionenfach mehr verletzen, als sie mich verletzt haben." Sie hörte auf zu reden, wohl wissend, dass sie sich mit dieser Einstellung nur noch mehr Ärger einhandeln würde. Zwei beruhigende Atemzüge später sagte sie: „Es tut mir leid, Gerlinde. Ich will meine Wut nicht an dir auslassen. Du bist meine Freundin ... vielleicht wäre es besser gewesen, in Gefangenschaft zu bleiben, aber das werden wir nie erfahren. Denn jetzt können wir nicht mehr zurück."

„Ich weiß."

Sie aßen auf und warteten schweigend, bis das fahle Licht der aufgehenden Sonne am Horizont erschien.

„Sieh mal", rief Lotte aufgeregt. „Da ist Osten."

„Dann nehmen wir diese Straße. Sie wird uns nach Süden führen." Gerlinde war die Erleichterung anzusehen. „Von Gram bis Flensburg sind es gerade mal siebzig Kilometer."

„Woher weißt du das?", fragte Lotte erstaunt.

„Alles hier drin." Gerlinde tippte sich an den Kopf. „Oder was glaubst du, was ich gemacht habe, während ich mich zu Hause zu Tode gelangweilt habe? Ich habe ganze Tage damit verbracht, in meinem Atlas zu stöbern und mir die Orte vorzustellen, wohin ich reisen könnte."

„Gut für uns. Dann mal los."

Sie hatten nicht viel Zeit, denn bevor der Morgen anbrach und die Menschen ihre Häuser verließen, mussten sie sich verstecken.

„Ich wünschte, wir hätten unsere Zivilkleidung mitgenommen."

„Ich auch, aber unsere Koffer waren auf dem Laster." Gerlinde blieb abrupt stehen und drehte sich um. Die Agonie in ihren schönen Augen zerriss Lotte das Herz.

„Was ist denn los?"

„Das Foto von meiner Familie. Es ist in meinem Koffer. Was ist, wenn ich sie nie wiedersehe und nun das einzige Andenken an sie verloren habe, das ich besitze?"

Lotte drückte ihre Hand. „Du wirst sie wiedersehen. Ganz bestimmt. Sie sind schließlich rechtzeitig aus Ostpreußen geflohen, bevor die Rote Armee kam, nicht wahr?"

„Das sind sie, aber ich habe seitdem nichts mehr von ihnen gehört. Und die Flucht war gefährlich ..."

Worte waren ein unzureichender Trost für Gerlindes Schmerz und so konnte Lotte nur schweigend ihre Hand halten, bis ihr einfiel, dass auch ihre eigenen Familienfotos zurückgeblieben waren. Tränen sammelten sich in ihren Augen und sie blinzelte sie weg. Jetzt zu weinen, käme dem Eingeständnis gleich, dass ihre Liebsten bereits tot waren. *Wenn ich erst einmal in Berlin bin, werde ich genügend Gelegenheiten haben, neue Fotos zu machen.* Instinktiv tastete sie in der Brusttasche ihrer Bluse nach dem einen Bild, das sie immer bei sich trug. Ihre Finger streichelten das starre Papier und sie sah Johann plötzlich direkt vor sich, wie er schwere Baumstämme zu einem Sägewerk trug und die gefräßigen Maschinen damit fütterte.

Seine Hände waren rissig und bluteten von dem rauen Holz. Seine honigfarbenen Augen hatten ihren warmen Glanz verloren und einen leeren Blick der Verzweiflung angenommen, den sie aus ihrer Zeit in Ravensbrück so gut kannte. Es traf sie wie ein Schlag in die Magengrube und sie krümmte sich keuchend.

„Was ist los?" Jetzt war Gerlinde an der Reihe, sich Sorgen zu machen, aber Lotte schüttelte nur den Kopf ... Wie sollte sie eine Vision erklären?

Wenige Stunden später, noch bevor der Morgen richtig anbrach, verließen sie die Straße und stießen bald auf eine verlassene Hütte, die bedenklich an den Resten eines Baumes lehnte, den der Blitz in zwei Hälften gespalten hatte.

„Das ist der perfekte Ort, um uns zu verstecken und etwas zu schlafen", sagte Lotte. Abseits der ausgetretenen Pfade bot die Hütte einen perfekten Zufluchtsort.

„Ich denke, es erfüllt den Zweck." Gerlinde war deutlich weniger begeistert.

Die üppige grüne Wiese war ein Fest für Lottes müde Sinne. Das Gras roch frisch und würzig, die singenden Vögel erhellten ihr Gemüt und brachten die Sorgen zum Schweigen. „Es ist so friedlich hier", sagte sie verträumt, während sie damit beschäftigt war, all die Schönheit aufzunehmen und tief in sich zu speichern, damit sie in Zeiten der Sorge davon zehren konnte.

„Ja, es ist schön", stimmte Gerlinde zu. „Nicht wie daheim auf unserem Hof, aber es erinnert mich trotzdem an die erstaunlichen Wunder der Natur."

„Du musst deine Heimat sehr vermissen."

„Das tue ich." Gerlinde tat ihr Bestes, um tapfer zu erscheinen, aber Lotte ließ sich nicht täuschen. Da sie tagein, tagaus zusammengearbeitet und sich ein Zimmer geteilt hatten, kannte sie ihre Freundin fast besser als sich selbst. Sie konnte mit Bestimmtheit sagen, in welcher Stimmung Gerlinde war, kannte ihre verborgenen Ängste, ihre tiefsten Sorgen und ihre größten Freuden. In nur einem Jahr hatte sie sich mit Gerlinde auf eine Weise verbunden, wie zuvor nur mit ihren Geschwistern – bevor sie auseinandergerissen und in alle Winde verstreut worden waren.

Richard hatte das Elternhaus als Erster verlassen. Mit sechzehn Jahren wurde er zur Wehrmacht eingezogen und an die Ostfront verschifft. Mit so vielen anderen Knaben, jungen Rekruten ohne Lebenserfahrung, wie Blätter im Wind dem Schicksal ausgeliefert. Seine Chancen, diesen Krieg zu überleben, waren verschwindend gering und doch blieb die Hoffnung.

Bisher waren von dreißig Klassenkameraden zwanzig nach Hause zurückgekehrt, in Form eines lakonischen Telegramms, in dem es hieß: *Ihr Sohn hat das höchste Opfer für Führer und*

Vaterland gebracht. Es gibt keinen Grund zu trauern, nur stolz zu sein.

Lotte ballte unwillkürlich die Hände zu Fäusten. Wussten die Behörden nicht, wie viel Kummer diese gefürchteten Telegramme verursachten? Mussten sie die Mütter, Väter, Schwestern, Brüder und Freundinnen auch noch auf so boshafte Weise verhöhnen?

Selbst Trauer war nicht mehr erlaubt. Tränen um einen gefallenen Soldaten zu vergießen, war gleichbedeutend mit Hochverrat. Von Kummer überwältigte Mütter, die Hitler und seine Schergen für den Tod ihrer Söhne verantwortlich machten, wurden ins Gestapohauptquartier geschleppt, um für ihren Defätismus bestraft zu werden.

Ihr Blut kochte vor Wut. Zwanzig Tote. Fünf in russischer Gefangenschaft. Zwei als vermisst gemeldet – einer davon ihr Bruder Richard. Drei kämpften noch. Zumindest war das vor zwei Monaten so gewesen, als sie zuletzt einen Brief von ihrer Schwester Anna erhalten hatte.

Anna. Lotte seufzte. Sie würde ihrer älteren Schwester für immer zu Dank verpflichtet sein für das, was sie geopfert hatte. Ein Opfer, das sie erst jetzt vollständig begreifen konnte und das dem ultimativen gleichkam. Ihr Herz zog sich zusammen und der pochende Schmerz zwischen ihren Beinen verstärkte sich. Anna hatte es erscheinen lassen, als wäre es keine große Sache. Nichts, worüber man sich aufregen müsste. Aber Lotte hatte den unaussprechlichen Schmerz in den schönen blauen Augen ihrer Schwester gesehen, nachdem sie sich Doktor Tretter hingegeben hatte, um dafür Lottes Leben zu erkaufen.

Und Ursula, die Älteste. Die Korrekte. Das brave Mädchen, das als Kind nie in Schwierigkeiten geraten war. Ganz im Gegensatz zum Wildfang Lotte, die nie nicht in Schwierigkeiten war. Ursula hatte alle überrascht, sogar Lotte, als sie sich den Nazis auf eine Weise widersetzte, wie es nicht viele wagten, und anfing, für eine Widerstandszelle zu arbeiten, die unerwünschte Personen aus Deutschland herausschmuggelte.

„Da ist ein Bach." Gerlindes Stimme riss sie aus ihren Gedanken, und sie schaute sich die Umgebung an. Das hügelige Grün endete an einem Waldstück und ein klarer Bach schlängelte sich durch baumbestandene Ufer.

Lotte schaute auf das klare Wasser und jauchzte: „Oh wie wunderbar. Ich kann mich gar nicht mehr daran erinnern, wann ich das letzte Mal gebadet habe. Das werde ich sofort nachholen."

Gerlinde folgte ihrem Beispiel. Die beiden zogen sich bis auf die Unterwäsche aus und stiegen in das kühle Nass. Es war ein so seliges Gefühl, in dem hüfttiefen Bach zu stehen, während das Wasser sanft an ihren Beinen zerrte.

„Brrrr ..." Lotte verzog ihr Gesicht zu einer Grimasse und atmete tief ein, bevor sie ganz untertauchte. Im ersten Moment raubte ihr die Kälte den Atem, aber nach ein paar Sekunden war sie erfrischend. Sie tauchte wieder auf und winkte: „Komm schon. Es ist himmlisch."

„Himmlisch kalt." Gerlinde schlang mit klappernden Zähnen die Arme um ihre Schultern.

„Nur für eine Sekunde. Komm rein, dann wirst du sehen." Lotte tauchte wieder unter und schwamm ein paar zaghafte Züge, bevor sie die Füße absetzte und zu ihrer Freundin zurückblickte. „Komm schon. Worauf wartest du?"

Gerlinde hielt sich theatralisch die Nase zu und sprang ins tiefe Wasser. Als sie Augenblicke später wieder auftauchte, breitete sich ein himmlisches Grinsen auf ihrem Gesicht aus. „Du hattest recht, es ist herrlich. Schade, dass wir keine Seife haben."

Die beiden begannen, sich mit nichts als klarem Wasser die Haare auszuwaschen, schrubbten sich energisch Schweiß und Dreck vom Kopf, entwirrten fettige Strähnen und kämmten sie mit den Fingern.

„Weißt du", sagte Gerlinde nachdenklich. „Ich hätte nie

gedacht, wie sehr ich so einfache Dinge wie eine Haarbürste oder Seife vermissen würde. Es stimmt wirklich, dass wir nicht zu schätzen wissen, was wir haben, bis wir es verlieren."

Lotte hielt in ihren Bemühungen inne, die Knoten in ihren feuerroten Locken zu entwirren. Seit sie der Wehrmacht beigetreten war, hatte sie ihr prächtiges, schulterlanges Haar zu einem leichter zu handhabenden, kinnlangen, modischen Bob geschnitten. Doch ihre Locken nahmen Vernachlässigung übel und nach einigen Tagen ohne Kamm waren sie ein wirres Durcheinander.

Sie warf einen Blick auf Gerlinde, deren honigblondes, nasses Haar glatt bis zu ihren Schultern hing. „Unglaublich. Ich kämpfe einen aussichtslosen Kampf gegen meine verknoteten Locken und du redest von fortgeschrittener Philosophie. Was ist nur los mit mir?"

Gerlinde kicherte und bespritzte sie mit Wasser. „Lass mich dir helfen." Mit geübten Fingern schaffte sie es, die rote Masse widerspenstiger Strähnen in so etwas wie eine Frisur zu verwandeln, und leckte sich zufrieden über die Lippen. „Fertig. Du siehst wieder wie ein richtiger Mensch aus."

„Danke. Jetzt brauche ich nur noch saubere Kleidung."

„Wir könnten unsere Sachen waschen ... obwohl ...", sagte Gerlinde.

„...ich mir nicht sicher bin, ob das eine gute Idee ist.", vollendete Lotte ihren Satz.

„Mit schmutzigen Uniformen fallen wir vielleicht weniger auf, falls wir gesehen werden."

Lotte nickte. Wie üblich konnten sie die Gedanken der anderen lesen. Sie stiegen aus dem Bach und legten sich auf das grasbewachsene Ufer, um ihre nasse Unterwäsche von der herabbrennenden Morgensonne trocknen zu lassen.

„Wie im Paradies", sagte Lotte verträumt.

„Wir sollten uns trotzdem anziehen und in der Hütte da drüben etwas schlafen."

Lotte zog eine Grimasse, schlüpfte aber pflichtbewusst in ihre schmutzige Uniform und folgte Gerlinde zur Hütte. In besseren Zeiten war sie vermutlich der Unterschlupf eines Försters gewesen oder war während des Krieges von Wilderern benutzt worden, aber jetzt war es ein leerer, verstaubter Ort voller Spinnweben. Eine alte Matratze lugte unter staubigem Krempel hervor und an der Wand lehnte ein dreibeiniger Stuhl.

Sie aßen das meiste von dem Proviant, den Lotte aus der britischen Garnison mitgenommen hatte, verfeinert mit Walderdbeeren und Löwenzahnblättern, die Gerlinde rund um die Hütte gepflückt hatte.

„Wir wechseln uns mit dem Schlafen ab", sagte Lotte, die selbst in einer so verlassenen Gegend Vorsicht walten ließ. Dänemark war ein kleines Land und deshalb war man nie sehr weit vom nächsten Dorf entfernt. Sie wollte nicht unvorbereitet im Schlaf überrascht werden.

KAPITEL 15

Sie schliefen tagsüber, immer abwechselnd, während die andere Wache hielt, und am späten Abend machten sie sich wieder auf den Weg zur Grenze. Es war eine beschwerliche Reise querfeldein, denn sie konnten kaum ein paar Meter weit sehen und stolperten wie betrunkene Matrosen voran.

„Es hat keinen Sinn. Wenn wir in diesem Tempo weitermachen, werden wir die Grenze nicht vor dem Winter erreichen", sagte Gerlinde.

„Es ist noch nicht mal Juni. Bis zum Winter sind es noch vier Monate."

Gerlinde stolperte in einen Graben, den sie nicht gesehen hatte, und streckte ihre Hand aus, damit Lotte ihr wieder aufhalf. „Siehst du, wir müssen zurück auf die Straße."

Lotte schüttelte den Kopf. „Aber dann können wir nur im Schutz der Dunkelheit marschieren und das gibt uns nur wenige Stunden pro Nacht."

„Es sind so viele Menschen auf der Straße. Macht es wirklich einen Unterschied, wenn wir bei Tageslicht unterwegs sind? Es ist auf jeden Fall sicherer und außerdem wären wir bedeutend schneller."

„Vielleicht hast du recht. Aber abgesehen davon, dass wir genauso abgerissen und schmutzig sind wie alle anderen, tragen wir immer noch unsere Uniformen."

„Stimmt. Das hatte ich ganz vergessen. Aber ... wir müssen unbedingt größere Strecken zurücklegen."

„Dann lass uns auf der Straße gehen und die frühen Morgenstunden sowie den späten Abend hinzunehmen. In dieser Zeit schlafen die meisten Menschen noch, obwohl es draußen schon hell ist." Lotte runzelte nachdenklich die Stirn.

„Wir brauchen unbedingt Zivilkleidung."

„Und wie genau sollen wir das anstellen? Wir können schließlich nicht einfach in einen Laden gehen und sagen, dass wir unsere Uniformen loswerden müssen."

„Wir könnten ... sie organisieren ...?", schlug Gerlinde vor.

„Organisieren?" Lottes Kinnlade klappte herunter. „Hast du mir nicht kürzlich eine Standpauke gehalten, weil ich Essen aus der Garnisonsküche mitgenommen habe? Und jetzt schlägst du vor, dass wir etwas zum Anziehen stehlen?"

Gerlinde errötete. „Wir könnten etwas Geld dalassen."

„Was für eine tolle Idee! Wir lassen ein paar Reichsmark und einen Zettel zurück, wo wir uns bei den Besitzern für ihre freundliche Hilfe bedanken."

„Ich dachte ja nur ..."

Lotte fühlte sich schlecht, als sie den enttäuschten Gesichtsausdruck ihrer Freundin sah, und tätschelte ihr den Arm. „Eigentlich war das eine gute Idee, obwohl ich bezweifle, dass die Dänen unsere Reichsmark schätzen werden. Ich habe gehört, dass die neue bevorzugte Währung das britische Pfund ist."

„... oder Zigaretten. Du hast nicht zufällig eine?"

„Nein." Rauchende Frauen waren in Nazideutschland verpönt, und deshalb hatten die Blitzmädel keine Zuteilung an Zigaretten wie die Männer bekommen. Bisher war das für

Gerlinde nie ein Problem gewesen, denn sie brauchte nur mit den Augenlidern zu klimpern, um eine zu bekommen.

„Ich könnte wirklich eine gebrauchen." Gerlinde seufzte. „Du solltest es auch mal probieren. Rauchen unterdrückt deinen Appetit, macht dich wacher und vertreibt die Kälte aus den Knochen."

„Du solltest für Reemtsma arbeiten und die gesundheitlichen Vorteile ihrer Zigaretten anpreisen", zog Lotte sie auf.

„Glaub mir, das würde ich liebend gerne. Ein von einer Litfaßsäule herunterlächelndes Werbemädel zu sein, ist sicher nicht das Schlechteste."

Lotte kippte vor lauter Lachen fast um. „Hör auf. Jetzt sofort."

„Wieso?" Gerlinde lachte mit und gemeinsam genossen sie ein paar Minuten ungehemmter Albernheit, bevor sie in die Wirklichkeit zurückkehrten.

„Wir sollten lieber weitergehen, denn bis zur Grenze liegt noch ein weiter Weg vor uns."

Wie in Trance liefen sie die Straße nach Süden entlang und jeder Schritt brachte sie näher an Deutschland. Ein schmerzhafter Schritt nach dem anderen. Lotte hatte aufgehört, zu reden und zu denken. Inzwischen war ihr alles egal. Sie bewegte ganz automatisch ihre Füße und konzentrierte sich darauf, den Schmerz ihrer wundgescheuerten Oberschenkel zu ignorieren, der mit jeder Bewegung zunahm.

Am Ende der Nacht verließen sie wieder die Straße und fanden einen entwurzelten Baum, der ein höhlenartiges Loch in der Erde hinterlassen hatte. Erschöpft kuschelten sie sich aneinander und wärmten sich gegenseitig. Vergessen war die Notwendigkeit, abwechselnd zu schlafen, vorsichtig zu sein und wachsam zu bleiben. Die Erschöpfung war zu groß. Sie verschlang sie, verlangsamte ihre Atmung und lullte sie in einen tiefen Schlummer.

Nicht einmal die kitzelnden Sonnenstrahlen auf ihrer Nase konnten Lotte aus ihrem traumlosen Schlaf wecken.

„Wuff." Ein lautes Bellen durchdrang die Luft. „Wuff. Wuff." Bei der beharrlichen Wiederholung des Geräusches, das ihren Schlaf störte, zuckte Lotte zusammen, riss die Augen weit auf und starrte in die hoch am Himmel stehende Sonne, die durch die Blätter brach und sie blendete.

Sie hörte das wilde Knurren und roch den Hund, noch bevor sie seine haarige Schnauze mit den scharfen, weißen Zähnen weniger als einen Meter von ihr entfernt sah. Angst durchfuhr sie, ließ sie erstarren und machte es ihr unmöglich, auch nur mit den Augen zu blinzeln. Was auch gut so war, denn der bösartige Hund hätte sie vermutlich in Stücke gerissen, wenn sie versucht hätte, wegzulaufen.

Bei dem schluckenden Geräusch neben ihr neigte Lotte ihren Kopf das kleinste Bisschen. Gerlindes verzweifelter Gesichtsausdruck zeigte, dass sie ebenso kurz vor einer Ohnmacht stand, wie Lotte selbst. Der große Hund bellte wieder und sie befürchtete, das Tier würde jede Sekunde auf sie zustürmen, seine Zähne in ihrem Fleisch versenken und sie bei lebendigem Leibe zerfleischen.

Dann, scheinbar aus dem Nichts, kam eine alte Frau auf die verängstigten Mädchen zu. Sie hatte langes, weißes Haar, stechend grüne Augen und eine von jahrzehntelanger Arbeit in der Sonne gegerbte Haut. Sie benutzte einen Gehstock, war aber erstaunlich flink in ihren Bewegungen. Genauso stellte sich Lotte die böse Hexe in Hänsel und Gretel vor und sie biss sich auf die Unterlippe bei der Vorstellung, für einen Sonntagsbraten gemästet zu werden.

„Rex, sitz!" Der Hund gehorchte ohne Zögern dem Kommando seiner Herrin. Der Spazierstock in ihrer Hand entpuppte sich als Gewehr, dessen Mündung nun die Reißzähne des Hundes in Lottes Blickfeld ersetzte. Auf die Erde gekauert war Lotte klar, dass die Uniformen sie verraten hatten.

„Aufstehen, Nazis!", befahl die Frau auf Deutsch mit einer Kopfbewegung. „Aber langsam, sonst schnappt Rex nach euch."

Gerlinde packte Lottes Arm, grub ihre Fingernägel tief in ihr Fleisch und klammerte sich an sie, als wäre sie ein Rettungsboot. Ein Blick in ihr Gesicht verriet, dass sie den Zustand der Furcht bereits hinter sich gelassen hatte und nahtlos zur Todesangst übergegangen war, was es ihr unmöglich machte, den Befehlen der Hundebesitzerin zu folgen.

„Brauchst du eine Extraeinladung?" Die Frau richtete ihr Gewehr auf die wie Espenlaub zitternde Gerlinde.

„Wir stehen jetzt auf." Lotte erhob sich auf wackeligen Beinen und zog Gerlinde mit sich hoch. Sie mussten ein Bild des absoluten Elends abgegeben haben. Zwei Mädchen in Wehrmachtuniform, zerlumpt, schmutzig und abgerissen.

„Rex, bei Fuß", befahl die Frau und der Deutsche Schäferhund sah plötzlich aus wie das bravste Schoßhündchen. Er ging zu seinem Frauchen hinüber und beäugte die Szene mit Interesse. Aber Lotte gab sich keiner Illusion hin: Ein Wort von seiner Herrin und er wäre auf der Stelle bereit, die Eindringlinge in Schach zu halten.

„Was macht ihr auf meinem Grundstück?", fragte die alte Frau und sah dabei der bösen Hexe immer ähnlicher.

Lotte kniff unwillkürlich die Augen zusammen und suchte nach dem Lebkuchenhaus. Sie ertappte sich bei ihrem lächerlichen Verhalten und wunderte sich über die seltsamen Wege, die ihre Gedanken im Angesicht des Todes nahmen.

Sie hob die Hände und taumelte unsicher auf den Füßen, während sich Gerlinde halb hinter ihr versteckte. Lotte nutzte die Gelegenheit, sich von der Sorge um ihren bevorstehenden Tod abzulenken, und fragte sich, wer oder was Gerlindes übermäßige Angst vor Hunden verursacht hatte. Sie beschloss, sie später zu fragen – sollten sie diese Tortur überleben.

Als ob Rex wüsste, dass sie an ihn dachte, knurrte er eine Warnung und entblößte seine riesigen Reißzähne.

„Bitte, es ist nicht so, wie es aussieht", bettelte Lotte und merkte an dem Gesichtsausdruck der alten Frau, dass ihre Ausrede so lahm war, wie sie klang. „Ich meine, ja, wir sind Wehrmachthelferinnen, aber wir führen nichts Böses im Schilde."

„Nichts Böses! Eure Leute haben alle Menschen getötet, die ich geliebt habe. Ich werde euch der Militärpolizei übergeben."

„Es tut mir leid. Wirklich. W-wir sind dem Tod durch die Hand der Briten hauchdünn entkommen und sind jetzt auf der Flucht. Sie werden uns sicher erschießen, wenn ..." Lotte hatte Schwierigkeiten, ihre Stimme ruhig zu halten.

Die Frau spottete: „Ich sollte ihnen die Mühe ersparen und euch selbst erschießen."

„Bitte nicht", flehte Lotte.

Die Frau runzelte plötzlich die Stirn und ihr Blick glitt an Lottes Bein hinunter. Jetzt bemerkte auch Lotte das Rinnsal warmer Flüssigkeit, das an ihrem Bein heruntertropfte. Sie blickte hinab, sah die rote Spur und seufzte: „Gott sei Dank."

„Gott sei Dank wofür?

„Meinen monatlichen Besuch." Lottes Wangen glühten vor Verlegenheit, trotz der Erleichterung, die sie empfand. Sie hatte nicht darüber nachgedacht, welche Folgen der *Vorfall* hätte haben können. Wie schändlich es gewesen wäre, den Beweis ihrer Entehrung unter dem Herzen zu tragen. Mutter hatte damals die Nachricht, dass ihre älteste Tochter Ursula unehelich schwanger war, erstaunlich gut verkraftet, aber sie würde vor Scham sterben, wenn ihre Jüngste mit dem ungewollten Bastard eines namenlosen feindlichen Soldaten nach Hause käme.

Die Augen der Frau füllten sich mit stillem Verständnis. Frauen in ihrem Alter wussten um die Waffen des Krieges und die Schicksale hübscher junger Mädchen. Ihre Miene wurde weicher und sie sah zu Gerlinde hinüber, die sich immer noch zitternd hinter Lottes Rücken versteckte. „Was ist mit deiner Freundin?"

„Sie auch", war alles, was Lotte sagen konnte. Das furchtbare Wort auszusprechen, wäre, als würde sie den Überfall noch einmal erleben. Deshalb zog sie es vor, zu schweigen und jede Erinnerung daran zu verdrängen.

„Soll ich Mitleid mit den Mädchen haben? Was denkst du, Rex?", wandte sich die Frau an ihren Hund.

Er spitzte die Ohren und hob die Schnauze in einer Geste in die Luft, die einem Nicken ähnelte.

„Du meinst, ich sollte?" Sie runzelte die Stirn. „Nach allem, was die Nazis uns angetan haben? Sieh dir doch mal ihre Uniformen an."

Rex drehte pflichtbewusst den Kopf, stand träge auf und umkreiste Lotte und Gerlinde. Lotte spürte, wie sich ihre zitternde Freundin fester an sie drückte und sich ihre Fingernägel noch tiefer in ihren Arm gruben. Keine der beiden bewegte sich auch nur einen Millimeter und sie wagten kaum zu atmen, während der Hund, ermutigt durch seine Herrin, seine Beschnüffelung fortsetzte.

„Warum sollte ich Mitleid mit ihnen haben?", schimpfte sie. „Die Nazis haben meinen Mann vor meinen Augen ermordet. Sie schossen auf meinen Sohn und ließen ihn verbluten, während sie seine Frau und Tochter zwangen, tatenlos zuzusehen. Solche Leute verdienen kein Erbarmen. Sagt die Bibel nicht: ‚Auge um Auge und Zahn um Zahn'?"

Rex trottete zurück, um sich neben die alte Frau zu setzen, offenbar unsicher, was er antworten sollte. Sie warf ihm einen liebevollen Blick zu und Lotte nutzte den Moment der Schwäche, um für sich und Gerlinde zu plädieren.

„Gnädige Frau, heißt es in der Bibel nicht auch: ‚Vergib uns unsere Schuld, wie auch wir vergeben unsern Schuldigern'?"

Die Lippen der Frau schürzten sich. „Du kennst dich gut mit der Bibel aus. Wie heißt du?"

„Alexandra Wagner. Wie Sie habe ich meine Familie in diesem furchtbaren Krieg verloren. Ein Bombenangriff über Köln hat mir alle genommen, die ich geliebt habe." Lotte bekam eine Idee, wie sie ihren Kragen retten konnte. „Danach war ich wie versteinert. Zerfressen von Hass und der Sehnsucht nach Rache. Deshalb habe ich mich zur Wehrmacht gemeldet ... das ist der einzige Grund, warum ich jetzt diese Uniform trage. Um meine Familie, meine Nachbarn, meine Freunde zu rächen." Sie hielt einen Moment inne, fixierte ihren Blick auf die alte Frau, um sie zu erweichen. „Sehen Sie, was es mir gebracht hat, dieses Bedürfnis nach Rache. Missbraucht, benutzt und bald erschossen von einer anderen Frau, die genau wie ich alle Menschen verloren hat, die sie liebte."

Hinter Lottes Rücken kam von Gerlinde ein ersticktes Schluchzen.

„Ach, es ist eine verderbte Welt, in der wir leben, wenn es keinen Unterschied zwischen Freund und Feind mehr gibt. Es ist schon genug gemordet worden." Die alte Frau zuckte mit den Schultern und ließ das Gewehr sinken.

Lotte stieß den Atem aus, den sie angehalten hatte, aber die wachsamen Augen von Rex hinderten sie daran, sich zu bewegen.

„Folgt mir. Ich bin in der Stimmung, etwas Gutes in diese Welt zu bringen. Der Krieg ist vorbei. Komm, Rex", sagte sie unwirsch und drehte sich um.

Verblüfft hielt Lotte einen Moment inne, doch Rex' leises Knurren zeigte an, dass er nicht erfreut war über ihre mangelnde Schnelligkeit, den Befehlen seiner Herrin Folge zu leisten. Sie schnappte sich den Seesack und lief rasch der alten Frau hinterher. Gerlinde blieb direkt an ihrer Seite und Rex bildete das Schlusslicht ihrer kleinen Prozession.

Nach einem gut zwanzigminütigen Marsch kamen sie an eine Lichtung, auf der ein kleines Häuschen stand. Es sah zwar nicht aus wie das Lebkuchenhaus, aber trotzdem bekam Lotte eine Gänsehaut. Doch sie hatte keine Wahl, denn sie konnte weder vor einer Kugel noch einem Hund davonrennen.

Ob sie es wollte oder nicht, sie waren der alten Frau auf Gedeih und Verderb ausgeliefert. Gerlinde hatte sich von ihrem Schockzustand erholt, jetzt, da der Hund außer Sichtweite war und ihnen friedlich hinterher trabte. Sie flüsterte: „Sie mag wie eine Hexe aussehen, aber ich glaube nicht, dass wir einen Grund haben, uns zu fürchten."

Lotte hoffte, dass Gerlinde recht hatte.

KAPITEL 16

„Die Tür ist offen. Geht rein!" Die alte Frau stupste Lotte mit dem Lauf ihres Gewehrs in den Rücken. Nach einem Sekundenbruchteil des Zögerns packte Lotte Gerlinde am Ellbogen und gemeinsam traten sie durch die schwere Eingangstür des Häuschens. Wenn die Frau sie töten wollte, würde sie das sicher nicht drinnen machen.

„Besser es sieht euch niemand mit diesen Uniformen", sagte sie. „Übrigens, ich bin Ingrid."

„Gerlinde Weiler."

„Sanfter Speer." Ingrid bemerkte die Verwirrung der beiden Mädels und erklärte: „Gerlinde ist ein althochdeutscher Name. *Ger* ist das germanische Wort für Speer und *lind* bedeutet weich oder sanft. Der Name wurde an Frauen von adliger Herkunft vergeben, die einen sanften Charakter hatten." Sie musterte Gerlinde eine lange Minute, bevor sie fortfuhr: „Der Name passt sehr gut zu dir. Dein sanftes Wesen mag sich hinter deiner Lebenslust verstecken, aber das wird sich mit den Jahren ändern."

Ingrid drehte sich zu Lotte um und warf ihr einen nachdenklichen Blick zu. „Bei Alexandra ist das eine ganz andere

Sache. Es leitet sich von Alexander ab und bedeutet Verteidigerin oder Beschützerin. Du hast einen ausgeprägten Gerechtigkeitssinn und versuchst, die Schwachen zu schützen und die ungerecht Behandelten zu verteidigen. Du wirst in deinem Leben große Dinge erreichen. Die Person, die diesen Namen für dich ausgewählt hat, kennt dich sehr gut. Es ist fast so, als hätte sie dich schon jahrelang gekannt, bevor sie dir den Namen gab."

Lotte taumelte unter Ingrids unbarmherzigem Blick, der ihr bis in die Seele drang und ihr innerstes Wesen ans Licht brachte. Diese Frau war definitiv eine Hexe – oder warum wusste sie Dinge, die sonst niemand zu wissen schien? Ursula hatte den neuen Namen für Lotte ausgesucht und kannte sie seit ihrer Geburt ...

Den Blick erwidernd betrachtete Lotte ihr Gegenüber genau und stellte fest, dass Ingrid trotz der weißen Haare und der sonnengegerbten Haut nicht wirklich alt war. Nur die tiefen Kummerfalten in ihrem Gesicht ließen sie älter erscheinen. Vermutlich hatte sie das gleiche Alter wie Lottes Mutter, die Ende vierzig war.

Gerlinde brach das Schweigen. „Wir wollen Ihnen nicht zur Last fallen."

„Ihr fallt mir aber zur Last", sagte Ingrid in einem schroffen Ton. „Aber da ich nun mal beschlossen habe, die Sache mit dem Blut für Blut zu beenden, wie deine Freundin vorgeschlagen hat, muss ich euch von neugierigen Blicken fernhalten. Was habt ihr denn in diesem Seesack?"

„Nur etwas Brot, ein Messer und eine Feldflasche", antwortete Lotte wahrheitsgemäß, wobei sie das in ihrem Schuh versteckte Geld wegließ.

„Keine Kleidung zum Wechseln?"

Beide Mädchen schüttelten unisono den Kopf.

„Ich kann euch ja schlecht in diesen Uniformen auf den Weg schicken", seufzte Ingrid. „Wartet hier!" Dann verschwand sie durch eine der Türen.

Lotte stand unsicher da und schaute zu Gerlinde hinüber. Doch wenn sie mit dem Gedanken gespielt hatte, wegzulaufen, erinnerte sie ein fast unhörbares Knurren an Rex' Anwesenheit. Der Schäferhund würde es sicher nicht gutheißen, wenn sie die Befehle seiner Herrin missachteten. Also warteten sie.

Ingrid kam bald mit zwei alten, zerlumpten Kleidern zurück, die wie Säcke aussahen. „Zieht das an."

In modischem Mausgrau kratzte der grobe Stoff schon beim bloßen Anblick auf Lottes Haut. Mit Todesverachtung nahm sie das Kleid in die Hand und schaute sich nach einem Platz zum Umziehen um.

„Hier sind nur ich und Rex, also kein Grund, schüchtern zu sein", lachte Ingrid. „Geh hinter den Sessel, wenn es sein muss."

Lotte wurde knallrot und ihre Ohren begannen zu glühen. Es war nicht so, dass sie zu prüde war, von einer anderen Frau in Unterwäsche gesehen zu werden, sondern dass sie vermeiden wollte, Ingrid die blauen Flecken an ihren Beinen und Armen sehen zu lassen. Denn die waren ein Überbleibsel der Vorgänge, die sie am liebsten vergessen wollte.

Nur halb verdeckt hinter dem Sessel schlüpfte sie aus ihrer Uniform und in das Kleid, das schwer auf ihren Schultern hing und keine erkennbare Form hatte. Ihr Verdacht, dass es wirklich mal ein Sack gewesen war, verstärkte sich, als sie die verblassten schwarzen Buchstaben sah, die den mausgrauen Stoff zierten.

Nachdem Gerlinde ihr Kleid angezogen hatte, musste Lotte fast kichern, denn sie sah aus wie eine Vogelscheuche. *Wenigstens wird uns in dieser Aufmachung kein Mann für eine attraktive Beute halten.*

„Danke, Ingrid. Wir wissen Ihre Freundlichkeit wirklich sehr zu schätzen", sagte Gerlinde in der aufrechten Haltung einer Königin, obwohl sie in den hässlichsten aller Säcke gekleidet war.

„Ich helfe euch nicht aus der Güte meines Herzens, denn ich

habe keine für euch übrig. Ich tue es, um meinen Arne zu ehren", erwiderte Ingrid mit einem Zittern in der Stimme. „Mein Arne war ein außergewöhnlicher Mann. Er hat bis zum Schluss gegen diese Nazischweine gekämpft, aber er hätte nie Hand an eine Frau gelegt. Er sagte mir immer, ich solle mitfühlend sein, auch wenn es gegen mein Wesen ging. Ist es nicht ironisch, dass eure Leute kein Mitleid mit meinem Arne hatten und er es doch ist, der euch jetzt gerettet hat?"

Stille erfüllte die Hütte, während jede der Frauen in ihre eigene private Hölle schmerzhafter Erinnerungen abdriftete, bis ein Knurren von Rex die Frauen in die Gegenwart zurückholte.

„Ihr könnt heute Nacht hierbleiben. Es ist in der Dunkelheit nicht sicher im Wald. Es gibt wilde Tiere, die euch angreifen könnten."

Lotte fürchtete uniformierte Männer mehr als wilde Tiere, aber sie nickte zustimmend.

„Aber am Morgen müsst ihr gehen. Es ist besser so."

„Ja, natürlich. Wir werden uns gleich morgen früh wieder auf den Weg machen", sagte Gerlinde. „Vielen Dank für die freundliche Aufnahme, wir werden das nie vergessen."

„Genug mit der Gefühlsduselei." Ingrid versuchte grimmig auszusehen. „Ich bereite besser das Abendessen vor."

„Können wir Ihnen helfen?", fragte Gerlinde, und Ingrid winkte die beiden in ihre kleine, aber gemütliche Küche. An dem stabilen Holztisch sitzend schälten und schnippelten die drei Frauen die Zutaten für einen deftigen Eintopf.

Lotte stiegen Tränen in die Augen. „Es ist so lange her, dass ich das mit meiner Mutter gemacht habe, und ich habe nie gemerkt, was für ein Vergnügen es ist."

„Wo ist sie jetzt?", fragte Ingrid.

„In Berlin." Gerlinde warf ihr einen schockierten Blick zu und Lotte verbesserte sich schnell. „Sie ist tot, aber meine Großmutter lebt in Berlin."

„Ich habe gehört, der Iwan hat Berlin unter seiner Fuchtel

und will den anderen Alliierten nicht ihren rechtmäßigen Anteil geben."

Fassungslos starrte Lotte sie an.

„Ach komm, das musst du doch wissen. Bereits vor Jahren haben die Alliierten die Beute unter sich aufgeteilt und jedem ein Stück deines Landes und deiner Hauptstadt gegeben. Deutschland hat aufgehört zu existieren und wird nie wieder aus der Asche auferstehen. Es ist ausgelöscht, besiegt, in Stücke zerschlagen. Eins für jeden der vier Alliierten", spottete Ingrid. „Obwohl ich nicht weiß, warum Frankreich behauptet, eine Siegermacht zu sein. Sie haben schließlich nicht härter gekämpft als andere Länder wie Polen, Norwegen, die Niederlande und sogar Griechenland oder Jugoslawien. Abgesehen von meinem erbärmlichen Land der willigen Kollaborateure hat jede andere Nation in Europa gegen euer verdammtes Volk gekämpft." Ingrids Worte wurden hitziger und sie attackierte den Kohl auf dem Tisch, als würde sie Nazis in kleine Stücke schneiden.

„Aber ich schweife ab. Tatsache ist, dass euer Land bis auf den Kern zusammengeschrumpft ist und große Teile an die Nachbarländer verschenkt wurden. Und das winzige Kerngebiet, das euch geblieben ist, ist zerstückelt wie die Soldaten auf den Schlachtfeldern. Aufgespalten in vier Teile, von denen jedes nun einer der Siegermächte gehört, um sicherzustellen, dass Deutschland nie wieder eine Bedrohung für den Frieden und das Wohlergehen der restlichen Welt darstellen wird. Aber weil die Alliierten sich gegenseitig hassen, konnten sie sich nicht einmal über die Verteilung der Beute einigen. Jeder schaut misstrauisch, ob der andere den besseren Brocken erwischt hat, ähnlich wie Geschwister, die sich um Spielzeug, Hausarbeit oder Essen streiten."

Lottes Ohren brannten vor Scham, aber sie wollte es unbedingt wissen: „Und was ist mit Berlin?"

„Die Hauptstadt wollte natürlich jeder haben. Sie ist die

begehrteste Trophäe in diesem Krieg. Wer Berlin beherrscht, wird für immer derjenige sein, der diese Welt regiert. Also beschlossen sie, die Stadt ebenfalls zu vierteilen. Trotz ihrer Lage in der sowjetischen Zone bekommen die Tommys, Amis und Franzosen ihren Teil. Wie das funktionieren soll, scheint keiner zu wissen, am allerwenigsten ich. Aber wie auch immer, der Iwan war zuerst dort und hat offenbar beschlossen, Berlin für sich zu behalten und die anderen Armeen keinen Schritt weit in die Stadt zu lassen. Himmelherrgott, ich hoffe, diese dummen Männer fangen nicht noch einen Krieg um das Schicksal dieser verdammten Stadt an." Ingrid sah auf und tat das geschnittene Gemüse in einen Topf.

„Wenn ihr mich fragt, wurde ein Fluch über Berlin gelegt. Es wird noch viele Jahrzehnte und viele Menschenleben brauchen, bis dereinst drei weise Männer kommen werden. Sie werden den Fluch aufheben, indem sie ihre Differenzen friedlich überwinden und sich die Hände reichen. Aber ich werde zu diesem Zeitpunkt schon lange nicht mehr sein." Ingrids grüne Augen leuchteten wie Smaragde in der Sonne. „Eure Kinder und Enkelkinder jedoch werden es miterleben."

Ein Kloß bildete sich in Lottes Hals bei den unheilschwangeren Worten. Sie konnte sich nicht vorstellen, den Rest ihres Lebens unter einer solchen Verdammnis zu leben. Die alte Frau musste vor lauter Trauer um ihren Mann und ihren Sohn den Verstand verloren haben.

Im Laufe des Abends stellte sich heraus, dass Ingrid eine recht angenehme Gastgeberin war. Sie wusste viel mehr über Politik, Philosophie und irdische Weisheit, als man von einer einfachen Frau erwarten würde, die allein in einer kleinen Hütte am Waldrand lebte.

„Genug des Geschwätzes." Nach dem Essen stand Ingrid auf und stapelte die Teller in der Spüle. „Ich sollte euch nicht ungebührlich wachhalten, denn ihr müsst euch ausruhen. Ihr habt einen langen Tag vor euch." Vielleicht war es eine Erinnerung daran, dass ihre Gastfreundschaft für Deutsche begrenzt war, so sehr diese auch ihre Unschuld beteuerten.

„Lassen Sie mich das machen." Gerlinde nahm Ingrid den Schwamm aus der Hand und begann, das Geschirr abzuwaschen. Als diese protestierte, sagte Gerlinde: „Das ist das Mindeste, was ich tun kann."

Lotte wischte auf und brachte die Küche und das Wohnzimmer in Ordnung, während Ingrid das Feuer schürte und ihre Uniformen auf das brennende Holz warf. Das Feuer knisterte wütend, als es den schmutzigen Stoff verschlang.

Eine einzelne Träne rollte über Lottes Gesicht. Dieses Kapitel ihres Lebens war nun unwiederbringlich geschlossen. So sehr sie die Nazis, den Krieg und sogar ihre Rolle in der Wehrmacht auch gehasst hatte, es war ein wesentlicher Bestandteil ihres Lebens. Sie hatte sich schon einmal gehäutet und war Alexandra Wagner geworden; nun war es an der Zeit, dies wieder zu tun. Ihr Leben als Alexandra würde bald nur noch ferne Geschichte sein, wenn sie zu ihrer wahren Identität als Charlotte Klausen zurückkehrte.

Aber zuerst musste sie ihre Familie finden.

Sie fragte sich, wie wohl Ingrids Urteil über ihren richtigen Namen ausfallen würde. Die kauzige Frau hatte in jedem Fall einen Blick auf das Leben, den nicht jeder hatte. Sie mochte weder eine Hexe noch eine gute Fee aus einem Märchen sein, aber sie bekam Dinge zwischen Himmel und Erde mit, die den meisten Menschen verborgen blieben.

Plötzlich bellte Rex. Ingrid setzte sich aufrecht hin und griff nach dem Gewehr, das nie außer Reichweite war. Mit wachen Augen, gerader Körperhaltung und gespitzten Ohren, genauso wie ihr Hund, lauschte sie aufmerksam der Gefahr, die in den Schatten lauern könnte.

Der Hund gab ein winselndes Heulen von sich und sie streichelte seinen Rücken. „In Ordnung, geh raus und hol dir dein Fressen." Sie öffnete die Tür für Rex und als sie zurückkam und die Mädchen mit weit aufgerissenen Mündern dort sitzen sah, sagte sie: „Starrt mich nicht so an. Das war wahrscheinlich ein Marder. Sie richten nur Schaden an und Rex muss auch essen."

Nach beendeter Hausarbeit führte Ingrid die beiden in ein winziges Zimmer unter dem Dach, das voll mit Fotos aus glücklicheren Zeiten war. Eine junge Ingrid in ihrem Hochzeitskleid als strahlende Braut. Es gab weitere Fotos, die das Paar und seinen Sohn im Laufe der Jahre zeigten.

Lotte fühlte sich, als würde sie in das Leben von jemandem hineinspähen, aber Ingrid war weder verlegen noch verärgert, als sie Lottes Interesse bemerkte. Stattdessen erklärte sie mit einem gleichgültigen Gesichtsausdruck: „Mein Arne war ein begeisterter Fotograf und ich war sein Lieblingsmotiv."

„Das sind Erinnerungen, die man für immer in Ehren hält", sagte Lotte. „Das ist es, was uns mit unserer Familie verbindet, auch wenn wir getrennt sind." Die Tatsache, ihre eigenen Familienfotos verloren zu haben, tat ihr weh. Aber wenigstens hatte sie noch ein Porträt von Johann, der in seiner Uniform mit den neuen Streifen nach seiner Beförderung zum Leutnant ungeheuer schneidig aussah.

Traurigkeit schlich sich in ihr Herz, bis sie plötzlich Ingrids schwielige Hand auf ihrem Arm spürte. Ein elektrischer Schlag schoss durch sie hindurch und sie fühlte eine ganz seltsame Bestätigung, ihren Weg weiterzugehen. Die grünen Augen der alten Frau leuchteten mit einem Glanz, den Lotte selten gesehen hatte. Ihre eigenen grünen Augen verblassten im Vergleich dazu.

„Er wird nach Hause kommen, meine Liebe, aber du darfst niemals aufhören zu hoffen, und keinesfalls seinen Forderungen nachgeben."

Was hat das zu bedeuten? Bevor sie fragen konnte, trübten sich Ingrids Augen und sie riss ihre Hand von Lottes Arm weg. Das Mitgefühl in ihrer Stimme verwandelte sich in nüchternes Geschäftsgebaren. „Das Bett ist schmal, aber das seid ihr beide auch. Ich werde euch im Morgengrauen wecken und euch den Weg zeigen. Gute Nacht."

„Gute Nacht", erwiderte Lotte, aber Ingrid war bereits aus dem Zimmer verschwunden und hatte die Tür hinter sich geschlossen.

„Was sollte das denn?", fragte Gerlinde, ihre Augen weit wie Untertassen.

„Ehrlich gesagt, habe ich nicht die leiseste Ahnung." Ein plötzliches Frösteln erfasste Lotte, als sie versuchte, die kryptischen Worte zu verstehen, die Ingrid gesprochen hatte. War die alte Frau verrückt oder wusste sie mehr, als sie wissen konnte?

Lotte, die immer mit beiden Beinen im Leben stand, meist in irgendwelchen Schwierigkeiten, glaubte nicht an das Übersinnliche. Zigeuner, Handlesen, Tarotkarten, all das war nur ein Schwindel. Die Machenschaften von Betrügern, die leichtgläubigen Menschen das Geld aus der Tasche ziehen wollten. Sie schüttelte den Kopf. *Eindeutig verrückt.* Jeder, der hier draußen ganz allein lebte, nur mit einem Hund als Gesellschaft, würde anfangen, Dinge zu sehen, die es nicht gab, und in Rätseln zu sprechen.

KAPITEL 17

Die schlecht sitzenden und altmodischen Säcke, die vorgaben, Kleider zu sein, mochten hässlich aussehen, aber sie gaben Lotte und Gerlinde ein Gefühl von Freiheit und Zuversicht, das sie in ihren Wehrmachtsuniformen vermisst hatten. Mit ihren Kopftüchern sahen sie aus wie alle anderen Landbewohner, die sich auf den Straßen tummelten.

Sie gingen die Hauptstraße entlang und hofften, in zwei Tagen die Grenze zu erreichen, doch die sengende Sonne machte den Marsch beschwerlich. Als ein Pferdewagen vorbeikam, wollte Lotte ihn anhalten und um eine Mitfahrgelegenheit bitten.

„Aber was sollen wir sagen?", fragte Gerlinde, die mal wieder die Stimme der Vernunft war. „Wir werden niemals als Dänen durchgehen. Wir sprechen ja nicht einmal Dänisch!"

„Wir könnten sagen, wir sind deutsche Flüchtlinge auf dem Weg nach Hause."

„Ich kann es kaum erwarten, all das Wohlwollen zu sehen, das uns das bringen wird."

Sie fanden es nicht heraus, denn ihr Zögern hatte zu lange

gedauert und die Gelegenheit war verflogen; die Kutsche verschwand in der Ferne. Ihre Erschöpfung nahm mit jedem Schritt zu, während der Tag immer heißer wurde. Es war so warm, dass sie ihre Kopftücher abnahmen.

Um sich von der drückenden Hitze abzulenken, fing Lotte ein Gespräch an. „Was willst du denn machen, wenn wir zu Hause sind?"

„Ich habe kein Zuhause, schon vergessen?" Gerlinde war nicht in der Stimmung, sich zu unterhalten, aber das hielt Lotte nicht davon ab, es weiter zu versuchen.

„Angenommen, du findest deine Familie, wo würdest du dich gerne niederlassen?"

„An jedem x-beliebigen verdammten Ort, der nicht in Trümmern liegt, auf den keine Bomben regnen und wo schon gar keine Soldaten in der Nähe sind."

„Das wird schwer werden", sagte Lotte und endlich hörte Gerlinde auf, Trübsal zu blasen. Stattdessen zeigte sie ein sanftes Lächeln.

„Also, wenn wir wirklich nicht zurück nach Ostpreußen können, dann würde ich gerne in Hamburg leben. Das ist eine große Stadt nahe am Meer."

Lotte schüttelte den Kopf. „Ich will in Berlin bleiben."

„Was hast du eigentlich mit Berlin?" Gerlinde wischte sich den Schweiß von der Stirn. „Willst du nicht zurück nach Köln?"

„Zu viele schlechte Erinnerungen", sagte Lotte. In Wahrheit war sie nie in Köln gewesen, mal abgesehen von der Durchreise auf dem Weg zu ihrer Grundausbildung als Funkerin. Aber Alexandra war angeblich dort aufgewachsen.

„Wir sind nicht weit gekommen", sagte Gerlinde. „In diesem Tempo wird es ewig dauern, bis wir zur Grenze kommen. Ingrid sagte, der einzige Kontrollpunkt, der für Deutsche offen ist, liegt bei Flensburg."

Lotte stöhnte auf. Das bedeutete, dass sie die dänische Halbinsel von Westen nach Osten überqueren mussten, was ihre

Reise um weitere sechzig Kilometer verlängerte. „Wir brauchen ein Transportmittel."

Ein undamenhaftes Schnauben entwich Gerlinde. „Und uns in Gefahr bringen, nur weil wir es eilig haben? Das ist ein törichter Plan."

„Haben wir noch etwas zu essen?", fragte Lotte, die über eine bessere Lösung nachdachte.

„Nicht viel." Gerlinde verteilte den Rest des Brotes. „Das wars."

„Siehst du? Wir müssen schnell über die Grenze."

„Weil auf der anderen Seite Milch und Honig fließen?" Gerlinde verdrehte die Augen.

„Nein, aber wir könnten für Essen arbeiten ..."

„Das können wir hier genauso gut."

„Hast du nicht gerade selbst gesagt, dass niemand in diesem Land die Deutschen mag? Warum also sollten sie uns Arbeit geben?" Lotte trat gegen einen Kieselstein. Ihre robusten Schuhe waren braun, unelegant und eine barbarische Modesünde. Aber nachdem sie tagelang darin gelaufen war, dankte sie innerlich Oberführerin Littmann für die unansehnlichen Dinger.

„Ich habe es!", rief Lotte plötzlich. „Wir könnten so tun, als wären wir deportierte Juden, die nach Hause zurückkehren."

„Das kann doch wohl nicht dein Ernst sein?" Gerlinde blieb stehen, den Mund sperrangelweit geöffnet. „Ich werde mich keinesfalls als Jude ausgeben. Wie kannst du nur so etwas Liederliches vorschlagen?"

„Liederlich? Wovon redest du eigentlich? Das sind Menschen wie du und ich. Ich hatte sogar mal eine Freundin –"

Gerlinde atmete tief ein. „Du hast jüdische Freunde?"

„Dein Kiefer wird sich ausrenken, wenn du den Mund nicht zumachst", sagte Lotte trocken. „Ich hatte ja keine Ahnung, dass du so ein glühender Nazi bist."

„Ich bin kein Nazi." Eine Röte kroch über Gerlindes Wangen.

„Aber Juden sind einfach ... gierige Geldmacher ... Sie behalten alle besten Anstellungen für sich und kontrollieren die Wirtschaft, sobald man ihnen eine Gelegenheit dazu gibt. Mir hat es nicht behagt, dass man sie in die Ghettos gesteckt hat, aber es war leider notwendig. Die Juden waren dabei, unser Land zu zerstören."

„Und sie waren erfolgreich, nicht wahr? Schau dir nur an, was sie alles getan haben: den Krieg begonnen, unsere Städte bombardiert, Millionen von Soldaten getötet, indem sie sie in eine verlorene Schlacht schickten – ach, und vergiss nicht die Verluste an Menschenleben, die sie mit ihren SS- und Gestapo-Trupps verursacht haben." Lottes Stimme troff vor Sarkasmus.

Gerlinde zog die Schultern hoch und sah ausgesprochen unglücklich aus. „Natürlich nicht, aber ..."

„Aber was? Was haben sie denn unserem Land angetan? Nichts. Es war dieser verdammte Hitler, der das alles angerichtet hat. Ich weiß es, denn ich war ..." Lotte beendete ihren Satz nicht, weil ihre Freundin sie mit *diesem* Blick bedachte.

„Psst. Wenn dich jemand hört ..."

„Siehst du, was die Nazis getan haben? Wir haben gerade den Krieg verloren und du schaust noch immer über deine Schulter und willst mich zum Schweigen bringen. Hast du Angst, dass ein schwarz uniformierter Mann mit dem Totenkopf auf dem Revers aus der Hecke springt und uns für das, was ich gesagt habe, massakriert?"

„Es tut mir leid ... es ist nur ..." Gerlinde brauchte es nicht zu erklären, denn sie kannten beide nur zu gut die Realität, mit der sie in den letzten zwölf Jahren gelebt hatten. „Ich kann die Juden einfach nicht leiden und schon gar nicht kann ich so tun, als wäre ich eine von ihnen."

Lotte zuckte mit den Schultern. Wenn sie jemals geglaubt hatte, dass das Ende des Krieges auf wundersame Weise alles besser machen würde, so hatte sie jetzt den Gegenbeweis. Wenn sogar eine freundliche und sanfte Person wie Gerlinde indoktriniert worden war einen so tief sitzenden Hass zu hegen, wie konnte dann Vergebung in diese zerbrochene Welt kommen?

Schweigend gingen sie die Straße entlang. Mit jedem Schritt spürte Lotte, wie die Spannung zwischen ihnen wuchs und mit ihr die Gewissheit, dass die Nachwirkungen der Naziideologie ihr Land noch für Jahre, wenn nicht Jahrzehnte heimsuchen würden.

Vielleicht war Ingrid doch kein Fall für die Nervenheilanstalt und sie wusste wirklich Dinge, die andere nicht einmal ahnten. Der verlorene Krieg war nicht das Ende, sondern erst der Anfang. Und zwar des mühsamen Auffüllens des Abgrunds, der ganz Europa mitsamt seiner Menschlichkeit, seiner Kultur, seinem Mitgefühl und – was am schlimmsten war – seiner Zukunft verschluckt hatte.

Denn die Zukunft sah düster aus.

Bin ich auch so? Lotte kickte einen Kieselstein vor sich her. *Verfechte ich Vorurteile, die mir nicht bewusst sind, oder Hass auf etwas, das zu tief verwurzelt ist, um es zu erkennen?*

Nach einer Weile drehte sich Gerlinde um und legte ihren Arm um Lottes Taille, um die Barriere abzubauen, die zwischen ihnen wuchs. „Verzeih mir. Ich wollte dich nicht verärgern. Erinnerst du dich an die Polen in Stavanger, die auf dem Bau schuften mussten? Vielleicht könnten wir so tun, als wären wir Vertriebene aus Polen?"

Lotte lehnte sich gegen Gerlinde. „Aber wie? Mein Polnisch ist miserabel, das weißt du doch."

„Meins ist fließend, da merkt keiner den Unterschied." Gerlinde grinste spitzbübisch. „Und für den unwahrscheinlichen Fall, dass wir tatsächlich auf einen Polen treffen, hältst du einfach den Mund."

„Oh. Dein Vorschlag ist also nur eine List, um mich zum Schweigen zu bringen, während du plapperst, soviel du willst?"

Lotte war erleichtert, dass sie sich wieder vertrugen. Sie hatte die kurze Zeit gehasst, in der sie mit ihrer besten Freundin zerstritten war.

„Genau. Also, was sagst du?"

„Ich sage, wir machen es."

KAPITEL 18

Der Nachmittag zog sich hin und sie kamen an grünen Wiesen vorbei, auf denen Gerlinde die eine oder andere essbare Pflanze pflückte, aber Lottes Magen grummelte weiter.

„Wir müssen etwas zu essen kaufen", sagte sie.

„Haben wir überhaupt Geld?"

„Ich habe ein paar Reichsmark, damit sollten wir wenigstens eine anständige Mahlzeit bekommen."

„Allerdings müssen wir erst mal einen Ort mit einem Laden finden." Gerlinde hielt einen Moment inne und schirmte ihre Augen gegen die unbarmherzige Sonne ab.

„Wer hätte gedacht, dass es nach diesem grässlichen Winter hier oben so heiß werden kann?" Lotte wischte sich mit dem Handrücken den Schweiß von der Stirn.

„Es ist Hochsommer, da sind die Tage endlos lang und es ist ganz normal, dass es heiß wird." Gerlinde lachte. „Man sieht mal wieder, dass du ein Stadtkind bist. Solche wie du achten nie auf den Lauf der Jahreszeiten."

„Oh, doch ..." *... ich habe zwei Jahre auf dem Bauernhof meiner Tante Lydia gelebt.* Es fiel Lotte zunehmend schwerer, ihre Lügengeschichte aufrechtzuerhalten. Vielleicht sollte sie ihrer

Freundin verraten, wer sie wirklich war? Aber nach ihrem Streit über die Juden befürchtete sie, dass Gerlinde sie im Stich lassen könnte, wenn sie die Wahrheit erfuhr.

„Ich mag nicht mehr weitergehen!" Lotte stampfte auf und ließ sich dann zu Boden fallen. „Ich bin staubig, durstig, hungrig und ich habe Blasen an den Füßen. Eigentlich gibt es in meinem ganzen Körper keine einzige Zelle, die nicht wehtut."

Gerlinde setzte sich neben sie, zog ihre Schuhe und Strümpfe aus und entblößte ihre Füße, die mit nässenden Blasen übersät waren. „Das Ganze war übrigens deine Idee. Wir hätten bleiben sollen, wo wir waren. Irgendwann wären die Formalitäten erledigt gewesen und sie hätten uns freigelassen. Dann müssten wir nicht in dieser brütenden Hitze verdursten."

„Freigelassen? So nennst du das also? Freigelassen werden?" Lotte schaute ihre Freundin entgeistert an, gerade als ein Militärlaster vorbeifuhr, johlende Soldaten inklusive. Sie funkelte die Männer an und knurrte: „Willst du *das* lieber noch einmal erleben?"

„Nein", antwortete Gerlinde, ließ den Kopf hängen und schaute weg.

Lotte drückte ihre Hand. „Wir müssen nur eine Mitfahrgelegenheit finden. Bis zum Grenzübergang in Flensburg ist es nicht mehr weit." In Wahrheit hatte sie keine Ahnung, wo sie sich befanden, denn ihr einziger Anhaltspunkt war die Sonne, die jetzt hinter ihnen am Himmel hing.

Sie nahmen ihren Marsch wieder auf und als ein weiterer Pferdewagen vorbeifuhr, schubste Lotte Gerlinde vor, um nach einer Mitfahrgelegenheit zu fragen. Der Fahrer entpuppte sich als ein dänischer Junge von etwa zehn Jahren, der passables Deutsch sprach.

Sein anfängliches Misstrauen verflog schnell, als Gerlinde ihm erzählte, dass sie Polen waren, die den deutschen Soldaten als Dienstmädchen hatten dienen müssen und nun auf dem Heimweg waren.

„Steigt ein", sagte er und rückte zur Seite, um Platz für sie auf dem Kutschbock zu machen. „Ich bin Jens. Und ihr?"

„Agnes und Maria", antwortete Gerlinde schnell und, nachdem sie Lottes fragenden Blick gesehen hatte, präzisierte sie: „Ich bin Agnes und meine Freundin heißt Maria."

„Freut mich, euch kennenzulernen." Jens ließ seine Peitsche in der Luft knallen, und Lotte zog unwillkürlich den Kopf ein. Ein weiteres Überbleibsel aus ihrer Zeit in Ravensbrück. Würde sie jemals wieder wie ein normaler Mensch funktionieren?

Das Pferd trabte in flottem Tempo los und der neugierige Junge stellte allerlei Fragen, was Lotte an ihren Neffen Janusz erinnerte. Der war gerade dreizehn geworden, aber er hatte immer noch die lästige Angewohnheit eines jeden wissbegierigen Kindes, eine Million Fragen pro Minute zu stellen. Und die meisten davon begannen mit Warum.

„Ihr habt noch einen weiten Weg vor euch", sagte Jens nach einer Weile. „Ich kann euch etwa zwanzig Kilometer weit nach Süden bringen, wo ich die Kohle abliefern muss."

„Das ist so nett von dir." Lotte war unendlich dankbar für das Angebot, das ihnen viele Stunden Lauferei ersparen würde. Etwa zwei Stunden später hielt Jens auf dem Marktplatz eines kleinen Städtchens und setzte seine Passagiere ab.

„Gute Reise", rief er ihnen hinterher, als er davonfuhr.

Lotte sah sich in dem verschlafenen Nest um und fand eine geöffnete Bäckerei. Der Besitzer war nicht erfreut, als er erfuhr, dass sie mit Reichsmark bezahlen würden, aber er schien den Verkauf mehr zu schätzen als seinen Stolz und nahm die unzeitgemäße Währung an.

Als sie mit frisch gebackenem, köstlichem Brot aus der Bäckerei traten, blickte Lotte in den Himmel. Den ganzen Tag über waren von Westen her dunkle Wolken herangerollt und türmten sich nun über ihnen auf.

„Ich hoffe nur, dass es nicht anfängt zu regnen." Lotte ging zu einer Bank am Rande des Marktplatzes, wo sie hungrig in das herzhafte Brot biss.

„Hmmm, das riecht so lecker." Gerlinde schloss genüsslich die Augen und schnupperte an dem warmen Brot in ihrer Hand.

Gerade als sie mit essen fertig waren, öffneten sich die Himmelsschleusen und es begann, wie aus Eimern zu schütten. Binnen weniger Sekunden waren sie bis auf die Knochen durchnässt.

Da es auf dem Marktplatz keinen Unterstand gab, rannten sie auf eine Häuserreihe zu, während der sintflutartige Regen auf sie niederprasselte. Endlich erreichten sie den rettenden Hauseingang und stellten sich unter.

„Was für ein scheußliches Ende eines herrlichen Tages", sagte Gerlinde mit klappernden Zähnen.

„Man kann nicht alles haben." Lotte schlang zitternd ihre Arme um sich selbst. „Dank Jens haben wir heute gut Strecke gemacht. In ein oder zwei Tagen sollten wir den Grenzübergang erreichen."

„Zuerst müssen wir einen Platz zum Schlafen finden."

Lotte blickte auf den prasselnden Regen und seufzte: „Bei diesem apokalyptischen Wetter gehe ich nirgendwo hin."

„Was weißt du schon von apokalyptischem Wetter? In Meeresnähe ist das ganz normal. Im einen Moment Sonnenschein, im nächsten Regen. Aber das Gute daran ist, es geht genauso schnell vorbei, wie es kommt."

Ihre Worte erwiesen sich als wahr. Eine halbe Stunde später verwandelte sich der Guss in einen schwachen Nieselregen, während der Wind die dunklen Wolken weiter nach Osten trieb. Die Sonne lugte zwischen den aufgerissenen Wolken hervor und zauberte einen wundervollen Regenbogen an den Himmel.

„Wie schön", sagte Lotte, immer noch fröstelnd. „Ich würde so gerne einmal zum Ende des Regenbogens gehen und den Topf mit Gold finden."

„Ich komme mit dir. Aber jetzt lass uns erst mal einen Platz für die Nacht suchen."

Sie liefen wie begossene Pudel unschlüssig durch die Straßen, bis sie auf einen Fischladen stießen, wo eine Frau gerade das Schild von *geöffnet* auf *geschlossen* drehte. Sie hatte ihr blondes Haar zu einem Kranz geflochten und trug eine blau-weiß gestreifte Schürze über ihrem Kleid. Sie hängte die Schürze an einen Haken, trat aus dem Laden und schloss die Tür ab.

Ihr Blick fiel auf die beiden Freundinnen und sie sagte etwas das klang wie: „Ihr seid ganz schön nass geworden. Habt ihr einen weiten Weg nach Hause?"

„Gnädige Frau, wir suchen ein Gasthaus, um die Nacht dort zu verbringen", antwortete Lotte auf Deutsch.

Der freundliche Gesichtsausdruck der Fremden verschwand und machte einem hasserfüllten Blick Platz. Sie wandte sich ab und machte Anstalten, wegzugehen.

„Bitte, wir sind Polen."

Die Frau legte den Kopf schief und studierte die beiden Mädchen. Aus der Nähe sah sie aus wie Ende dreißig. Weder ihr modisches Kleid noch das rosige Strahlen in ihrem Gesicht, das eindeutig von geschickt aufgetragener Kosmetik unterstützt wurde, konnten das Alter verbergen.

„Polen?", wiederholte sie, die roten Lippen geschürzt. „Und was führt Euch in unser Städtchen?"

„Wir wurden vor Jahren von den Nazis verschleppt und zur Arbeit im norwegischen Hafen von Stavanger gezwungen. Jetzt sind wir auf dem Weg nach Hause. Wir sind den größten Teil des Weges von Hirtshals aus zu Fuß gegangen, aber heute hat uns ein Junge auf seinem Pferdewagen mitgenommen."

„Das muss Jens gewesen sein."

„Ja, gnädige Frau."

Der Ausdruck auf dem Gesicht der Frau wurde freundlicher. „Hier gibt es kein Gasthaus. Aber wie könnte ich euch wegschicken, nachdem ihr so viel gelitten habt? Kommt mit mir. Übrigens, ich bin Karen." Sie streckte ihre Hand aus.

„Ich bin Agnes und das ist meine Freundin Maria", erklärte Gerlinde. „Wir können unmöglich Ihre Gastfreundschaft annehmen."

„Natürlich könnt ihr das. Wir sind schließlich alle Reisende auf der Straße des Lebens", erwiderte Karen. „Wenn wir denen, die in Not sind, keine helfende Hand reichen, sind wir nichts wert."

Sie folgten ihr etwa fünf Minuten lang bis zu einem kleinen Haus am Ende des Städtchens. Als Lotte Gerlinde ansah, zog sie eine Grimasse und schlug die Hände über dem Kopf zusammen. Sie waren beide durchnässt, schmutzig und boten einen erbärmlich zerlumpten Anblick. Der Kontrast zu der eleganten Dame hätte nicht deutlicher sein können.

Karen folgte Lottes Blick. „Zieht eure Schuhe aus. Um den Rest kümmern wir uns drinnen."

Lotte ließ die schlammverschmierten Schuhe und Strümpfe im Flur stehen und ging barfuß in das gemütliche Wohnzimmer. Karen zündete sich eine Zigarette an und winkte sie heran.

„So holt ihr euch noch den Tod. Geht in die Waschküche, zieht eure nassen Sachen aus und schrubbt euch sauber. Ich hole in der Zwischenzeit Handtücher und etwas Trockenes zum Anziehen für euch." Karen verschwand und als die Mädels frisch gewaschen waren, fanden sie die Sachen vor der Tür zur Waschküche.

Lotte zog ein schwarzes, kurzärmeliges Kleid in A-Linienform an, das mit schicken weißen und rosa Vögeln auf Rock und Oberteil bedruckt war. Es war zu weit um die Taille, aber das war ihr egal, Hauptsache sie musste nicht mehr Ingrids kratzenden Mehlsack tragen.

Gerlindes Kleid war sogar noch extravaganter: feuerrot mit demselben A-Linien-Schnitt und einem Korsett mit drei Zierknöpfen auf jeder Seite. Das ärmellose Oberteil hatte einen

Ausschnitt, der weit tiefer war, als es der Anstand gebot. Ihr Dekolleté wurde nur durch einen Einsatz aus einem halbtransparenten schwarzen Stoff mit weißen Tupfen verhüllt.

„Du siehst umwerfend aus!", sagte Lotte und Gerlinde konnte nicht widerstehen, sich einmal um sich selbst zu drehen. Ihr Rock flog weit und in seinen Falten wurden Streifen desselben gepunkteten Stoffs des Oberteils sichtbar.

Lotte fragte sich, wie um alles in der Welt es Karen geschafft hatte, diese beiden umwerfenden Kleider zu kaufen, während jeder andere mit Bezugsscheinen und dem Ausbessern alter Kleider vorliebnehmen musste. Sie betraten das Wohnzimmer, wo ihre Gastgeberin ihnen einen anerkennenden Blick zuwarf.

„Ah, seht euch an, Mädels. So jung und schön." Karen war sichtlich erstaunt über die Verwandlung, die ein wenig Wasser und Seife bewirkt hatten. „Haare wie gesponnenes Gold! All diese Lieblichkeit versteckt unter ..."

„Schichten von Schmutz", gab Lotte zu.

„Sehr gut. Jetzt seht ihr wie schicke Mädels aus und nicht wie Landstreicher." Karen zog an ihrer Zigarette und bot an: „Wollt ihr eine?"

Lotte schüttelte höflich den Kopf, aber Gerlinde stürzte sich geradezu auf das Laster, das sie in den letzten Wochen so sehr vermisst hatte.

Die gastfreundliche Frau wies sie an, auf dem Sofa im Wohnzimmer zu warten, und kam kurz darauf mit zwei dampfenden Tassen und einem Teller Smørrebrød aus der Küche zurück.

„Kaffee, aber kein echter. Ich hoffe, es macht euch nichts aus", entschuldigte sie sich.

„Ganz und gar nicht." Etwas ausmachen? Lotte hatte den Geruch und Geschmack von echtem Kaffee längst vergessen und einen solchen Luxus hatte sie definitiv nicht erwartet.

„Wo wollt ihr hin?", fragte Karen.

„Zurück in meine Heimatstadt bei Königsberg", antwortete

Gerlinde wahrheitsgemäß. Was sie nicht erwähnte, war, dass das Gebiet wieder einmal den Besitzer gewechselt hatte und zwischen Polen und Russland aufgeteilt worden war.

„Das ist ein ziemlich weiter Weg. Und ihr müsst unseren Nachbarn im Süden durchqueren. Das wird kein Zuckerschlecken. Ich habe gehört, die Alliierten haben Deutschland in Schutt und Asche gebombt und es gibt keine Transportmittel, keine Unterkünfte und noch weniger Lebensmittel. Geschieht ihnen recht."

„Ja, das haben wir auch schon gehört", sagte Lotte. In der Hoffnung, mehr Informationen zu erhalten, fragte sie: „Wissen Sie etwas über den Grenzübergang?"

„Nicht wirklich. Etwa dreißig Kilometer von hier gibt es einen Kontrollpunkt. Die Warteschlangen sind lang, weil der militärische Verkehr Vorrang hat und die meisten Leute keine vernünftigen Papiere besitzen. Also müssen sie zuerst zur britischen Verwaltung gehen um vorläufige Papiere und eine Reiseerlaubnis zu beantragen. Im kleinen Grenzverkehr scheint es recht einfach zu sein, aber wenn man die Besatzungszonen durchqueren will, gibt es endlos viele Formalitäten.

„Im Moment scheint es so, als hätten die Alliierten beschlossen, dass jeder in der Zone bleiben muss, in der er bei Kriegsende war. Ausnahmen und Reisegenehmigungen zwischen den Zonen werden nur bei Bedarf erteilt. Um nach Polen zu gehen … Ich weiß es nicht. Da müsstet ihr zuerst mit den Briten reden und dann mit den Sowjets."

Lotte hatte nicht erwartet, dass es so kompliziert sein würde. Irgendwie war sie davon ausgegangen, dass sie einfach die Grenze überquerten und dann weitersahen. Aber ihre Wehrmachtausweise waren nutzlos, sodass sie zu den undokumentierten Flüchtlingen zählten, die einen vorläufigen Ausweis beantragen mussten. Sie seufzte.

Karen warf ihr einen mitfühlenden Blick zu. „Ich weiß, ich weiß. Ist es nicht eine Schande? Aber wenn ihr nicht in Eile seid, kann ich mich umhören und Papiere für euch organisieren. Das dauert nicht lange und wird den Grenzübertritt um einiges einfacher machen. Obwohl ich euch bitten würde, in der Zwischenzeit bei mir im Fischladen zu arbeiten. Ich könnte weiß Gott Hilfe gebrauchen."

Gerlinde und Lotte tauschten einen Blick aus. Eigentlich hatten sie es sogar sehr eilig, ihre Liebsten zu finden, aber dieses Angebot war zu gut, um es auszuschlagen.

„Das ist sehr großzügig und wir werden gerne hierbleiben und in Ihrem Laden arbeiten", sagte Lotte.

„Wir sind harte Arbeit gewohnt", fügte Gerlinde hinzu und Lotte stieß sie mit dem Ellbogen an, denn keine von ihnen hatte Erfahrung mit Fischen oder mit harter Arbeit. Das Tippen von Morsezeichen mochte viel Konzentration erfordern, aber es zählte sicher nicht als körperliche Anstrengung.

„Dann ist es abgemacht. Wie wunderbar!"

Karen war trotz ihres extravaganten Äußeren mit eleganter Kleidung und zu viel Make-up eine fröhliche und gutmütige Person. Sie besaß eine gewisse Bauernschläue und schien alles organisieren zu können: schicke Kleider, reichhaltiges Essen und sogar Ausweispapiere. Lotte fragte sich, wie eine Fischhändlerin dazu gekommen war, so einfallsreich zu sein. Sie fand es bald heraus, den Karen war zudem sehr redselig.

„Mein Mann war ein Fischer. Er ist vor Jahren in einem heftigen Sturm gestorben. Gott segne seine Seele."

„Mein Beileid", murmelten beide Mädels wie aus einem Mund. Wenigstens war er nicht durch die Hand einer ihrer Landsleute gestorben.

„Nun, früher hatten wir vier Trawler und ein florierendes Fischereigeschäft, aber jetzt ... es ist nicht leicht für eine Frau, diese Fischer an die Kandare zu nehmen." Karen lächelte schief. „Aber ich komme ganz gut zurecht und liefere unsere Heringe an das Militär."

Inzwischen hatte Lotte eine überraschend gute Vorstellung

davon, woher die ausgefallenen Kleider und die Fülle an Essen kamen.

„Verurteilt mich nicht, Mädels." Karen spitzte die Lippen, denn offenbar war sie sich der verborgenen Gedanken bewusst. „Es ist nicht so, dass ich die deutschen Besatzer besonders mochte, aber wir mussten alle damit klarkommen. Meine Ware an diejenigen zu verkaufen, die zahlen konnten, hat sich als vorteilhaft erwiesen – für mich und für die Fischer, die bei mir angestellt sind. Was kann man tun, wenn so viele Existenzen auf dem Spiel stehen? Der Widerstand ist ein Luxus, den sich die Reichen leisten können oder die Jungen, aber nicht normale Menschen wie ihr und ich."

Lotte nickte zustimmend. In diesem Krieg hatte jeder in gewisser Weise unterstützt, beschwichtigt oder kollaboriert und wer war sie, darüber zu urteilen? Ihr eigener Beitrag zum Sturz Hitlers war bestenfalls minimal gewesen. Und die Unterstützung des Regimes mit ihrer Arbeit– wenn auch nur zur Tarnung ihrer Spionagetätigkeit– war wahrscheinlich nicht besser als die Kollaboration ihrer Gastgeberin.

Karen redete weiter: „Jetzt sind die Deutschen weg und die Briten sind da. Auch sie müssen ihre Armee ernähren, also verkaufe ich an die neuen Machthaber. Eines Tages, wenn Dänemark wieder frei ist, werde ich mir einen anderen Mann suchen und nur noch an Dänen verkaufen." Sie lachte über ihre eigenen Worte. „Noch Kaffee?"

„Nein danke", sagte Gerlinde.

„Jetzt zeige ich euch erst mal, wo ihr schlafen könnt, denn wir müssen schon vor Sonnenaufgang unten am Hafen sein, wenn die Fischerboote einlaufen." Karen klatschte in die Hände und führte sie in ein Zimmer, das mit einem breiten Bett ausgestattet war. Eine bunte Überdecke nahm zwei Drittel des Bettes ein und gab den Blick auf makellos weiße Laken und wunderbar weich aussehende Kissen mit ebenso weißen Bezügen frei.

Lotte ließ sich neben Gerlinde auf die weiche Matratze sinken. Sie driftete bereits in süße Träume ab und wünschte sich, es wäre Johann, der mit ihr das Bett teilte. Was würde sie nicht alles dafür geben, ihn wieder in die Arme zu schließen und sein geliebtes Gesicht mit Küssen zu bedecken.

Wenn er mich überhaupt noch haben will, nachdem ... nachdem ... Sie konnte die Worte nicht einmal denken und beschloss, ihm niemals davon zu erzählen. In ihrem Traum war die schreckliche Sache nie geschehen. Sie stand am Bahnsteig, als sein Zug ankam, und er sprang hinaus, schneidig wie eh und je. Er grinste zu ihr hinunter, bevor er sie in seine Arme nahm und sie küsste, bis ihr schwindelig wurde.

KAPITEL 19

Unter Karens Anleitung wurden Lotte und Gerlinde bald zu Experten für Heringe sowie das Räuchern, Filetieren und Einlegen der Fische in Öl. Körbe mit Heringen wurden täglich von einem stämmigen, bärtigen Mann geliefert, der am Abend wiederkam, um die fertigen Konserven abzuholen. Es war ein stinkendes Geschäft, deshalb betraten die Frauen nach einem langen Arbeitstag niemals das Haus, ohne zunächst in der Waschküche ein erfrischendes Bad zu nehmen.

Nach einer Woche, als Karen ihnen den ersten Lohn auszahlte, waren sie bereit, weiterzuziehen.

„Haben Sie schon von unseren vorläufigen Papieren gehört?", fragte Lotte.

„Noch nicht. Die Dinge haben ihr eigenes Tempo in diesem verschlafenen Ort. Aber der Bürgermeister hat mir versprochen, dass die Reiseerlaubnis für euch noch vor Sankt Hans Aften am Samstag fertig ist."

„Sankt Hans?", fragte Gerlinde.

„Erzählt mir nicht, dass ihr das nicht wusstest. Was habt ihr Mädels während eurer Zeit in Dänemark eigentlich gelernt?"

„Ich fürchte, nicht viel über dänische Bräuche", antwortete Lotte.

„Mittsommer ist der längste Tag des Jahres." Karen klatschte freudig in die Hände. „Und in Dänemark feiern wir ihn am 23. Juni, das ist der Abend vor dem Johannistag. Jetzt, da die Besatzung endlich vorbei ist, wird es ein Fest wie kein anderes werden."

„Oh ..."

„Ihr müsst unbedingt bis nach der Feier bleiben. Schließt euch den Einheimischen an, freut euch des Lebens und habt Spaß. Es wird ein erinnerungswerter Abschluss eures Aufenthalts bei uns." Karen schwärmte in den höchsten Tönen und trotz ihres Heimwehs freute sich Lotte bereits auf die angepriesenen Festlichkeiten. Da es ohnehin keinen Sinn ergab, ohne ihre Papiere abzureisen, beschlossen sie, noch ein paar Tage zu bleiben.

Samstagabend gingen sie gemeinsam mit Karen zum Marktplatz, wo bereits alles für das Freudenfeuer vorbereitet war. Der Scheiterhaufen aus Holz und Stroh wurde von einer Strohhexe gekrönt, die dieses Jahr nicht in den traditionellen Frauenkleidern, sondern in einer zerrissenen und zerfetzten Wehrmachtsuniform gekleidet war und eine Hakenkreuzfahne in der Hand hielt.

„Dieses Jahr wird es etwas ganz Besonderes sein", sagte Karen mit funkelnden Augen. „Die Sommersonnwende ist eine vom Bösen durchdrungene Nacht, in der sich die Hexen zu ihrem jährlichen Treffen auf den Brocken begeben. Aber dieses Jahr wehren wir nicht nur die besenreitenden Hexen und ihre bösen Gefährten, die Trolle, ab, nein, wir schicken auch das ganze Nazipack dorthin, wo es hergekommen ist."

Das Feuer wurde entzündet und tauchte den Himmel in ein flammendes Orange.

„Karen hatte recht." Gerlinde starrte mit offenem Mund auf

den riesigen Scheiterhaufen. „Das ist wirklich ein großes Lagerfeuer."

Lotte beobachtete das Spektakel halb schaudernd, halb jubelnd, als die Flammen an der Strohhexe leckten, die Wehrmachtsuniform und schließlich die Hakenkreuzfahne verschlangen, bis nichts als Asche übrig blieb.

Die Verbrennung zeichnete ein treffendes Bild vom Zustand ihrer Nation. Dabei hatte sie es noch nicht mit eigenen Augen gesehen, sondern besaß die Informationen nur aus den Zeitungen in Karens Haus. Mehr und mehr hässliche Wahrheiten waren ans Licht gekommen.

Ihr erster Reflex war zu leugnen - *das* konnte nicht wahr sein. Aber natürlich wusste sie, dass alles wahr war. In den von Karen übersetzen Zeitungsartikeln stand nichts, was sie nicht selbst als Gefangene im KZ erlebt hatte, wenn auch in viel kleinerem Rahmen. Das schiere Ausmaß an industrialisierter Effizienz in den sogenannten Vernichtungslagern, die gut geölte Tötungsmaschinen gewesen waren, schockierte selbst sie.

In Ravensbrück waren die Häftlinge gedemütigt, ausgebeutet, ausgehungert, zu Tode geschuftet und schlimmer als Hunde behandelt worden. Aber es war nicht ihr einziger Daseinsgrund gewesen, ausgelöscht zu werden. Sie würgte und Galle füllte ihren Mund. Als sie sich in der fröhlichen Menge umsah, zweifelte sie fast an ihrem eigenen Verstand und hoffte - betete - dass dies nur ein erschütternder Albtraum war.

Ein gut aussehender junger Mann mit den blondesten Haaren und eisblauen Augen kam auf sie zu und drückte ihr ein Bier in die Hand. „*Til vores befrielse!*". Er legte seinen Kopf schief, als sie ihn nicht verstand und wiederholte auf Deutsch „Auf unsere Befreiung!"

„Auf eure Befreiung!" Lotte prostete ihm zu und erklärte auf seinen fragenden Blick hin: „Meine Freundin und ich sind polnische Zwangsarbeiter auf dem Weg nach Hause."

„Willkommen bei uns.“

Karens glockenhelles Lachen brach hinter ihr aus und sie drehte sich um. „Ich sehe, du hast bereits die Aufmerksamkeit eines jungen Mannes erregt.“ In dem Moment begann eine Musikgruppe zu spielen und Karen sagte: „Zeit zu tanzen! Ich halte solange dein Bier.“

Lotte schüttelte den Kopf. „Ich fürchte, ich kenne keinen eurer Tänze.“

Der junge Mann sackte in sich zusammen und machte Anstalten wegzugehen, aber Karen schaltete sich ein und drückte Lotte geradezu in seine Arme. „Natürlich wirst du tanzen. Es ist schließlich Sankt Hans und wann können wir fröhlich sein, wenn nicht heute? Ich bin sicher, der Bursche wird dich meisterhaft über die Tanzfläche führen, nicht wahr?“

Er nickte pflichtbewusst, legte die Arme um Lottes Schultern und führte sie dorthin, wo bereits andere Paare tanzten. „Ich bin Christian.“

„Maria“, antwortete Lotte. Trotz ihres anfänglichen Widerwillens genoss sie den Tanz und ließ sich von ihm nicht nur ein Lied lang herumwirbeln, sondern bis die Musik eine Pause machte. Ab und zu glitt sie an Gerlinde vorbei, die von einem feschen Mann in Polizeiuniform aufgefordert worden war. Mit ihren von der Bewegung und dem heißen Lagerfeuer geröteten Wangen sah Gerlinde zum ersten Mal, seit sie Stavanger verlassen hatten, wirklich glücklich aus.

Als die Musik aufhörte, erhob jemand seine Stimme zum Singen und bald stimmten alle ein. „*Vi vil fred hertillands, Sante Hans, Sante Hans.*“ Wir wollen Frieden in unserem Land, Sankt Johann, Sankt Johann.

Wer wollte das nicht, nach sechs Jahren Krieg?

Getreu ihrem Versprechen überreichte Karen ihnen am nächsten Tag vorläufige Papiere und Reisegenehmigungen, die vom Bürgermeister des Ortes auf die Namen ihrer polnischen

Alter Egos ausgestellt waren. Mit einem weinenden und einem lachenden Auge verabschiedeten sie sich von ihrer Gastgeberin, die sich heimlich die Augen abtupfte, bevor sie in einem betont munteren Ton sagte: „Ich wünsche euch eine gute Reise und sucht euch einen netten Burschen, der euch warm hält."

Dann reichte Karen ihnen einen Laib Brot und Salzkartoffeln, um sie anschließend auf den Weg zu schicken.

„Es war schön bei ihr", sagte Gerlinde schließlich.

„Ja, aber es ist auch schön, nach Hause zu gehen. Ich werde in Berlin nach meinen Großeltern suchen." Lotte wusste noch immer nicht, wie sie Gerlinde die Wahrheit sagen sollte.

„Wenn du überhaupt ..." Gerlinde hielt mitten im Satz inne, weil Lotte den Kopf schüttelte.

„Beschrei es nicht." Die Nachrichten aus Berlin waren schlecht. Es schien, als hätten die Russen die volle Kontrolle über die Stadt und würden niemanden rein- oder rauslassen, nicht einmal die anderen Siegermächte. Nach einer Weile sagte sie: „Ein Besenstiel wäre jetzt praktisch."

„Ja, stell dir den Aufruhr vor, wenn wir auf unseren Besen einfach bis nach Berlin fliegen und direkt vor dem Brandenburger Tor landen", erwiderte Gerlinde scherzhaft.

„Warum machen wir daraus nicht gleich einen dramatischen Auftritt und fliegen stattdessen durch das Brandenburger Tor?" Lotte hielt sich die Seite, so sehr musste sie lachen.

„Klar. Und dann steigen wir von unseren Besenstielen herunter und warten darauf, dass der rote Teppich ausgerollt wird."

„Wenn es ein roter Teppich ist, der uns willkommen heißt, und nicht die Flak, können wir uns glücklich schätzen." Und schon verflüchtigte sich die fröhliche Albernheit.

Lotte rieb sich die Nase und runzelte die Stirn. „Aber erst müssen wir zur Grenze kommen ... und sie überqueren."

„Wir haben Papiere, also kein Grund zur Sorge."

„Ich weiß, aber die vielen britischen Soldaten überall

machen mich ganz nervös." Es stimmte. Jedes Mal, wenn Lotte eine Uniform erblickte, machte sich ein mulmiges Gefühl in ihrer Magengrube breit. Es würde keinen Sherlock Holmes brauchen, um ihre wahre Identität herauszufinden.

Entflohene Kriegsgefangene. Die wurden erschossen oder Schlimmeres.

KAPITEL 20

Einige Kilometer weiter stießen sie auf einen Mann, der einen Reifen an seinem klapprigen Wagen reparierte, der wie das Gestell eines alten Lastwagens aussah, jedoch ohne den Motor. Auf der Ladefläche stapelten sich Möbel, Koffer und Bündel; alles mit einer großen, verwitterten Plane notdürftig abgedeckt. Zwei Pferde grasten in der Nähe, während die Frau und drei Kinder am Straßenrand saßen und darauf warteten, dass sie weiterfahren konnten.

„Guter Mann, fahren Sie in Richtung Grenze?", fragte Lotte in der Hoffnung, dass er, wie die meisten Dänen, passables Deutsch sprach.

„Das geht euch nichts an", antwortete der breitschultrige Mann unwirsch und blickte sofort wieder auf den zu flickenden Reifen.

„Wir sind unterwegs nach Flensburg", beharrte Lotte. Er hob seinen Kopf und sah sie misstrauisch an. Eilig fügte sie hinzu: „... auf dem Weg zurück in unsere Heimat in Polen."

„Polen, wie?"

„Ja, guter Mann. Wir sind von den Nazis als Zwangsarbeiter

verschleppt worden und jetzt wollen wir nichts dringender als in die Heimat, um herauszufinden, ob unsere Familien noch leben." Zumindest die zweite Hälfte ihres Satzes entsprach der Wahrheit. Seit sie ihre falsche Identität als Alexandra angenommen hatte, waren ihr Lügen und Betrügen zur zweiten Natur geworden. Aus Erfahrung wusste sie jedoch, dass es am besten war, sich so nah an der Wahrheit wie möglich zu halten. Ein Labyrinth aus ausgeklügelten Geschichten aufrechtzuerhalten und sich zu merken, was sie wem erzählt hatte, hatte sich als unglaublich schwierig erwiesen.

„Wir haben keinen Platz für Passagiere." Seine buschigen Augenbrauen zogen sich zu einem Stirnrunzeln zusammen.

„Bitte, wir wiegen sehr wenig und nehmen nicht viel Platz weg, wenn Sie es in der Güte Ihres Herzens finden könnten, uns mitzunehmen", flehte Gerlinde ihn an.

„Hans, sieh sie dir an. Würdest du nicht wollen, dass ihnen jemand hilft, wenn es deine Töchter wären?", mischte sich seine Frau ein und tätschelte dabei den weißblonden Kopf des Kindes neben ihr.

„Na gut", seufzte er und überprüfte die Knoten an der Plane. „Klettert rauf und sucht euch irgendwo hinten einen Platz. Diese Abdeckung muss wegen des Regens bleiben."

„Gott segne Sie und Ihre Familie." Gerlinde kletterte bereits auf die Ladefläche und suchte sich ein Plätzchen, um sich dort einzurollen, während er die Pferde einspannte.

„Haltet euch gut fest, wir können keine Verzögerungen brauchen", rief er, stieg mit seiner Familie auf den Vordersitz, schlug mit den Zügeln und gab ein lautes schnalzendes Kommando. Die Pferde spitzten die Ohren und begannen einen gleichmäßigen Trab. Bequem auf den Bündeln liegend, konnten Lotte und Gerlinde ihr Glück kaum fassen, wie schnell die vorbeiziehenden Kilometer sie ihrem Ziel näherbrachten.

„Es war eine schöne Zeit bei Karen", flüsterte Gerlinde,

sodass es die Familie nicht mitbekam. „Ich vermisse sie jetzt schon. Und schau dir die schönen Kleider an, die sie uns geschenkt hat."

„In den abgerissenen und schmutzigen Säcken von Ingrid wären wir nie so weit gekommen", antwortete Lotte und betrachtete Gerlinde in dem leuchtend roten Kleid, das Karen ihr am ersten Tag gegeben hatte.

„Stimmt. Ihre Fürsorge hat uns weitergeholfen, kein Zweifel. Eines Tages werden wir mit einem Glas Sekt auf sie anstoßen."

„Apropos anstoßen, auf dem Mittsommerfest hatte ich so viel Spaß wie schon lange nicht mehr." Gerlinde lachte hell auf und Lotte erinnerte sich an die spritzige, lebenslustige Person, die ihre Freundin normalerweise war.

„Oh ja. Ich hatte schon ganz vergessen, dass es so etwas wie ein normales Leben gibt. Es war doch gut, dass Karen darauf bestanden hat, dass wir mit auf das Fest gehen." Gerlinde hatte einen wehmütigen, verträumten Gesichtsausdruck und Lotte vermutete, dass es etwas mit dem schneidigen jungen Mann in der Polizeiuniform zu tun hatte.

„Karen ist wirklich sehr großzügig. Ein bisschen sonderbar, aber mit einem gütigen Herz." Am Anfang hatte Lotte die Frau wegen ihrer sehr guten Beziehungen zu den britischen Offizieren und wahrscheinlich auch zu den Deutschen vor ihnen verurteilt. Aber bald genug hatte sie akzeptiert, dass jeder Mensch in schwierigen Zeiten seine eigenen Entscheidungen treffen musste. Und obwohl Karens Moral fragwürdig war, teilte sie großzügig die Erlöse aus diesen Beziehungen mit denen, die in Not waren.

Am Abend erreichten sie die kleine Grenzstadt und bedankten sich bei dem Fahrer und seiner Familie für die Mitnahme. Es war zu spät, um den Kontrollpunkt zu passieren, also kauften sie etwas zu essen und suchten dann im leeren Bahnhof Schutz für die Nacht.

Am nächsten Morgen machten sie sich zu Fuß auf den Weg zum Grenzübergang, wobei sich mit jedem Schritt ein größerer Kloß in Lottes Hals bildete. Gerlinde schien keine Bauchschmerzen zu haben, denn ihr Gesicht hellte sich auf, je näher sie der Grenzkontrolle kamen. „Wir sind endlich da. Kannst du es glauben?" Gerlinde drückte die Hand ihrer Freundin.

„Kaum zu glauben, dass es wirklich soweit ist", sagte Lotte und starrte auf den Kontrollposten, wobei sie darum kämpfte, den Knoten zu ignorieren, der sich in ihrem Magen bildete. Sie hatte stundenlang überlegt, ob sie dem Grenzer ihre wahre Identität verraten sollte, aber die Abfuhr des britischen Stützpunktleiters war noch frisch in ihrer Erinnerung, und so entschied sie sich dagegen. Man würde ihr sowieso nicht glauben. „Was sollen wir sagen?"

„Was?" Gerlinde starrte sie verständnislos an. „Was meinst du? Wir zeigen unsere Papiere und gehen rüber."

Lotte spürte, wie sie blass wurde. „Aber was ist, wenn sie uns etwas fragen?"

„Dann beantworten wir ihre Fragen. Was können sie schon wissen wollen?"

„Ach, ich weiß nicht. Vielleicht: ‚Seid ihr entflohene Kriegsgefangene?'"

Gerlinde lachte laut auf. „Du machst dir zu viele Sorgen. Es wird nichts passieren, du wirst schon sehen. Wir sind nur zwei Mädchen auf dem Weg in die Heimat."

Am Kontrollpunkt standen bereits lange Schlangen von Männern, Frauen und Kindern, die darauf warteten, abgefertigt zu werden. Jung und Alt in verschiedenen Zuständen der Verwahrlosung versammelten sich vor dem Grenzübergang, um nach Deutschland einzureisen. Die meisten jedoch waren deutsche Soldaten, die in irgendein Gefangenenlager gebracht wurden.

Lotte wandte ihr Gesicht ab, vor lauter Angst, einer der

Männer könnte in Stavanger gewesen sein und sie erkennen. Es würde bei den Tommys nicht gut ankommen, wenn der Soldat dumm genug war und ihren Namen rief, der nicht mit dem auf ihren vorläufigen Papieren übereinstimmte.

Soweit sie erkennen konnte, wurde jeder, der nach Deutschland einreisen wollte, von den britischen Militärpolizisten nur flüchtig gemustert. Lediglich Männer im wehrfähigen Alter kontrollierte man gründlicher und hin und wieder wurde einer zu einem Gebäude einige Meter weiter abgeführt.

Gerlinde stieß sie mit dem Ellbogen an und flüsterte: „Schau dir den feschen Burschen an."

Lotte folgte ihrem Blick zu einem Offizier, der direkt hinter den beiden uniformierten Soldaten stand, die den Kontrollpunkt besetzten. Er schien eine Art Aufseher zu sein, der ihre Arbeit überwachte – und war in der Tat extrem gut aussehend: groß, mit breiten Schultern, seine Uniform gespickt mit Bändern und Orden. Unter seiner Kappe lugte kurz geschnittenes, dunkelblondes Haar hervor; sein Gesicht, obwohl kampferprobt, zeigte immer noch knabenhafte Züge und Lotte schätzte ihn auf höchstens fünfundzwanzig Jahre.

Als er sie ansah, schlug sie schnell die Augen nieder, aber es war zu spät. Er hatte sie beim Starren ertappt. Unter gesenkten Lidern hervorblinzelnd bemerkte sie, wie sich seine Lippen zu einem Grinsen verzogen, das seine hellblauen Augen zum Strahlen brachte. Lotte spürte, wie sie unter seinem Blick errötete, und nestelte mit ihren Händen an ihrem Rock.

„Los, wir sind dran." Gerlinde gab ihr einen kleinen Schubs und schon standen sie mit ihren gezückten Papieren vor dem Kontrollposten, der nur kurz aufschaute und fragte: „Wohin?"

„Danzig", antwortete Gerlinde.

„Wie bitte?"

„Ostpreußen."

Der junge Mann sah sie mit gewecktem Interesse an. „Das

liegt in Polen. Warum wollen zwei so schöne Fräuleins wie ihr dorthin?"

Wieder war es Gerlinde, die das Wort ergriff, denn Lotte war immer noch zu verlegen, um aufzublicken, aus Angst, sie würde wieder dem Blick des gut aussehenden Fremden begegnen. „Wir sind Polen und wollen in die Heimat."

Er zuckte mit den Schultern und stempelte ihre Papiere ab. „Hier, bitte sehr. Ihr müsst euch neue Reisegenehmigungen besorgen, sobald ihr in der sowjetischen Zone seid."

„Danke", sagte Gerlinde mit ihrer süßesten Stimme, nahm Lotte am Ellbogen und zog sie mit sich. Lotte folgte ihr auf wackeligen Knien und atmete erst durch, als sie das Grenzerhäuschen passiert hatten.

Sie hatten es geschafft.

„Entschuldigen Sie, meine Damen", sagte eine tiefe Stimme und Lotte starrte direkt in das Gesicht des gut aussehenden Offiziers, der von seinem Podest heruntergestiegen war, von dem aus er die Menge der Reisenden überblickte. Nun versperrte er ihnen den Weg. „Darf ich noch einmal Ihre Papiere sehen?"

Seine Worte schlugen Lotte in den Magen, als hätte er die Faust benutzt. Sie schnappte nach Luft und versuchte, sich den Schrecken nicht anmerken zu lassen.

„Natürlich, Herr Offizier." Gerlinde reichte ihm ihren Ausweis und die Reiseerlaubnis, und Lotte schaffte es irgendwie, es ihr nachzutun.

„Ich muss Sie bitten, kurz mit mir zu kommen." Er sprach die verhängnisvollen Worte mit der freundlichsten Miene und gab ihnen ein Zeichen, ihm zu folgen.

Dann führte er sie ins Innere des Verwaltungsgebäudes neben dem Kontrollpunkt und in ein kleines Büro mit einem Schreibtisch und drei Stühlen. Nachdem er sie gebeten hatte, Platz zu nehmen, schloss er die Tür und lehnte sich gegen den Schreibtisch, sodass er auf sie herabschaute. Einen Moment lang fühlte sich Lotte in den Verhörraum in Warschau zurück-versetzt. Damals war der Mann, der sie verhört hatte, von der Gestapo. Als der Brite zufrieden schaute, wusste sie, dass er ihre Angst gespürt hatte.

„Ich bin Sergeant Davis. Darf ich bitte Ihr Gepäck kontrollieren?"

Lotte verfluchte die Tatsache, den gestohlenen Seesack nicht durch eine unauffälligere Tasche ersetzt zu haben, übergab ihn aber ohne Zögern. Schnell packte er all ihre Habseligkeiten aus und legte eine nach der anderen auf den Schreibtisch.

„Wo ist sie?", fragte er.

„Ist was?"

„Die Ware für den Schwarzmarkt. Ihr seid doch Schmuggler."

„Sir, Sie irren sich, wir sind keine Schmuggler. Wir sind nur zwei Frauen auf dem Weg in die Heimat." Eine große Last fiel von Lottes Schultern. Schmuggel war so ziemlich das einzige Vergehen, dessen sie sich nicht schuldig gemacht hatten.

Er schaute sie aufmerksam mit einer undurchdringlichen Miene an. „Ich täusche mich nie. Ihr seid gerissen, aber ich weiß, dass ihr Schmuggler seid. Ich verspreche, dass ich die Ware früher oder später finden werde, also erspart euch und mir den Ärger und sagt mir, wo ihr sie versteckt habt." Dann stülpte er den Seesack von innen nach außen, und, scheinbar frustriert darüber, dass er keine belastenden Beweise fand, hielt er plötzlich inne. „Woher habt ihr diesen Sack?"

„Ein britischer Soldat hat ihn uns geschenkt", sagte Gerlinde.

„Ich bezweifle, dass einer unserer Männer jemals so etwas tun würde." Ein sarkastisches Lächeln umspielte seine Lippen und unter anderen Umständen hätte Lotte ihn für seinen hellen Verstand bewundert. Aber in diesem Moment drohte panische Angst, sie zu verschlingen und mundtot zu machen.

„Wir haben ihn auf der Straße gefunden und angenommen, dass der Besitzer tot ist", sagte Lotte zerknirscht.

Er zog die Augenbrauen hoch. „Leichenfledderei. Ihr reitet euch immer tiefer rein."

„Oh nein ... wir haben den Seesack gefunden, nicht den Besitzer ...", stotterte Gerlinde.

Sergeant Davis schien sich zu amüsieren, aber trotzdem traf seine nächste Frage scharf wie ein Peitschenhieb. „Was macht ihr hier?"

„Die Nazis haben uns verschleppt und zur Arbeit gezwungen", wiederholte Lotte ihre Tarnung.

Der Brite schnaubte vor Lachen. „Zwangsarbeiter? Was für eine *Arbeit* haben die Nazis euch denn in diesen schicken Kleidern machen lassen?"

Gerlinde wurde knallrot und begann zu protestieren, aber er winkte ab. „Eine Hure ist mir allemal lieber als eine Schmugglerin", sagte er mit einem Zungenschnalzen, das Lotte eine Gänsehaut über den Rücken jagte. „Warum gebt ihr mir nicht eine Kostprobe eures Könnens und ich lasse euch dafür gehen?"

Lottes Furcht verwandelte sich in kochende Wut. Glaubte denn jeder Mann, dass der einzige Daseinsgrund einer Frau es war, ihm das Leben zu versüßen? „Das werden wir ganz sicher nicht tun. Wir sind anständige Frauen."

„Anständig? Das ich nicht lache. Soweit ich weiß, steht weder Schmuggeln noch Huren auf der Liste der geachteten Berufe. Was soll es also sein?"

„Ich möchte mit Ihrem Vorgesetzten sprechen, Sergeant Davis", sagte Lotte so ruhig sie konnte. Es war vielleicht nicht die klügste Vorgehensweise, da sie und Gerlinde sich auf dünnem Eis bewegten, aber *das* würde sie nicht noch einmal erdulden. Lieber wollte sie vor ein Kriegsgericht gestellt werden – wenn die so was überhaupt mit geflohenen Kriegsgefangenen machten.

Davis sah einen flüchtigen Moment lang verunsichert aus, bevor er sich wieder fing. „Und was genau wollen Sie meinem Vorgesetzten erzählen? Dass Sie beim Stehlen von britischem

Armeeeigentum erwischt wurden und sich Ihrer gerechten Strafe entziehen wollen?"

„Ich glaube, selbst in England schließt die gerechte Strafe für angeblichen Diebstahl keine sexuellen Gefälligkeiten mit ein." Lotte hatte keine Ahnung, woher ihre plötzliche Stärke kam, aber sie schob die Schultern nach hinten und forderte ihn mit ihrem kalten Blick auf, ihr zu widersprechen.

„Sie können Ihre Sachen wieder einpacken", sagte Davis, ohne ihrem Blick auszuweichen.

Während sie ihre Habe zurück in den Seesack stopften, blätterte er noch einmal in den Papieren, ganz offensichtlich unzufrieden damit, dass er die Schmuggelware, von der er so überzeugt gewesen war, nicht gefunden hatte.

Lotte stieß einen heimlichen Seufzer der Erleichterung aus, als er die Tür öffnete und sie aufforderte, ihm zu folgen. Im Flur lungerten einige Soldaten in britischer Uniform herum und rauchten. Lotte hatte in Stavanger Englischunterricht genommen und hatte angenommen, dass sie die Sprache ganz gut beherrschte. Aber sie verstand kaum die Hälfte ihres Geplänkels und manchmal schien es eine komplett andere Sprache zu sein.

Die Köpfe drehten sich, als Gerlinde in ihrem knallroten Kleid an ihnen vorbeiging, und Lotte wünschte sich plötzlich, sie hätten Ingrids Säcke angezogen. Es war wie ein Spießrutenlauf unter den lüsternen Blicken der Soldaten. Einer von ihnen pfiff ihnen hinterher, gefolgt von einem Wort, das Lotte nicht verstand.

Gerlinde aber drehte sich um und starrte den Übeltäter mit ihrem eisigsten, aristokratischsten und verächtlichsten Ausdruck an, den sie wahrscheinlich an ihren polnischen Knechten zu Hause in Ostpreußen perfektioniert hatte.

„Starren Sie mich nicht so an, holdes Fräulein, ich habe nichts Unrechtes getan", sagte er mit einem breiten Feixen.

„Sie wissen genau, dass das kein Wort ist, mit dem man eine

Dame anspricht", erwiderte Gerlinde und machte auf dem Absatz kehrt.

„Welches Wort? Ach? Sie meinen *ślicznotka*? Verstehen Sie Polnisch?"

„Die beiden behaupten, polnische Zwangsarbeiter zu sein", sagte Sergeant Davis.

Lotte erstarrte vor Angst, denn sie sah den Hoffnungsschimmer in seinen Augen und fürchtete sich vor seinen nächsten Worten.

„Vielleicht willst du dich ein wenig mit deinen Landsleuten unterhalten, Andrzej? Herausfinden, was sie wirklich hier machen?"

Lotte verschluckte sich fast an dem Kloß, der sich in ihrem Hals bildete, denn sie stellte sich bereits vor, wie sie vor das Erschießungskommando geführt wurden. Gerlinde drückte ihre Hand und flüsterte ein kaum hörbares „Lass mich", bevor sie dem Mann namens Andrzej ihr strahlendstes Lächeln schenkte und auf Polnisch fragte: „Woher kommst du?"

Es folgte ein Gespräch zwischen den beiden, das Lotte nicht verstand.

„Die hier ist sauber", sagte Andrzej und wandte sich dann an Lotte. *„Dzień dobry panienka."*

Sie war aufgeflogen. Da sie nicht wusste, was er gesagt hatte, zog sie es vor, zu nicken und zu lächeln.

„Meine Freundin ist verängstigt", entschuldigte Gerlinde Lottes Schweigen. „Wir sind zusammen aufgewachsen und ich kann Ihnen versichern, dass sie keine Schmugglerin ist."

„Keine Schmugglerin", sagte er mit schallendem Gelächter. „Aber auch keine Polin." Er wechselte zurück ins Polnische und fragte: *„Jak się nazywasz?"*

Lotte antwortete auf gut Glück: „Danzig", aber dem Entsetzen in Gerlindes Augen nach zu urteilen, war es die falsche Antwort gewesen.

„Danzig? Das ist ein ziemlich ungewöhnlicher Name für ein Mädchen. Sag mal, sprichst du überhaupt Polnisch?"

„Nein." Lotte seufzte; ihr blieb nur die Wahrheit. „Ich bin nicht wirklich Polin. Aber meine Freundin ist es."

Sergeant Davis grinste wie ein Kind an Weihnachten. „Ich wusste es. Ihr seid verhaftet."

KAPITEL 21

Lotte und Gerlinde wurden in getrennte Zellen gebracht, wo sie sich bis auf die Unterwäsche entkleiden mussten. Lotte kümmerte es nicht mehr, dass der junge Soldat sie in ihrer Unterwäsche sah, denn mit blankem Entsetzen bemerkte sie, wie er ihre Kleidung durchsuchte und dabei ihren Wehrmachtsausweis fand. Nachdem man sie als Lügnerin, Deutsche und nun auch noch Deserteurin entlarvt hatte, konnte es kaum schlimmer kommen.

„Sieh dir das an." Er stieß beim Anblick des Dokuments einen leisen Pfiff aus und reichte Lotte das Kleid zurück. „Sie dürfen sich wieder anziehen. Ich bringe das zu Sergeant Davis."

Nach einer endlosen Zeit des Nägelkauens wurde sie in Davis' Büro gebracht, der mit zufriedener Miene auf sie wartete. „Ich habs geahnt! Und mein Instinkt liegt immer richtig. Ihr zwei seid mir von dem Moment an verdächtig vorgekommen, als ich euch in der Schlange an der Grenzkontrolle stehen sah."

Sie konnte nicht anders, als ihm zu widersprechen. „Das stimmt allerdings nicht ganz. Sie dachten, wir seien Schmuggler."

„Okay, da muss ich Ihnen recht geben. Sie sind keine Schmuggler, Sie sind sogar noch schlimmer. Nazis, die versuchen, der Gefangenschaft zu entgehen. Das ist ein schweres Verbrechen und ich kann Ihnen versichern, dass mein Vorgesetzter äußerst erfreut sein wird – über mich, nicht über Sie."

„Und wieder haben Sie unrecht." Lotte ärgerte sein widerwärtig arrogantes Gebaren so sehr, dass sie ihm seine eigene Unzulänglichkeit unter die Nase reiben musste. Zum Teufel mit den Konsequenzen, sie war sowieso so gut wie tot. „Wir entziehen uns nicht der Gefangenschaft, wir sind ihr entkommen."

Der harte Ausdruck in seinen blauen Augen sagte ihr, dass sie besser nicht fortfahren sollte, und sie fügte hastig hinzu: „Wir wurden in der Nähe von Gram von unserem Transport getrennt und da wir zu viel Angst hatten, zurückzukehren, haben wir beschlossen, uns auf eigene Faust auf den Weg nach Hause zu machen."

„Sie und ihre Freundin?"

„Ja", seufzte sie. „Es war wahrscheinlich nicht das Klügste, was wir tun konnten, aber glauben Sie mir, wir hatten unsere Gründe."

* * *

LOTTE KONNTE KAUM ATMEN. Ob es an ihrer Angst oder an dem schmuddeligen, engen Raum lag, wusste sie nicht. Nach ihrer Konfrontation hatte Davis sie in einen Verhörraum bringen lassen. Seine Arbeit war erledigt und nun würden die ausgebildeten Vernehmer versuchen, die Wahrheit aus ihr herauszuquetschen. Sie hoffte nur, dass sie nicht dieselben Methoden anwenden würden wie die Gestapo.

Ein massiger Soldat betrat den Raum und setzte sich schwerfällig hin, wobei der Stuhl protestierend quietschte. Er schaute sie mit wachsamen Augen an und stellte Frage um Frage.

Lotte beantwortete sie, so gut sie konnte, und versuchte, so nah wie möglich an der Wahrheit zu bleiben, ohne die Details ihrer Flucht und dem, was davor passiert war, preiszugeben. Er würde ihr sowieso nicht glauben und wenn doch, würde es ihm wahrscheinlich nichts ausmachen – womöglich käme er sogar auf Ideen.

„Ihre Freundin hat eine andere Geschichte erzählt", sagte er plötzlich ohne jede Vorwarnung.

Erschrocken atmete Lotte zischend ein und zermarterte sich das Hirn darüber, was Gerlinde anderes gesagt haben könnte.

„So, wie ich das sehe ...", er machte eine lange Pause und bohrte seinen stählernen Blick in sie, „... seid ihr Werwölfe."

„Was?" Sie riss die Augen weit auf und die Angststarre verließ ihren Körper mit einem wütenden Schlag bei der Erwähnung dieser legendären, geheimnisvollen und gefürchteten Untergrundorganisation, die Heinrich Himmler persönlich gegründet hatte.

„Sie haben mich richtig verstanden. Wir glauben, dass ihr zur Organisation der Werwölfe gehört, die kriminelle Machenschaften und Sabotage gegen die Siegermächte im Sinn hat."

„Ich bin nichts dergleichen!", schrie sie ihn fast an. „Ich war Funkerin bei der Wehrmacht und habe Nachrichten in Morsecode weitergeleitet. Das war alles, was ich gemacht habe."

Seine Mundwinkel zogen sich nach oben. „Und als der Krieg vorbei war, schlüpften Sie in Ihre neue Rolle als Spionin für die Werwolf-Organisation."

Sie sackte in sich zusammen. Dieser Mann würde ihr kein einziges Wort glauben. Und er hatte jedes Recht, ihr zu misstrauen. Eine unschuldige Person fabrizierte keine falsche Identität und spann ein Netz aus Lügen.

„Sie wissen, was wir mit deutschen Spionen machen, nicht wahr?" Er warf den Kopf in einer kriegerisch anmutenden

Geste zurück. „Wir richten sie hin. Bevorzugen Sie das Erschießungskommando oder wollen Sie lieber aufgehängt werden?"

„Sie können mich nicht ohne einen ordentlichen Prozess töten." Ihre Stimme klang schwach, selbst für ihre eigenen Ohren.

„Ich kann und ich werde. Wer soll mich aufhalten? Ihre Freundin? Ihr allmächtiger Führer? Er hat Selbstmord begangen, wenn Sie sich erinnern wollen."

„Sie haben also die Absicht, genau das zu tun, wofür Sie die Nazis anklagen? Was ist mit meinen Rechten aus der Genfer Konvention?", protestierte sie und zeigte dabei einen Mut, den sie nicht wirklich besaß.

„Wirklich? Sie wagen es, von Rechten zu sprechen? Wir haben keine Todeslager und Gaskammern betrieben – im Gegensatz zu euch Nazischweinen." Der Mann sah sie mit Augen an, die von einer Feindseligkeit erfüllt waren, die stark genug war, um ihr den Atem zu verschlagen. „Wir erteilen dir eine Lektion, die du nicht vergessen wirst. Das verspreche ich."

Lotte erschauderte, als sie sich an die unvergessliche Lektion von Gram erinnerte.

„Macht, was ihr wollt", seufzte sie und sackte in ihren Stuhl, erschöpft von all den Fragen und Drohungen. Sie sollten es einfach mit ihr beenden. Schnell und schmerzlos. Ihre Gedanken schweiften ab. Wenn er es ernst meinte, dass sie ihre Hinrichtungsmethode selbst wählen sollte, was würde sie dann vorziehen?

Auf keinen Fall hängen. Der bloße Gedanke, nach Atem zu ringen, ließ sie vor Angst zittern. Ebenso die Vorstellung, wie ihre Füße im Wind baumelten und jeder sie sehen und mit dem Finger auf sie zeigen konnte. *Nazi-Schlampe. Gut, dass sie tot ist.* Nein, definitiv nicht hängen.

Erschießungskommando. Eine Kugel direkt in den Kopf und ewige Schwärze. Sofortiges Vergessen. Es klang beruhigend, aber was passierte, wenn der Soldat das Ziel verfehlte und stattdessen ihre Lunge traf, sodass sie qualvoll erstickte? Oder ihren Magen – Gott bewahre.

Die Guillotine. Das scharfe Beil war präzise. Und schnell. Aber benutzten die Briten es überhaupt? Oder war das nur den Franzosen während ihrer Revolution vorbehalten gewesen? Plötzlich war sie peinlich berührt von ihrem mangelnden Geschichtswissen. Ihr Bruder Richard, der würde es wissen. Bevor er eingezogen wurde, hatte er sie mit seiner Angewohnheit verrückt gemacht, seine Nase immer in ein Buch zu stecken. Richard wüsste, welche Hinrichtungsmethode zu wählen war. Sie schnaubte über ihre düsteren Gedanken.

„Finden Sie das lustig?", fragte ihr Verhörer.

„Nein, Sir", antwortete sie und legte den Kopf schief. „Ich überlege nur, auf welche Weise ich es vorziehen würde, von Ihren Leuten ermordet zu werden."

Seine Kinnlade fiel auf den Boden, zu schockiert von ihrer Missachtung seiner Drohungen, um eine zusammenhängende Antwort zu formulieren. Er bohrte einfach seine braunen Augen in sie, als könnte er ihr allein durch seine Willenskraft das Leben aus dem Körper saugen. Als er endlich seine Stimme wiederfand, sagte er: „Sie werden gestehen. Das tun sie am Ende alle."

Dann ging er aus dem Zimmer und ließ sie mit ihren Gedanken allein. Sie brach in ein wahnsinniges, schluchzendes Kichern über die grausame Ironie des Schicksals aus, dass man ausgerechnet sie, eine Spionin für die Briten, bald hinrichten würde, weil man sie beschuldigte, eine Spionin für die Deutschen zu sein.

Als das Schluchzen abebbte, atmete sie tief ein und fragte sich, ob sie ihrem Vernehmer hätte sagen sollen, dass sie diejenige war, die ihnen Woche für Woche die Codes zum Entschlüsseln der Nachrichten gegeben hatte?

Mehr als einmal war sie kurz davor gewesen, damit herauszuplatzen, hatte sich aber jedes Mal zurückgehalten. Es gab keinen Grund zu glauben, dass er ihr die Geschichte abkaufen würde. Vielleicht wusste er nicht einmal von solchen Operationen, da alles streng geheim war. Jeder Agent war nur ein Rädchen im Getriebe und kannte lediglich seinen eigenen Part und die Kontaktperson. Mehr nicht.

Lotte selbst hatte nie erfahren, was Lina mit den Codes machte. Wem hat sie sie gegeben? Wie fanden sie den Weg nach London?

Nein, man würde ihre Geschichte niemals glauben. Zu weit hergeholt schien sie, zu viele Beweise gegen sie, und zu verzweifelt. Die Briten würden denken, dass sie sich das alles nur ausgedacht hatte, um einer Hinrichtung zu entgehen.

Später kehrte Sergeant Davis zurück und begrüßte sie mit einem süffisanten Grinsen. Sie konnte es ihm nicht wirklich verübeln, denn er hatte das richtige Bauchgefühl gehabt, ihr und Gerlinde zu misstrauen. Trotzdem würde sie ihm am liebsten die Arroganz aus dem Gesicht prügeln. Was wusste er schon von ihrer Realität?

„Kann ich etwas zu trinken haben, bitte?", fragte sie.

„Nein, das können Sie nicht. Nicht, bevor Sie gestehen."

„Es gibt Vorschriften …"

Er winkte ihre Beschwerde ab. „Das hier ist ein Ferienlager im Vergleich zu dem, wie ihr Nazis mit euren Gefangenen umgesprungen seid."

„Ich bin kein Nazi", protestierte Lotte schwach.

„Klar doch. Genauso wenig wie ich ein britischer Soldat bin." Er hörte nicht auf ihren gemurmelten Protest und redete sich in Rage. „Auf einmal will kein einziger Deutscher ein Nazi gewesen sein! Niemand wusste etwas von den Kriegsverbrechen, den Gräueltaten in den Lagern und was ihr sonst noch so vor der Welt verheimlicht habt. Aber ich war dabei, habe das Kriegsgefangenenlager in Fallingbostel befreit. Sie hätten meine Kameraden sehen sollen …" Sein Gesicht verzerrte sich zu einer grotesken Fratze. „Lebende Skelette waren sie, nicht mehr als

Haut und Knochen. So ausgehungert, dass einige nicht einmal mehr auf ihren eigenen Füßen stehen konnten."

Seine Faust schlug mit voller Wucht auf den Tisch und sie kreischte auf.

„Weißt du, was ich noch gesehen habe?" Seine klaren blauen Augen trübten sich mit so viel Schmerz, dass Lotte instinktiv eine Hand auf ihr Herz legte.

„Niemand hat uns auf diesen höllischen Anblick vorbereitet." Seine Stimme wurde weich und brüchig. „Es war surreal. Unmenschlich. Wir marschierten auf ein Lager zu, das mindestens viermal so groß war wie Fallingbostel. Später, als wir das Tor öffneten, fanden wir heraus, dass dort dreiundfünfzigtausend Gefangene waren – Männer, Frauen, und Kinder. Die meisten von ihnen Juden. Sie sahen überhaupt nicht mehr wie Menschen aus." Sergeant Davis schluchzte einige Augenblicke lang unverhohlen, bevor er seine Stimme wiederfand. „Ich werde mein ganzes Leben lang Albträume haben, weil ich Zeuge der grausamen Verbrechen wurde, die dein Volk begangen hat. Selbst nachdem wir das Lager Bergen-Belsen befreit hatten, starben die ehemaligen Häftlinge weiter an den Folgen ihrer Torturen. In diesem Moment schwor ich mir, dass ich jede einzelne Seele rächen werde, die von den Nazis ermordet, gefoltert oder anderweitig missbraucht wurde."

Die Bedingungen in einem Konzentrationslager waren Lotte nicht unbekannt, aber bei der Erwähnung von Bergen-Belsen keuchte sie auf. Ihre Schwester Anna hatte in Erfahrung bringen können, dass Lottes Freundin Rachel und ihre kleine Schwester Mindel 1943 nach Bergen-Belsen deportiert worden waren.

„Du hast die Frechheit zu keuchen!" Davis schrie sie an. Der Kummer verschwand aus seinen Augen und wurde durch blanken Hass ersetzt. Durch das brennende Verlangen, ihr genauso wehzutun, wie die Nazis ihren Gefangenen wehgetan hatten. „Erzähl mir nicht, dass du nichts davon wusstest."

„Ja, ich wusste davon, ich war sogar ..." Natürlich wusste sie Bescheid, sie war schließlich selbst mehrere Monate in einem KZ inhaftiert gewesen. Aber er würde ihr vermutlich nicht glauben, wenn sie es ihm sagte. Er hatte sich seine Meinung gebildet, verurteilte sie als verachtenswerten Nazi, eine schuldige Täterin, die bestraft werden musste. Nichts, was sie sagte, würde ihn umstimmen.

Das Geschehene war viel zu grausam, um es zu verkraften. Um zu überleben, musste man sich von denen distanzieren, die zu solch monströsen Verbrechen fähig waren. Sergeant Davis hatte sich entschieden, alle Deutschen als Monster zu betrachten. Und sie konnte es ihm nicht einmal verübeln.

„Es tut mir leid", sagte sie.

Er schaute verwirrt und seine Augen verloren die stählerne Härte. „Warum tut es Ihnen leid, wenn Sie behaupten, Sie hätten nichts falsch gemacht?"

Ja, warum?

„Ich entschuldige mich nicht, weil ich persönlich etwas getan habe, aber es tut mir wirklich leid, dass das alles passiert ist. Dass Millionen und Abermillionen von Menschen leiden und sterben mussten in diesem grässlichen Krieg. Und es tut mir leid, dass ich viel zu jung war, um etwas gegen die ersten Anzeichen zu unternehmen ... nicht, dass es einen großen Unterschied gemacht hätte."

Zum ersten Mal, seit sie Sergeant Davis kennengelernt hatte, lag Wertschätzung in seinen Augen. Er blinzelte und fragte dann ganz sachlich: „Warum sind Sie hier?"

Sie seufzte, denn sie hatte dem anderen Soldaten mindestens zehn Mal ihre Geschichte erzählt. Dass sie eine Wehrmachthelferin war und als Funkerin in Stavanger gearbeitet hatte. Dass alle Frauen zunächst nach Dänemark evakuiert wurden, als klar war, dass Deutschland den Krieg verloren hatte. Dass sie nach der Kapitulation Gefangene der Briten wurde.

„Warum seid ihr geflohen?"

Lotte zuckte mit den Schultern. „Wie gesagt, wir wurden von unserem Transport getrennt und beschlossen, uns selbst auf den Heimweg zu machen ...“

Die Tür öffnete sich und ein weiterer Soldat kam herein, der Sergeant Davis ein Bündel Papiere gab und irgendeine Erklärung vor sich hinmurmelte.

Davis drehte sich zu ihr um. „Ihre Freundin hat uns eine andere Geschichte erzählt. Also, wer sagt die Wahrheit?“

„Woher soll ich das wissen? Ich habe ja nicht gehört, was sie gesagt hat.“

Das Kräuseln von Davis‘ Lippen machte ihr bewusst, dass sie sich verraten hatte.

„Ich meine, ich sage die Wahrheit, aber vielleicht hat Fräulein Weiler andere Details unserer Tortur erzählt?“ Die Ausrede war sogar schlechter, als sie sich anhörte.

„Sie sagt, ihr seid beide aus einem britischen Lager in Gram geflohen. Und hier“, er tippte auf einen der Zettel, „seid ihr als Flüchtige geführt.“

„Also ja, es stimmt. Wir sind geflohen. Sie hätten dasselbe getan.“ Lotte starrte ihn an und spürte, wie ihr die Wut das Rückgrat hinaufschlängelte. Wie konnte er sich innerhalb von Sekunden von einem mitfühlenden Mann in ein arrogantes Arschloch verwandeln? „Hat Ihre eigene Armee nicht die Direktive ausgegeben, dass es die Pflicht eines jeden gefangenen Soldaten ist, zu fliehen?“

„Das war so, als wir noch im Krieg waren. Jetzt ist es anders. Ihr Land hat bedingungslos kapituliert, also haben Sie keine Pflicht zu fliehen. Wir haben jetzt das Sagen und wir können mit Ihnen machen, was wir wollen. Wir können Sie sogar erschießen, wenn Sie weglaufen!“

Lottes Blut kochte, aber sie verbarg das Zittern in ihrer Stimme und sagte so ruhig, wie es ging: „Wir hatten unsere Gründe zu fliehen. Gründe, die nichts mit meinem Land, aber alles mit meiner Würde zu tun hatten.“

„Ihre Würde?" Er stieß ein hässliches Glucksen aus. „Wenn es nach mir ginge, würde ich Ihnen diese Würde aus dem Leib reißen, darauf herumtrampeln und sie dann an die hungrigen Wölfe verfüttern. Das ist es, was Sie verdienen. Ihr alle. Ihr Ungeheuer."

Als sie die Sinnlosigkeit dieser Diskussion einsah, verließ sie der Kampfgeist und sie stieß einen tiefen Seufzer aus. „Sie haben recht. Und das ist genau das, was Ihre Kameraden getan haben. Sie haben uns unsere Würde gestohlen, als sie sich unserer Gruppe von Frauen aufgedrängt haben."

Sie sah einen Schatten in seinen Augen, aber der verschwand innerhalb eines Augenblicks. Er schob sein Kinn hoch, als er sagte: „Wenigstens wurdet ihr nicht vergast. Ihr hättet euch einfach entspannen und es genießen sollen."

Lottes Finger zuckten, als sie daran dachte, wie gut es sich anfühlen würde, ihm die Augen auszukratzen, was leider zweifellos Vergeltung der schlimmsten Art nach sich ziehen würde. Zum Glück lenkte sie das Öffnen der Tür von ihrem Plan ab und zwei Männer führten eine sichtlich erschütterte Gerlinde herein.

Davis verlies mit seinen Kameraden den Raum und ließ die beiden Frauen allein in dem stickigen Zimmer zurück. Gerlinde fiel in Lottes Arme und beide schöpften Kraft aus der Nähe der anderen. Als sie draußen laute Stimmen hörte, ließ Lotte ihre Freundin los und ging näher an die Tür heran.

„Was sollen wir mit denen machen?", fragte einer.

„Der Boss sagt, wir haben dringendere Probleme als zwei Fräuleins."

„Warum lassen wir sie nicht einfach laufen?"

„Nach allem, was die Deutschen getan haben, verdienen sie es, zu leiden."

Lotte drückte ihr Ohr an die Tür und lauschte aufmerksam der Diskussion dahinter. Sie hatte die Hoffnung, sie würden zu dem Schluss kommen, dass zwei Mädchen es nicht wert waren, noch mehr ihrer Zeit zu verschwenden.

„Dieser Dunkelhaarige, er hat gesagt, sie würden uns nach Gram zurückbringen", flüsterte Gerlinde.

„Psst. Ich versuche, zu verstehen, was sie sagen", erwiderte Lotte und presste das Ohr wieder an die Tür.

„Wir könnten ihnen einen Schrecken einjagen und mit einem Kriegsgericht drohen, bevor wir sie gehen lassen."

„Vielleicht finden wir aber auch eine bessere Verwendung für sie. Es ist schon eine Weile her und ich könnte mal wieder eine Nummer schieben."

Lotte erbleichte, als das Gespräch eine schlüpfrige Wendung nahm und jeder der Soldaten versuchte, den anderen mit seinen Vorstellungen von einem tollen Fick zu übertrumpfen.

„Was sagen sie?", fragte Gerlinde.

„Ich kann es nicht wirklich verstehen", log Lotte, die ihre aufkeimende Panik nicht teilen wollte.

Kläglich zusammengesunken warteten sie eine schier unendliche Zeit, bis sich die Tür öffnete und vier Soldaten hereinkamen. Sergeant Davis war nicht unter ihnen und seine Abwesenheit bedeutete wahrscheinlich, dass die Männer nicht in offizieller Funktion kamen. Allerdings war Lotte sich nicht sicher, ob das ein gutes oder schlechtes Zeichen war.

„Ratet mal, was ich hier habe." Einer von ihnen winkte mit Papieren in seiner Hand. „Eure Entlassungspapiere und die entsprechenden Reiseerlaubnisse."

Lotte streckte ihre Hand aus, aber er hielt die Papiere hoch über ihren Kopf, sein Gesicht ein schelmisches Grinsen. „Du darfst sie haben, aber du musst dich erst erkenntlich zeigen."

Sie brauchte eine Minute, um seine Aufforderung zu verstehen, und verzog dann verwirrt das Gesicht, weil sie sicher war, seine Worte missverstanden zu haben.

„Wir sind nicht diese Art von Mädchen." Gerlinde errötete vor Verlegenheit.

„Ach, was ist denn schon dabei?“, fragte er. „Wir wollen ja nichts, was ihr nicht eh schon getan habt.“

„Es soll nicht zu eurem Schaden sein“, sagte ein anderer. „Wir zeigen euch, wie man sich richtig amüsiert.“

„Und noch vor heute Abend seid ihr auf dem Heimweg. Wir haben sogar Zigaretten und Essen für eure Reise eingepackt.“ Der Dunkelhaarige lachte, als würde keine Frau mit Selbstachtung jemals sein wahrhaft großzügiges Angebot ausschlagen können.

„Ihr Mädels kommt auch auf eure Kosten. Was sagt ihr dazu?“ Der Mann mit den Papieren in der Hand betrachtete sie lüstern, während sich Lotte langsam der Magen umdrehte.

Während Gerlinde bei jeder anzüglichen Bemerkung weiter zu schrumpfen schien, sammelte Lotte die Reste ihres Mutes und wickelte sie wie einen Schutzmantel um sich. Dann brannte in ihrem Kopf eine Sicherung durch. Sie hatte in diesem Krieg zu viel ertragen, um schon wieder ein Opfer zu sein. „Und ihr beansprucht moralische Überlegenheit für eure Nation? Wo ist die britische Anständigkeit geblieben?“

„Komm schon, kein Grund uns zu beleidigen. Wir wollen nur eine schnelle Nummer, das wird uns allen guttun. Nennt es Völkerverständigung …“ Die anderen lachten über seinen Scherz.

Aber Lotte wollte keine Ruhe mehr bewahren, im Gegenteil, wenn diese Männer etwas von ihr haben wollten, würden sie dafür kämpfen müssen. Ihre Wut steigerte sich und brach aus wie ein Vulkan. Sie spuckte die Worte aus wie geschmolzene Lava und die Folgen ihres Ausbruchs waren ihr völlig gleichgültig. Nichts konnte schlimmer sein als das, was sie von ihr erwarteten.

„Ihr seid ekelhafte Arschlöcher!“, brüllte Lotte mit dem Mut der Verzweiflung „Ihr seid diejenigen, die Recht und Ordnung wiederherstellen sollen. Und das ist euer Verständnis von Moral? Ein Haufen mieser Feiglinge seid ihr, die sich an wehrlosen Frauen vergreifen. Könnt ihr euch nicht mit jemandem in eurer Größe anlegen? Verdammte Scheißkerle!"

Als sie ihre Reaktion sah, verpuffte die Tapferkeit. Der Dunkelhaarige, der der harte Kerl der Gruppe zu sein schien, starrte sie düster an und drehte sich mit einer schnellen Bewegung zu ihr um, um ihre Brust zu betatschen.

Gerlindes flehender Blick forderte Lotte auf, die Männer nicht weiter zu reizen, aber Lotte knurrte wie ein wildes Tier, das in eine Falle getappt war. Sie würde nicht kampflos untergehen, selbst wenn die Verteidigung ihrer Ehre das Letzte war, was sie in diesem Leben tat.

Sie erinnerte sich an die Schlägereien mit ihrem Bruder als Kinder und antwortete auf die unwillkommene Berührung mit einem schnellen Kniestoß in seine Leiste. Der Mann krümmte sich und stöhnte vor Schmerz.

„Erschießt die Schlampe!", keuchte er. „Lasst sie nicht mit so einer Unverschämtheit durchkommen!"

Der Hilferuf an seine Waffenbrüder wurde sofort erhört und das Nächste, was Lotte wahrnahm, war, dass sie in einem schraubstockähnlichen Griff gefangen war, die Mündung einer Pistole in ihren Nacken gepresst.

„So willst du es also haben, Schätzchen?", zischte der Mann, der sie festhielt.

Sie spürte seinen heißen Atem an ihrem Hals und hörte, wie Gerlinde die Soldaten anflehte. Aber Lotte hatte noch nie in ihrem Leben um Gnade gebettelt. Nicht einmal, als sie in Warschau vor einem Erschießungskommando gestanden hatte. Sie würde ganz sicher nicht jetzt damit anfangen.

„Lieber sterbe ich, als einem Schlappschwanz wie dir zu Gefallen zu sein", brüllte sie. Es war ein Bluff. Dem Tod ins Auge blickend, würde sie alles tun, um zu überleben. Aber sie verließ sich darauf, dass er sie nicht kaltblütig in diesem Verhörraum erschießen würde, wenn sich so viele Leute auf dem Gang vor der Tür tummelten.

KAPITEL 22

„Jungs, regt euch ab. Diese Schlampen sind es nicht wert, wir kriegen einen Riesenärger wenn wir sie erschießen."

Tränen der Erleichterung füllten Lottes Augen, als der Mann, der sie festhielt, losließ und seine Pistole senkte. Unsicher richtete sie sich auf und ihr Blick fiel auf Gerlinde, die mit weitaufgerissenen Augen und roten Punkten auf den Wangen an der Wand lehnte.

Sie wäre am liebsten hinübergegangen und hätte ihre Freundin getröstet, hielt es aber für besser, sich vorerst nicht zu bewegen. Sie wollte vermeiden, dass die Spannung im Raum wieder auflebte und einer der Soldaten womöglich etwas tat, was alle später bereuten.

„Ja, Eddie, die sind es nicht wert." Seine Kameraden klopften ihm auf den Rücken und führten ihn hinaus, wobei sie hörbar aufatmeten. Die Situation war furchtbar eskaliert und weder die Soldaten noch die beiden Frauen hatten gewusst, wie sie aus diesem selbst geschaffenen Schlamassel herausfinden sollten.

Nur Sekunden nachdem sich die Tür geschlossen hatte, öffnete sie sich wieder und der Mann, der während des ganzen Tumults geschwiegen hatte, kehrte zurück und warf ihnen einen schwer zu deutenden Blick zu. „Sie kommen besser mit mir, bevor noch etwas passiert."

Lotte nickte und sie und Gerlinde folgten ihm wie die bravsten Lämmchen in eine Zelle. Kaum hatte er die Tür verschlossen, drehte sich Gerlinde um und starrte sie düster an. Die sonst so sanfte Frau zitterte vor Wut und zeigte mit dem Zeigefinger auf Lotte.

„Du! Wie blöd bist du eigentlich, Alex?" Gerlindes Stimme wurde zu einem hohen, schrillen Schrei. „Wie oft habe dir gesagt, du sollst deine große Klappe halten, aber nein, du musstest unbedingt große Reden schwingen. Und hast dich fast damit umgebracht. Und mich auch!"

„Es tut mir leid." Lotte zog die Schultern hoch und studierte intensiv ihre Schuhspitzen.

„Sieh mich an, wenn ich mit dir schimpfe! Was hast du dir dabei gedacht, die Briten zu provozieren? Ich bin sicher, wir hätten ihnen ihr Vorhaben ausreden können, aber nein, du hast dich entschieden, ihre Männlichkeit zu beleidigen. Hast du denn nicht die geringste Ahnung, wie man mit Männern umgeht?"

„Vermutlich nicht."

„Nie im Leben hätte ich mich auf dieses verrückte Abenteuer mit dir einlassen sollen. Ich bin fertig mit dir und deinen Eskapaden." Gerlindes Schultern sackten herunter und sie wandte ihr Gesicht ab, was Lotte beinahe unter einem Schwall von Schuldgefühlen zusammenbrechen ließ.

„Bitte sag nicht so was." Heiße Tränen stachen ihr in die Augen. Gerlinde bedeutete ihr die Welt und jetzt hatte ihre Charakterschwäche – die, von der sie geglaubt hatte, sie überwunden zu haben – ihre Freundschaft zerstört.

Jahrelang hatte Lotte so hart daran gearbeitet, ihren Starrsinn und ihre Impulsivität unter Kontrolle zu bringen. Sie hatte sich geschworen, erst zu denken und dann zu handeln, immer die Konsequenzen abzuwägen und nie wieder unüberlegt zu handeln. Und wieder einmal hatte sie die Nerven verloren, die Soldaten beschimpft und alles noch schlimmer gemacht – für alle Beteiligten.

„Verzeih mir. Es wird nie wieder vorkommen, das verspreche ich." Lotte machte einen Schritt auf Gerlinde zu, aber die wich zurück.

Der tragische Ausdruck auf Gerlindes Gesicht ließ Lotte einen Stich des Bedauerns spüren. „Oh, Alex, wirst du es nie lernen?"

„Doch, ich habe meine Lektion gelernt", protestierte Lotte. „Ich werde dich nie wieder in Gefahr oder uns in Schwierigkeiten bringen. Ich mache es wieder gut, indem ich uns hier raushole. Ich verspreche es."

„Manchmal weiß ich nicht, wer du bist." Gerlinde holte tief Luft. „Ich sehe diese Fremde und sie macht mir Angst."

Lotte erschauderte unter der Wucht von Gerlindes Worten. *Du weißt wirklich nicht, wer ich bin, denn ich bin nicht Alexandra Wagner. Es gibt so viel, das ich dir sagen möchte, aber nicht kann.* Einen Moment lang zögerte sie, bereit, alles auszuplaudern und ihrer Freundin reinen Wein einzuschenken. Die ganze traurige Wahrheit über das Chaos, das ihr Leben war. Angefangen mit der Geschichte, die sie geradewegs in ein KZ gebracht hatte, bis hin zu der Tatsache, dass sie eine Spionin für die Briten war – dieselbe Armee, vor der sie seit Gram weglief.

Aber es war zwecklos, Gerlinde ihre Beweggründe begreiflich machen zu wollen, denn sie besaß nicht den Funken einer Rebellin. Im Gegensatz zu Lotte verspürte sie nie das Bedürfnis, für Gerechtigkeit zu sorgen, oder den überwältigenden Drang, für die einzustehen, die nicht für sich selbst kämpfen konnten. Die Begeisterung dafür, das Richtige zu tun. Lotte zuckte mit den Schultern und gab den Wunsch auf, ihre Seele zu entblößen.

„Was jetzt? Denkst du schon über deine nächsten Missetaten nach?", fragte Gerlinde in einem so resignierten Ton, dass es

Lottes Entschluss, nicht die Wahrheit zu erzählen, nur noch verstärkte. Zumindest nicht jetzt. Sie würde auf eine geeignetere Gelegenheit warten. Wenn sie nicht in einer Zelle eingesperrt waren und Gerlinde nicht wütend auf sie war, weil sie gerade sie beide beinahe umgebracht hatte.

Am Abend brachte ihnen ein Wachmann etwas zu essen. Sofort stürzten sie sich wie ausgehungerte Tiere auf die Teller und verschlangen den Inhalt, um anschließend gesättigt und erschöpft auf die Pritschen zu sinken.

„Versprichst du, dass du es dir nicht zur Gewohnheit machst, in einer Gefängniszelle zu landen?", fragte Gerlinde in einem versöhnlichen Ton.

„Ich verspreche es." Erinnerungen an die Verhaftung durch die Gestapo in Warschau kamen Lotte in den Sinn und sie dachte liebevoll an Johann, ihren Retter in der Not. Sie hatte ihn schon davor geliebt, aber nach dem, was er damals für sie getan hatte, würde sie nie aufhören, ihn zu lieben, bis zu dem Tag, an dem sie ihren letzten Atemzug tat.

„Du kennst nicht zufällig jemanden, der uns helfen könnte?" Gerlinde schien ihre Gedanken gelesen zu haben.

„Ich schaue mal in meinem Adressbuch nach und melde mich dann", sagte Lotte und freute sich, dass Gerlinde nicht mehr böse auf sie war.

* * *

„*Hey, ladies.* Ihr habt gestern einen ziemlichen Eindruck gemacht. Colonel Barber will mit euch sprechen." Ein Wachposten rüttelte an den Gitterstäben der Zellentür. „Kommt schon, beeilt euch. Man lässt den Chef nicht warten."

Lotte sprang von der Pritsche, strich ihr Kleid glatt und kämmte ihr Haar mit den Fingern, während sie in die Schuhe schlüpfte und zur Tür ging. Sie konnte sich zwar weder waschen noch saubere Kleidung anziehen, aber sie wollte trotzdem so vorzeigbar wie möglich aussehen. Dieser Colonel Barber würde vermutlich über ihr Schicksal entscheiden.

Dann folgten sie dem Wachposten mit klopfendem Herzen und feuchten Handflächen den Flur hinunter. Er führte sie in einen großen, möblierten Raum, der das Büro des Colonels zu sein schien. Augenblicke später betraten zwei der Soldaten aus dem gestrigen Fiasko den Raum.

„Was wird diesen beiden Frauen vorgeworfen?", fragte Colonel Barber, der an seinem Schreibtisch saß.

Der größere der beiden Soldaten legte nervös eine Akte auf den Schreibtisch seines Vorgesetzten und gesellte sich dann wieder zu seinem Kameraden, wo er strammstand und wartete. Der Colonel überflog den Bericht und blickte fragend auf die beiden Männer. Sie standen kerzengerade, die Augen nach vorne gerichtet, die Füße zusammen und die Arme an den Seiten.

„Ich habe gehört, dass es gestern einen hässlichen Zwischenfall gegeben hat, aber diese Notizen sagen mir nicht viel", bemerkte Barber und betrachtete die Männer über seine Brille hinweg. „Vielleicht möchten Sie mich aufklären, Private Briggs? Ich glaube, Sie waren dabei und haben den Vorfall miterlebt."

Die Männer bewegten sich nicht, aber Lotte bemerkte das Unbehagen, das sich in ihre Miene schlich. Einer der anderen musste gepetzt haben, sonst hätte der Colonel wohl kaum Wind von der Sache bekommen. Sie hatte eigentlich erwartet, dass alle Beteiligten stillschweigen wahren und die Geschehnisse unter den Teppich kehren würden. So ein Verhalten konnte disziplinarische Maßnahmen nach sich ziehen und den Schweißperlen auf ihren Stirnen nach zu urteilen, wussten die Männer das auch.

„Nun, Sir, es ist so, wie es im Bericht steht", murmelte der Mann namens Briggs, als er versuchte, eine Erklärung zu liefern. „Diese beiden Frauen wurden aufsässig und mussten gebändigt werden, Sir."

„Und Sie, Private Fallon?" Der Colonel richtete seinen durchdringenden Blick auf den Mann, der seine Pistole an Lottes Kopf gehalten hatte. „Was haben diese Frauen so Gefährliches getan, das den Waffeneinsatz erforderte?" Er warf einen Blick auf die zierlichen Frauen, die nicht im Geringsten bedrohlich aussahen.

„Ja, Sir, sie waren außer Kontrolle, diese beiden Fräuleins", Fallon zuckte unter dem eisigen Blick des Colonels zusammen. „Jetzt sehen sie aus, als könnten sie kein Wässerchen trüben, Sir, aber gestern waren sie wilde Furien."

„Ich verstehe. Und es waren vier von Ihnen plus eine Pistole nötig, um die beiden zu bändigen?", fragte Colonel Barber sarkastisch.

„Das sind Nazispione, die versucht haben, die Grenze illegal zu überqueren. Sie haben einen Haufen Lügen erzählt. Denen dürfen Sie kein Wort glauben, Sir", antwortete Fallon.

„Private Briggs, bitte sagen Sie Charlie, er soll uns drei Tassen Tee bringen," wies der Colonel an. „Und bleiben Sie im Raum, während ich die beiden befrage."

„Meine Damen, was haben Sie zu Ihrer Verteidigung zu sagen?", fragte er Lotte und Gerlinde, die schweigend auf der gegenüberliegenden Seite des Schreibtisches standen.

Jetzt oder nie. Das könnte Lottes einzige Chance sein, ihr unüberlegtes Verhalten vom Vortag wiedergutzumachen. Sie schaute kurz zu Gerlinde herüber, die nervös an ihren Fingernägeln knibbelte.

„Sir, es ist richtig, wir sind deutsche Kriegsgefangene", sprach Lotte mutig. „Nach den Regeln der Genfer Konvention müssen wir menschlich behandelt werden, mit Respekt vor unserer Person und unserer Ehre."

Gerlinde nickte dazu, sagte aber kein Wort.

Als die drei Tassen Tee kamen, nahm der Oberst eine und gab Charlie ein Zeichen, den überraschten Frauen je eine Tasse in die Hand zu drücken, während die Männer in fassungslosem, wütendem Schweigen strammstanden.

„Da haben Sie ganz recht, Fräulein", stimmte Colonel Barber zu. „Wollen Sie damit sagen, dass Sie nicht anständig behandelt worden sind?"

„Nein, Sir, das sind wir nicht. Die miserable Behandlung in Gram war der eigentliche Grund, warum wir geflohen sind, um unsere Ehre und unseren Anstand zu schützen." Sie senkte den Blick, zum Teil weil sie sich immer noch für das schämte, was ihr widerfahren war, zum Teil aber auch, um ihren Standpunkt zu unterstreichen.

„Es tut mir leid, das zu hören", antwortete er. „Ich werde auf jeden Fall Nachforschungen über Ihre Anschuldigungen anstellen lassen. Und nun können Sie mich vielleicht darüber aufklären, was sich gestern zwischen Ihnen und meinen Männern abgespielt hat?"

„Von wegen! Das sind verlogene Schlampen, Sir. Nazischlampen", schnauzte Private Briggs. Sein verzerrtes Gesicht flammte knallrot auf und die Adern auf seiner Stirn traten hervor.

„Private, Sie haben einen Hang zur Dramatik", ermahnte der Colonel seinen wütenden Untergebenen. „Beruhigen Sie sich und passen Sie auf Ihre Sprache auf, da Damen anwesend sind. Bitte fahren Sie fort, Fräulein."

Lotte wich unter seinem Blick nicht zurück, sondern überlegte, wie sie die Situation am besten darstellen konnte, um den Colonel auf ihre und Gerlindes Seite zu ziehen. Auf seinen Moralkodex konnte sie sich nicht wirklich verlassen, denn obwohl es verboten war, sich einer Frau aufzudrängen, galt es normalerweise als ein harmloses Vergehen, das man besser unerwähnt ließ.

„Ihre Männer boten uns Entlassungspapiere im Austausch gegen sexuelle Gefälligkeiten an", antwortete Lotte, bevor der

Mut sie verlassen konnte. „Wir lehnten ihr Angebot entschieden ab.“

„Und das hat die ganze Aufregung verursacht?“, fragte Colonel Barber mit einem amüsierten Schmunzeln.

Schuldgefühle erinnerten Lotte an ihren eigenen Ausbruch, der die Situation nur noch verschlimmert hatte. „Nicht ganz, Sir. Ich habe wohl etwas überreagiert und sie beschimpft.“

„Beschimpft? Womit denn?“

Ihre Ohren brannten heiß vor Scham. Sie blickte auf und begegnete den Augen des Colonels. „Ekelhafte Arschlöcher“, murmelte sie.

„Und das hat meine Männer veranlasst, Sie in den Schwitzkasten zu nehmen und mit der Waffe zu bedrohen?“

Lotte straffte ihr Rückgrat. Sie hatte dieses Loch für sich und ihre Freundin gegraben, sie musste jetzt herausklettern. „Sir, ich glaube, erst als ich sie einen Haufen erbärmlicher Feiglinge nannte, sahen sie rot.“

Er saß eine lange Minute lang schweigend da, bevor er wieder sprach. „Meine Männer sind ganz sicher keine Feiglinge. Sie haben den ganzen Weg von der Normandie bis nach Flensburg gegen die Nazis gekämpft. Aber das entschuldigt nicht exzessive Gewalt und den Einsatz von Waffen gegen unbewaffnete Frauen“ Er schien mehr amüsiert als verärgert über Lottes Erklärungen. „Sie wissen, dass ich ein solches Verhalten in meiner Abteilung nicht dulde.“

„Sie hat mich zuerst geohrfeigt“, sagte Fallon im Versuch, sich zu verteidigen, machte damit aber alles nur noch schlimmer.

„Frauen ohrfeigen normalerweise keine bewaffneten Soldaten, schon gar nicht bei der Grenzkontrolle“, sagte Colonel Barber.

Eine Hand packte Lottes Ellbogen und sie drehte sich um, um in Gerlindes flehende Augen zu schauen, die ihr den stummen Befehl gaben, endlich den Mund zu halten. Sie schenkte ihr ein fast unsichtbares Nicken, denn sie bedauerte ihren gestrigen Ausbruch und hatte sich geschworen, ihn wiedergutzumachen.

„Es tut mir leid, meine Ehre wurde bedroht, Sir," sagte Lotte halbherzig.

„Ehre?" Briggs mischte sich ein. „Entflohene Wehrmachthelferinnen seid ihr. Ihr habt eure Ehre in Gram gelassen, wo ihr ausgebrochen seid."

Sie hatten ihre Ehre dort gelassen, ganz recht. Aber nicht, weil sie geflohen waren.

„Sie sind also beide entflohene Kriegsgefangene", sagte der Colonel. Es war eher eine Feststellung als eine Frage.

„Ja, das sind wir", flüsterte Lotte.

„Feindliche Armeeangehörige auf der Flucht. Das klingt nicht gut für Sie. Wir haben eine besondere Strafe für diejenigen, die sich uns noch widersetzen. Das wissen Sie doch, oder?"

Private Briggs grinste und murmelte leise: „An einen Laternenpfahl knüpfen."

„Warten Sie!" Lotte schrie auf. „Es war alles meine Idee. Gerlinde, ich meine Fräulein Weiler, sie hatte nichts damit zu tun."

KAPITEL 23

Die durchdringenden Blicke aller Anwesenden durchbohrten Lotte. Sie konnte nicht sicher sein, dass man sie wirklich hängen würde, aber sie war nicht bereit, dieses Risiko einzugehen. Das Mindeste, was sie tun konnte, war, Gerlinde zu retten.

„Bitte, Sir, es ist wahr. Es ist einzig und allein meine Schuld. Ich habe Fräulein Weiler angefleht, mit mir zu kommen. Sie wollte nicht. Bestrafen Sie mich, aber lassen Sie sie gehen", flehte Lotte.

„Ist das wahr?", fragte der Colonel zu Gerlinde gewandt.

Tränen schossen ihr in die Augen und sie nickte. „Ja, es war die Idee von Fräulein Wagner. Ich habe versucht, es ihr auszureden, aber als ich sie nicht davon abbringen konnte, bin ich mitgegangen. Ich konnte meine Freundin ja schlecht ganz allein durch ein fremdes Land ziehen lassen, oder?" Gerlinde versuchte ein schiefes Lächeln. „Das macht mich also genauso schuldig und ich bestehe darauf, zusammen mit ihr vor Gericht gestellt zu werden."

„Ein Paar loyaler Nazis, das nicht versucht, den eigenen Hals auf Kosten der anderen zu retten. Das ist neu für mich", sagte der Colonel.

„Wir sind keine Nazis ..." Lotte verstummte unter Gerlindes warnenden Augen, die zischte: „Mach die Dinge nicht schlimmer, als sie schon sind."

Als ob es noch schlimmer werden könnte.

„Ich muss ein paar Dinge klären, meine Damen." Colonel Barber blätterte in ihrer Akte und machte sich dabei Notizen. Niemand sonst im Raum bewegte sich und alle warteten mit angehaltenem Atem auf sein Urteil.

Er hämmert die letzten Nägel in unsere Särge. Lotte schlang ihre Hand um Gerlindes Handgelenk, in der Hoffnung, aus der Nähe ihrer besten Freundin etwas Kraft zu schöpfen.

„Sie sind also aus Gram geflüchtet, weil Sie das Gefühl hatten, dort nicht gemäß der Genfer Konvention behandelt zu werden?" Der Colonel hob den Kopf und starrte sie mit seinen dunkelblauen Augen an.

„Ja, Sir", antwortete Lotte.

„Sie wissen, dass Flucht nicht die korrekte Verhaltensweise war? Sie hätten melden müssen, was Sie für unangemessen hielten. Wir haben Richtlinien für so etwas."

Lotte ballte die Fäuste. Prozeduren. Berichte. Als ob das jemals zu irgendwelchen Ergebnissen geführt hätte. Nicht in ihrer Lebenszeit. „Ja, Sir. Und es tut mir leid. Ich habe ohne sorgfältige Überlegung gehandelt."

„Sie geben also zu, dass es falsch war, aus der Gefangenschaft zu fliehen und sich unserer Autorität über alle Wehrmachtsangehörigen zu widersetzen?"

„Ja, das tun wir", sagte Gerlinde rasch. Es war das Beste, den Mann hören zu lassen, was er wollte, in der schwachen Hoffnung, er möge es in sich finden, ihnen gegenüber Gnade walten zu lassen.

„Und was ist mit Ihnen?" Colonel Barber wandte sich an Lotte.

Ein plötzliches Bauchgefühl sagte ihr, dass er einen Menschen, der für das Richtige kämpfte, mehr schätzte als jemanden, der nur Befehle befolgte. Hatte er sich nicht gerade darüber beklagt, dass jeder erwischte Nazi den neuen Machthabern erklärte, er habe nur Befehle befolgt?

Sie ging ein Risiko ein, aber es war den Versuch wert, wenn es ihnen das Leben rettete. Sie erwiderte den Blick des Colonels, nickte und atmete tief und beruhigend ein, bevor sie den Mund aufmachte. „Ja, Sir, rein rechtlich war es falsch, sich der britischen Autorität zu widersetzen und zu fliehen, aber manchmal muss ein Mensch das tun, was moralisch richtig ist, anstatt Befehlen und Regeln zu folgen."

Die Augenbrauen des Colonels schossen nach oben. „Erklären Sie das."

„Seit dieser Krieg begonnen hat, habe ich zu viele Dinge getan, die gesetzeswidrig waren. Ich war nie gut darin, Befehle zu befolgen. Wenn das, was ich tun sollte, mit meiner persönlichen Moralvorstellung kollidierte, habe ich es einfach nicht getan." Sie schaute ihn weiter an und sah, wie ein Funke des Interesses in ihm erwachte. Vielleicht konnte sie sich aus dieser Situation herausreden. „Wegen dieser Charakterschwäche, wie meine Mutter es gerne nannte, haben mich die Nazis zur Umerziehung in ein Konzentrationslager geschickt. Sie wissen sicher, wie es dort aussah." Lotte ließ ihren Blick durch den Raum schweifen und fand Anerkennung in den Gesichtern der anwesenden Soldaten.

Der Colonel lehnte sich zurück und legte die Finger seiner Hände aneinander. „Fahren Sie fort."

„Ich bereue nicht, was ich damals getan habe. Ich bereue nur, dass ich es nicht schlauer angestellt habe und entdeckt wurde. Nachdem ich diese Erfahrung überlebt hatte, gab es nicht mehr viel, was mir Angst einjagen konnte. Aber was in Gram geschah ... es war so schrecklich ungerecht. Können Sie sich meine Enttäuschung vorstellen, als genau die Soldaten, auf die ich so lange gewartet hatte, damit sie uns von Hitlers Herrschaft befreien, meine Auffassung von Recht und Unrecht in Stücke rissen? Ich konnte nicht untätig herumsitzen und zulassen, dass mir so etwas noch einmal passiert."

Sie machte eine Pause und beendete dann ihre Aussage: „Deshalb bin ich geflohen. Weil Ihre Soldaten meinen Sinn für Gerechtigkeit mit Füßen getreten haben und ich nicht zulassen werde, dass so etwas jemals wieder passiert. Also nein, es tut mir nicht leid, dass ich mich der Autorität widersetzt habe. Wenn ich eines aus diesem Krieg gelernt habe, dann ist es, dass man sich immer selbst treu bleiben muss, egal, was Recht, Gesetz oder Befehle sagen."

Der Raum versank in fassungslosem Schweigen. Es war kein Atemzug zu hören, bis Gerlinde den Bann mit einem Flüstern brach: „Du hast mir nie erzählt, dass du in einem KZ warst."

Es gibt noch so viel mehr, von dem ich dir nie erzählt habe.

„Nun, das kommt etwas überraschend," meinte der Colonel. „Bringt die beiden in ihre Zelle zurück, während ich etwas nachprüfe.

* * *

LOTTE NUTZTE DIE GELEGENHEIT, um sich Gesicht, Hals und Arme zu waschen und ihre widerspenstigen roten Locken in eine vorzeigbare Frisur zu bändigen. Ihr schwarzes Kleid mit den großen weißen und rosafarbenen Vögeln sah etwas mitgenommen aus, aber sie schaffte es, einige der Falten zu glätten und den gröbsten Schmutz abzuwischen.

„Wie sehe ich aus?"

„Wie die saubere Version von jemandem, den ich mal für meine beste Freundin hielt", schmollte Gerlinde.

„Bitte, Gerlinde, ich hatte meine Gründe, dir nichts zu verraten. Es hätte dein Leben nur unnötig in Gefahr gebracht."

Gerlinde biss sich auf die Lippen und wandte sich ab.

Lotte seufzte. Die Reaktion ihrer Freundin war verständlich, aber sie konnte nichts daran ändern, denn sie hatte wichtigere Probleme. Schließlich schwebte die drohende Hinrichtung immer noch über ihren Köpfen.

Eine halbe Stunde später saßen sie in der Offiziersmesse bei Colonel Barber, der sie – sehr zu ihrer Überraschung – zum Mittagessen eingeladen hatte.

„Nun, Fräulein Wagner, ich gebe zu, Sie haben mich mit dieser enthusiastischen Rede in meinem Büro überrascht, und ich würde gerne mehr hören."

„Da gibt es eigentlich nicht so viel zu sagen ..." Lotte stockte.

Er fixierte sie mit seinen klaren, dunkelblauen Augen. Ein Mann, der alles gesehen hatte und sich nicht von einem hübschen Gesicht täuschen ließ. „Ich glaube schon, dass da noch mehr dahintersteckt. Oder ist das wieder eine schlecht erfundene Lügengeschichte?"

„Nein, Sir, das ist es nicht." Lotte schüttelte den Kopf, um ihre Worte zu unterstreichen. „Es ist nur ... ich bin mir nicht sicher, wie viel ich sagen darf."

„Sagen darf? Jetzt haben Sie aber wirklich meine Aufmerksamkeit." Er rieb sich das glatt rasierte Kinn und musterte sie eingehend. „Warum fangen Sie nicht damit an, wie Sie aus dem KZ entlassen wurden – und warum in aller Welt die Nazis Ihnen später erlaubt haben, für die Wehrmacht zu arbeiten? Das macht doch nicht viel Sinn, oder?"

Wäre die Lage nicht so ernst, hätte Lotte sicherlich über die schiere Lächerlichkeit seiner Aussage kichern müssen. „Wenn Sie es so sagen, macht es wirklich keinen Sinn." Sie sah den Colonel an und beschloss, reinen Tisch zu machen. Zur Hölle mit Heimlichtuerei und Halbwahrheiten. Sie konnte genauso gut mit einer weißen Weste in ihr neues Leben starten – wenn sie denn eins hatte.

„Ich wurde nicht entlassen, ich bin geflohen."

„Geflohen?", wiederholte der Colonel.

Lotte seufzte und erhaschte einen kurzen Blick auf Gerlinde, die sie voller Entsetzen anblickte. „Das ist eine lange Geschichte."

„Nun, wir haben jede Menge Zeit, oder nicht?", erwiderte Barber und lehnte sich neugierig in seinem Stuhl zurück.

Dann begann Lotte zu erzählen, wie sie vier jüdische Kinder versteckt hatte und dafür ins KZ geschickt worden war. Und wie ihre Schwestern einen Fluchtplan ausgeheckt hatten.

„Danach änderte ich meine Identität und wurde Alexandra Wagner."

Er nickte, als wäre es das Normalste der Welt. Gerlinde jedoch stieß einen spitzen Schrei aus und zischte: „Du hast mich die ganze Zeit angelogen?"

Lotte hatte Mitleid mit ihrer Freundin, die diese Dinge auf so krude Weise erfahren musste. „Es tut mir leid, aber ich konnte es dir nicht erzählen." Dann richtete sie ihre Aufmerksamkeit wieder auf Colonel Barber. „Eine der Nonnen im Kloster, wo ich mich versteckt hielt, stellte den Kontakt mit einem Mann her, der für die SOE arbeitete. Er hat mich rekrutiert."

„Die SOE hat Sie rekrutiert?" Barber riss seine Augen weit auf, und die mit Essen gefüllte Gabel in seiner Hand blieb mitten in der Luft stehen.

„Ja, Sir. Es war seine Idee, dass ich mich als Wehrmachthelferin verpflichten sollte. Ich ließ mich zur Funkerin ausbilden und gab dann die geheimen Kodes zum Entschlüsseln unserer Nachrichten an meine Kontaktpersonen weiter. Zuerst an die polnische Heimatarmee und später an die norwegische Milorg."

„Du warst ein Spion für den Feind? Ein Verräter an unserem Land? Wie konntest du nur?" Gerlinde stand auf und stürmte davon. Zwei Militärpolizisten, die die Tür zur Messe bewachten, hielten sie auf und brachten sie auf eine Geste des Colonels hinaus.

„Was wird mit meiner Freundin geschehen?", fragte Lotte, der das Essen plötzlich nicht mehr schmeckte.

„Nichts. Sie wird in die Zelle gebracht, um sich zu beruhigen", sagte er. „Aber ich stelle mir die gleiche Frage: Was hat Sie dazu gebracht, ihr Vaterland zu verraten?"

„Es hörte in dem Moment auf, mein Vaterland zu sein, als die Nazis meine jüdische Freundin Rachel verschleppt haben. Ich habe geschworen, dass sie dafür bezahlen würden – irgendwann."

„Sie sind eine ziemlich rebellische junge Frau", sagte er. „Lassen Sie mich Ihre Geschichte verifizieren. Wenn sie wahr ist, werde ich Sie und Ihre Freundin ordnungsgemäß entlassen und eine Reisegenehmigung ausstellen."

„Danke."

Den Rest des Mittagessens verbrachten sie mit Konversation über das Wetter, das Essen und den Wunsch, zu ihren jeweiligen Familien zurückzukehren. Danach ließ der Colonel sie – in Ermangelung eines geeigneteren Ortes – in ihre Zelle zurückbringen. Ihr war eine schwere Last vom Herzen gefallen, denn die drohende Hinrichtung war aus dem Weg geräumt. Aber nun musste sie einen anderen und ungleich schwierigeren Kampf ausfechten: die Versöhnung mit ihrer besten Freundin.

Gerlinde saß auf der Pritsche, die Arme um die Knie geschlungen, das Gesicht dazwischen begraben. Lotte schlüpfte neben sie und legte einen Arm um die Schultern ihrer Freundin.

Keine Reaktion.

„Gerlinde, bitte."

Gerlinde hob den Kopf nicht, aber immerhin sprach sie, wenn auch mit ernster Stimme: „Du hast mich die ganze Zeit über belogen."

„Es tut mir leid. Aber es war nicht wirklich eine Lüge. Ich habe dir nur meine Vergangenheit vorenthalten. Zu deiner eigenen Sicherheit. Verstehst du nicht, dass eine Mitwisserschaft deinen Tod hätte bedeuten können?"

„Warum hast du mir nicht genug vertraut? Wir sind doch Freundinnen, oder nicht? Wir haben in Polen zusammen die schrecklichsten Dinge erlebt, genauso wie hier auch, und trotzdem hast du Geheimnisse vor mir." Gerlinde sah sie endlich voller Traurigkeit an.

Beim Anblick der Qualen in Gerlindes Gesicht zog sich Lottes Herz zusammen. „Ich wollte nicht, dass dir meinetwegen etwas zustößt."

„Ach, du hast gelogen, um mich zu beschützen?" Gerlinde zuckte mit den Schultern und ihr Tonfall war verächtlich. „Weißt du was, Alex? Behalte deine Geheimnisse für dich. Ehrlich gesagt, ich will es nicht wissen und ich will auch nicht in einer sogenannten Freundschaft bleiben, die auf Lügen und Misstrauen beruht."

„Mein richtiger Name ist Lotte. Charlotte Klausen."

„Das ist mir egal!"

KAPITEL 24

Später am Nachmittag, nach einer halbherzigen Versöhnung, wurden Lotte und Gerlinde wieder in das Büro des Colonels gebracht. Als sie den Raum betraten, saß er an seinem Schreibtisch und beriet sich mit Sergeant Davis.

Davis stand auf, reichte Lotte die Hand und sagte: „Sieht so aus, als seien Sie doch ein Spion, nur nicht für die andere Seite. Ich bitte um Entschuldigung."

Lotte nahm seine Hand und schüttelte sie. „Ihr Instinkt war richtig." Sie hegte keinen Groll gegen ihn; er hatte nur seine Arbeit getan. Und niemand konnte ihm den Hass verübeln, den er für alles Deutsche empfand, nicht einmal sie.

Sie füllten den Routine-Papierkram aus, um ihre Entlassung aus der Wehrmacht zu erwirken und neue zivile Ausweise mit dem erforderlichen Stempel der britischen Behörden zu erhalten.

„Wo wollen Sie jetzt hin?", fragte Colonel Barber.

„Zu meiner Familie nach Berlin", antwortete Lotte blitzschnell.

Gerlinde hingegen zögerte. „Ich habe keine Ahnung, wo

meine Familie ist. Sie sind vor der Roten Armee aus Ostpreußen geflohen."

„Tut mir leid, aber sogar unsere eigenen Soldaten sind noch nicht in Berlin angekommen." Die Kiefer des Colonels waren fest aufeinandergepresst. „Ich kann Ihnen keine Reisegenehmigung für die Hauptstadt und auch nicht für die sowjetische Zone ausstellen."

„Haben Sie woanders Verwandte?", fragte Sergeant Davis.

Gerlinde schüttelte nur mit dumpfer Miene den Kopf, aber Lotte sagte: „Meine Tante lebt in der Nähe von München."

„München? Liegt das nicht in der amerikanischen Zone?", fragte Davis.

Colonel Barber entfaltete eine Deutschlandkarte, die fein säuberlich in vier Zonen unterteilt war. Rot für die sowjetische Zone im Osten des Landes, grün für die britische im Norden, blau für die französische und gelb für die amerikanische im Süden.

„So ist es", sagte er und fuhr mit dem Finger bis nach München am unteren Ende der Landkarte. „Das ist ein weiter Weg von hier. Sind Sie sicher, dass Sie dort hinwollen?"

„Ja, Sir. Ich kann nirgendwo anders hin", sagte Lotte und fügte nach einem kurzen Blick auf Gerlinde hinzu: „Fräulein Weiler kann mitkommen, wenn sie möchte. Meine Tante hätte sicher nichts dagegen."

„Also gut, dann stelle ich die Reisegenehmigungen für die britische und amerikanische Zone aus." Der Colonel stempelte einige Papiere und reichte sie den beiden.

„Vielen Dank, Sir", sagte Lotte, als sie einen Blick auf ihre neuen Papiere warf, die immer noch auf den Namen Alexandra Wagner ausgestellt waren.

Er schien ihr Zögern zu bemerken und erklärte: „Ich fürchte, wir haben keine Unterlagen über Ihre ursprüngliche Identität. Das ist etwas, das Sie in Ordnung bringen müssen, sobald Sie Ihre Familie gefunden haben."

„Das werde ich." Eine wohlige Welle der Erleichterung überflutete sie.

„Ich kann Ihnen eine Mitfahrgelegenheit bis Hamburg anbieten, aber von dort müssen Sie sich selbst auf den Weg machen. Beeilen Sie sich, um unseren Transport zu erwischen, der in ein paar Minuten abfährt. Und nehmen Sie das hier mit, es wird auf Ihrer Reise nützlich sein." Er reichte ihnen ein paar Schachteln Zigaretten.

„Vielen Dank, Colonel Barber, aber das können wir unmöglich annehmen," protestierte Gerlinde, während sie gierig auf die Zigaretten starrte.

„Sie können und Sie werden. Ich kann doch nicht unsere beste Spionin mit leeren Händen gehen lassen, oder?" Er schmunzelte und drückte Lotte die Zigaretten in die ausgestreckte Hand. Sie ließ sie schnell in ihre Tasche gleiten und warf Gerlinde einen warnenden Blick zu. Die Zigaretten waren wertvoll und sie würde ihrer Freundin unter keinen Umständen erlauben, welche zu rauchen.

Viele Stunden später, zwischen Kisten mit Vorräten auf der Ladefläche eines Pritschenwagens hockend, näherten sie sich Hamburg.

„Oh ... mein ... Gott!", sagte Gerlinde, als sie die völlige Verwüstung um sie herum sah. Sie hatten gewusst, dass es schlimm war, hatten in der Zeitung die Fotos von Städten in Trümmern gesehen. Waren an Neumünster und einigen anderen Orten vorbeigefahren, die alle nur noch Ruinenfelder waren.

Aber nichts hatte sie auf den desaströsen Anblick vorbereitet, den die ehemals schöne, majestätische Hansestadt bot. Nichts als Zerstörung und Tristesse. Lotte schloss die Augen und erinnerte sich daran, wie schön Deutschland früher um diese Jahreszeit war. Bäume, die sich in leuchtend grüne Blätter kleideten, um den Sommer zu feiern. Jetzt waren sie nur noch kahle Skelette, die in den Himmel ragten – erbärmliche Reste der Natur. Wie die Menschen auf den Straßen waren auch die Bäume in Lumpen gehüllt und von der einstigen Pracht Hamburgs war nichts mehr zu erahnen.

Was sie nicht schließen konnte, war ihre Nase. Der Geruch von verrottenden Leichen drang in ihre Nasenlöcher und sie musste würgen. Als sie die Augen wieder öffnete, sah sie, wie sich ihre eigene Qual in Gerlindes Gesicht spiegelte, das von tiefen Trauerfalten durchfurcht wurde. Nichts als Elend begrüßte sie. Eine Welt, die größtenteils ohne arbeitsfähige Männer war. Dafür standen Frauen in langen Reihen und hoben Ziegelstein für Ziegelstein auf, um den Schutt aus den Ruinen der Stadt zu räumen.

„Was für eine Tragödie!", rief Gerlinde, unfähig, mehr als diese Worte zu bilden, die für all das Schreckliche standen, das sie auf ihrer langen Fahrt gesehen hatten.

Nur die Kinder schienen unbeeindruckt. Endlich erlöst von der ständigen Bedrohung durch Luft- oder Bodenangriffe schienen sie fröhlich wie eh und je, durch die Ruinen zu rennen und Verstecken oder Fangen zu spielen.

„Halt, oder ich schieße!" Ein Junge im Vorschulalter ahmte nach, was er von den Besatzungssoldaten gesehen hatte, und sein Gegenüber hob pflichtbewusst die Hände und grinste dabei übers ganze Gesicht. „Jetzt bin ich dran." Er riss seinem Freund den Stock, der als Gewehr diente, aus der Hand und rief: „Renn!"

Lotte schüttelte den Kopf über die wundersame Unverwüstlichkeit der Jüngsten dieser Nation. Obwohl sie inmitten von Bomben- und Granatenhagel aufgewachsen waren, hatten sie ihre kindliche Art nicht verloren. In dieser vom Krieg verwüsteten Umgebung zu spielen, schien die natürlichste Sache der Welt zu sein.

„Das ist kein Ort zum Bleiben, Mädels!", riet der Fahrer, als er Lotte und Gerlinde in der Nähe des Hauptbahnhofs absetzte.

Er hatte recht. Hamburg war eine am Boden liegende Stadt,

die unter den Folgen des Krieges litt. Die Luftangriffe der Alliierten hatten sie praktisch ausgelöscht. Verschwunden waren die großen Parkanlagen, die prächtigen historischen Gebäude, die Schiffe auf der Elbe. Stattdessen sah sich Lotte mit einer tristen Landschaft konfrontiert.

Sie verdrängte das Bild der Straßen mit den verbrannten, von Bomben und Feuerstürmen bis zur Unkenntlichkeit verunstalteten Häuserfassaden, während sich ein Gefühl der Verzweiflung tief in ihre Seele bohrte. Wenn Hamburg so aussah, wie viel schlimmer war es dann um ihr geliebtes Berlin bestellt? Die Hauptstadt, die begehrte Beute der Siegermächte? Sie hatte im Radio gehört, dass die Rote Armee und das letzte Kontingent der deutschen Verteidigung – Knaben im Alter von zehn bis fünfzehn Jahren – sich in Berlin eine grausame und sinnlose Straßenschlacht geliefert und dabei das niedergerissen hatten, was von den Bomben verschont geblieben war.

Tränen drohten sie zu ersticken über den sinnlosen Verlust so vieler junger Leben in den letzten Tagen eines bereits verlorenen Krieges.

„Lass uns einen Zug von hier wegnehmen", sagte sie zu Gerlinde, die ebenso erschüttert schien.

„Aber wohin?"

„Irgendwohin, Hauptsache weg."

Gerlinde drehte sich um und sah Lotte lange an. Die alte Gewohnheit kehrte zurück, sich ohne Worte zu verstehen, und sie sagte mit einem tiefen Seufzer: „Du hast recht. Lass uns einen Platz für die Nacht suchen und morgen früh entscheiden wir, was wir als Nächstes machen."

Lotte war unbehaglich zumute. Gerlinde wusste, dass sie nicht die Absicht hatte, zu Tante Lydia nach München zu fahren, bevor sie ihre Familie gefunden hatte. Aber sie war nicht bereit, nach der zerbrechlichen Versöhnung einen weiteren Streit vom Zaun zu brechen.

Sie gingen in den Bahnhof hinein, mussten aber feststellen,

dass die Gleise noch immer beschädigt waren, sodass keine Züge fuhren.

Verzweiflung bemächtigte sich Lottes und stahl ihr alle Energie. Sie waren so weit gekommen und jetzt hinderten ein paar dumme Bahngleise sie an der Weiterfahrt?

KAPITEL 25

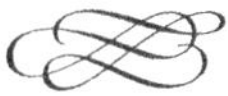

„ $\mathbf{K}$ ein Grund zum Verzweifeln", sagte Gerlinde und nahm Lottes Hand.

Da war sie wieder, die fürsorgliche Freundschaft, die sie wegen der ständigen Lügen, mit denen Lotte ihre Freundin gefüttert hatte, fast verloren hatten.

Gerlinde schleifte sie hinter sich her, während sie ab und zu anhielt, um Passanten nach einem Platz zum Übernachten zu fragen. Schließlich sagte eine junge Frau, ihrer Mutter gehöre ein kleines Gasthaus in einem Dorf außerhalb Hamburgs.

„Da fahre ich gerade hin und ihr könnt gerne mitkommen. Dieser Tage haben wir nicht viele zahlende Gäste", sagte die Frau.

„Wir wären überglücklich", antwortete Gerlinde.

Lotte konnte nur mit stumpfen Augen vor sich hinstarren. Der desolate Zustand Hamburgs hatte ihre Reserven aufgezehrt und sie unter der erdrückenden Last der Sorge um ihre Familie zusammenklappen lassen. Sie nickte zu allem, was Gerlinde arrangierte, unfähig, eine eigene Meinung zu äußern.

Heute war sie dankbarer als je zuvor, eine gute Freundin zu haben, auf die sie sich verlassen konnte. Auf sich allein gestellt wäre sie wohl auf dem leeren Bahnsteig sitzen geblieben und hätte darauf gewartet, dass die Gleise in Tagen, Wochen oder Monaten repariert würden. Sie war am Ende ihrer Kräfte angelangt und brauchte jemanden, der sich um sie kümmerte.

Die junge Frau führte sie zu einer Kreuzung, wo eine Pferdekutsche wartete. „Bitte steigt auf. Das ist unsere Mitfahrgelegenheit."

Vor weniger als fünf Jahren hätte der altmodische Pferdewagen in der pulsierenden Stadt völlig deplatziert ausgesehen. Jetzt fügte er sich harmonisch in die grauen, tristen Trümmer ein.

Lotte fand kaum die Kraft, aufzusteigen, und ließ sich für die einstündige Fahrt auf die Bank sinken. Sie bemerkte kaum, dass sie in einem malerischen kleinen Dorf ankamen und vor einem uralten, windschiefen, aber ansonsten erstaunlich robusten und unbeschädigten Häuschen anhielten.

Die Wirtin, Frau Konrad, war überglücklich, Gäste zu haben und zeigte ihnen ein schönes Zimmer mit zwei großen Betten aus Eichenholz, einem Schrank aus demselben Material, zwei Stühlen und einem kleinen Tisch. In einer Ecke des Zimmers gab es sogar ein weißes Waschbecken mit fließend kaltem Wasser.

Lotte bückte sich und ließ das erfrischende Nass über ihre Hände und Unterarme fließen, spritzte es sich ins Gesicht und auf ihr Dekolleté. Langsam erwachten ihre Lebensgeister wieder.

„Danke, Gerlinde, dass du dich um alles gekümmert hast", sagte sie.

„Das bedeutet nicht, dass ich aufgehört habe, wütend auf dich zu sein", antwortete Gerlinde schmallippig.

„Ich weiß. Und ich entschuldige mich nochmals. Ich hätte es dir gleich nach Kriegsende sagen sollen. Aber ich hatte Angst, du würdest es nicht verstehen, würdest mich hassen, weil ich dich belogen habe …" Sie schaute Gerlinde an, und beide fingen an zu lachen.

„Du hattest recht. Ich hasse dich dafür, dass du mich angelogen hast."

„Bitte, hasse mich nicht. Ich wollte dich nie verletzen. Aber ich wurde von denen, die mir geholfen haben, aus dem KZ zu fliehen, zur Geheimhaltung verpflichtet."

„Warum erzählst du mir nicht, wie du entkommen bist –" Ein Klopfen an der Tür unterbrach ihre Diskussion.

„Herein", sagte Lotte, erleichtert, die Erklärung aufschieben zu können.

Frau Konrad steckte den Kopf herein. „Ist alles zu Ihrer Zufriedenheit, meine Damen?"

„Ja, Frau Konrad. Vielen Dank."

„Wann möchten Sie zum Abendessen herunterkommen? Es gibt Kartoffeleintopf."

„Wann immer es Ihnen am besten passt", antwortete Lotte und bemerkte dabei, dass ihr Magen knurrte.

„Gut, dann sagen wir in zwanzig Minuten." Frau Konrad schloss die Tür und sie hörten das Klack-Klack ihrer Schuhe, als sie die Treppe hinunterging.

„Wir sollten uns fertigmachen", sagte Lotte.

„Ich weiß, was du gerade versuchst." Gerlinde ging zum Waschbecken und machte eine Katzenwäsche.

„Was ich versuche?"

„Du weichst meinen Fragen aus." Sie kämmte ihr langes, blondes Haar, und fing dabei Lottes Blick im Spiegel auf.

„Na gut, ich erzähls dir ja. Aber nicht jetzt. Es fällt mir schwer, über diese Zeit in meinem Leben zu sprechen", seufzte Lotte.

Gerlinde warf ihr einen misstrauischen Blick zu, bedrängte sie aber nicht weiter. Pünktlich wie gute Deutsche machten sie sich auf den Weg in den Gastraum, der direkt neben der Küche lag. Frau Konrads Tochter brachte einen großen Topf mit dampfend heißem Eintopf, der einen köstlichen Duft durch den Raum verströmte und Lotte das Wasser im Mund zusammenlaufen ließ.

Außer ihnen saß nur ein altes Ehepaar an dem großen Tisch. Die beiden sahen ziemlich mitgenommen aus und Lotte fragte sich, was sie wohl Schreckliches erlebt haben mochten. Es dauerte nicht lange, bis der alte Mann ein Gespräch anfing und fragte, wo sie denn hinwollten.

„Berlin", platzte Lotte heraus und warf schnell einen entschuldigenden Blick zu Gerlinde.

Sein Gesicht wurde aschfahl und die Hände seiner Frau begannen zu zittern. „Das ist kein Ort, an dem man sein möchte. Schon gar nicht hübsche junge Damen wie Sie."

„Ich weiß um die Risiken", entgegnete Lotte. „Aber ich muss dorthin und meine Familie finden."

„Du weißt gar nichts!", brüllte die alte Frau, wobei ihre Augen einen irrsinnigen Ausdruck annahmen. Dann sank sie gegen ihren Stuhl, als hätte jemand einen Nagel in einen Reifen geschlagen und ihm die Luft abgelassen. „Ihr habt ja keine Ahnung."

„Wir kommen gerade von dort", erklärte der Mann das merkwürdige Verhalten seiner Frau. „Niemand ist dort sicher. Die Leute verhungern. Frauen sind ... der Iwan ist ein Tier. Er hat weder Scham noch Anstand."

„Sie haben sicherlich recht und wir sollten besser nicht dorthin gehen." Lotte hatte nicht die Absicht, mit den beiden zu streiten, vor allem, da sie deutlich sehen konnte, welch verheerende Wirkung das Gespräch auf die Frau hatte. Sie wechselte das Thema und sagte: „Ich habe gehört, dass diese Gegend anfällig für Bodensenkungen ist. Stimmt das?"

Frau Konrad, die gerade den Gastraum betreten hatte, um das Geschirr abzuräumen, beantwortete die Frage: „Das stimmt, mein Fräulein. Diese Gegend liegt auf Salzvorkommen und das Land verschiebt sich ständig und sinkt."

„Ist das nicht gefährlich?", fragte Lotte und lachte dabei fast über sich selbst. Wer würde sich nach fünf Jahren Luftangriffen über ein bisschen Bodenabsenkung Gedanken machen? „Müssen wir damit rechnen, dass das Dach einstürzt, während wir schlafen?"

„Nein, natürlich nicht. Das Absinken ist allmählich, es geschieht über Jahrhunderte, also haben Sie nichts zu befürchten."

Später, als jede in ihrem eigenen Bett lag, fragte Gerlinde: „Wäre es nicht klug, den Rat des Colonels zu befolgen und zu deiner Tante in die amerikanische Zone zu gehen? Vielleicht hat sie Neuigkeiten von deiner Familie. Vielleicht sind sie sogar bei ihr."

„Nein. Zuerst muss ich meine Schwestern und meine Mutter finden. Anna ist Krankenschwester und Mutter arbeitete in einer Munitionsfabrik. Keiner von beiden hätte der Scheißkerl, der sich erschossen hat, als die Lage aussichtslos wurde, erlaubt, Berlin zu verlassen."

„Psst ... wenn dich jemand hört."

„Was dann? Der Krieg ist vorbei und wir dürfen wieder unsere Meinung sagen. Zumindest, solange es gegen Hitler ist. Bei Kritik an unseren neuen Machthabern bin ich mir nicht so sicher."

„Alex ... ich meine, Lotte ... jeder sagt uns, dass Berlin tabu ist. Kannst du nicht wenigstens warten, bis sich die Lage bessert? In einem Monat sieht es vielleicht schon anders aus und du kannst dorthin, ohne Kopf und Kragen zu riskieren."

„Du erwartest doch nicht wirklich, dass ich abwarte und Tee trinke?" Lotte musste bei dem Gedanken grinsen, dass sie wie eine gelangweilte englische Adelige mit einer feinen Porzellantasse English Breakfast Tea trank, den kleinen Finger vornehm ausgestreckt.

„Es gibt keinen Tee zu kaufen, falls du es noch nicht bemerkt haben solltest", antwortete Gerlinde trocken, bevor sie anfing zu lachen. „Und nein, ich kann mir nicht vorstellen, dass du dich jemals zurücklehnst und abwartest."

„Bitte, komm mit nach Berlin." Lotte hatte plötzlich das Bedürfnis, sich der Unterstützung ihrer Freundin zu versichern.

Gerlinde seufzte. „Nein … ich komme nicht mit."

Tief im Innern hatte Lotte die Antwort schon geahnt, aber sie traf sie trotzdem tief in die Magengrube. Die Reise allein fortsetzen zu müssen, erschien ihr so … entmutigend. Unmöglich, sogar.

„Warum?", flüsterte sie.

„Weil … ich müde bin und erschöpft. Ich will einfach nur abwarten und den sprichwörtlichen Tee trinken. Erkundigungen über den Verbleib meiner Familie einholen. Und wenn ich etwas herausfinde, werde ich zu ihnen fahren, wo auch immer sie sind. In der britischen Zone zu bleiben, genau hier, in der Nähe von Hamburg, ist die beste Ausgangssituation für meine Pläne."

„Das könntest du alles auch in Berlin machen", protestierte Lotte kleinlaut.

„Hörst du überhaupt zu, wenn andere Leute dir etwas sagen? Seit wir Stavanger verlassen haben, hat uns jeder gewarnt, dass Berlin der letzte Ort auf Erden ist, wo man hingehen sollte. Meine Familie ist vor der Roten Armee geflohen, ich werde ganz sicher keinen Fuß in die sowjetische Zone setzen. Nur über meine Leiche."

Lotte verstand Gerlindes Gedanken und sie wusste, dass es das Vernünftigste war. Die sichere Alternative. Aber was sie betraf, war die Loyalität zu ihrer Familie viel wichtiger als ihre eigene Sicherheit. Anna hatte so viel für Lotte geopfert. Das Mindeste, was sie tun konnte, war zu versuchen, ihre Schwester zu finden.

„Frau Konrad hat gesagt, ich kann mir Kost und Logis verdienen, indem ich für sie arbeite. Und es steht mir frei, bei Bedarf nach Hamburg zu fahren, um mich bei den Behörden und dem Roten Kreuz nach meiner Familie zu erkundigen. Es tut mir leid, aber ich kann nicht mitkommen. Ich kann es einfach nicht."

Lotte hörte den angestrengten Atem ihrer Freundin in der Dunkelheit, und sie spürte körperlich die Schuld, die von ihr ausging.

„Du brauchst dich nicht schuldig zu fühlen. Es ist meine Entscheidung. Ich hoffe, du findest deine Familie."

„Und ich hoffe, du findest deine."

* * *

Der Abschied am nächsten Morgen war das Schwerste, was Lotte seit Langem getan hatte. Sie hielten sich die längste Zeit in den Armen, wissend, dass sie sich womöglich nie wiedersehen würden. Mit tränenerfüllten Augen winkte Lotte dem malerischen kleinen Haus nach, bis es aus ihrem Blickfeld verschwand.

„Machen Sie sich nicht zu viele Sorgen", sagte Lukas, ein Nachbar des Gastwirts, zu ihr, während er sie mit seinem Lastwagen die Straße entlangfuhr. Er arbeitete für die Briten und transportierte alle möglichen Waren, um die hungernde Bevölkerung zu ernähren und hatte ihr angeboten, sie etwa die halbe Strecke nach Berlin bis an die Grenze zur sowjetischen Zone mitzunehmen.

„Das tue ich nicht", log sie. Nach allem, was sie gehört hatte, hatte sie in Wirklichkeit schreckliche Angst. Außerdem vermisste sie ihre Freundin schon jetzt und wie bei einer frisch amputierten Gliedmaße hatte sie das Gefühl, als wäre Gerlinde noch bei ihr.

„Wir sind da", sagte Lukas und hielt den Wagen in einem Ort namens Schnackenburg an.

Lotte verabschiedete sich, biss die Zähne zusammen und machte sich auf den Weg zur Fähre über die Elbe, die den britischen vom sowjetischen Sektor trennte. Die Überfahrt war erstaunlich problemlos, trotz ihrer fehlenden Reiseerlaubnis für Berlin. Der Kontrollpunkt am Fähranleger war nur mit zwei sichtlich betrunkenen Rotarmisten besetzt.

„Schöne Frau, komm!", rief einer von ihnen mit starkem Akzent.

Ein Schauer lief ihr über den Rücken, so sehr fürchtete sie sich, seinem Befehl zu folgen. Aber welche Wahl hatte sie? Es gab nur einen Weg, die Elbe zu überqueren, denn durch die starke Strömung zu schwimmen, kam nicht infrage. Und das bedeutete, dass sie den Kontrollpunkt passieren und die Fähre betreten musste.

Sie nahm ihren ganzen Mut zusammen und hielt sich ihre Ausweispapiere wie einen Schild vor die Brust. Der Soldat nahm sie mit einer Hand, legte ihr schnell die andere Hand um die Schultern und drückte ihr einen feuchten Kuss auf die Lippen. Lotte stand stocksteif da, schluckte die Galle hinunter und wartete mit wachsender Panik auf das, was als Nächstes passieren würde.

„*Ne zdes*", bellte der andere Soldat. Lotte war zu erschrocken, um zu hören, was er noch sagte. Sie verstand nur die Worte „Nein" und „Hier" und wollte am liebsten vor Erleichterung weinen, als sie losgelassen wurde.

Er warf seinem Kameraden einen wütenden Blick zu und grunzte unwirsch, als sie nach den Papieren in seiner Hand griff. Dann stürzte sie mit pochendem Herzen und wackligen Beinen auf die Fähre. Kaum hatte sie die Sicherheit des Bootes erreicht, gaben ihre Knie nach und sie sackte gegen die Reling.

Ein halbwüchsiger Knabe, dürr wie eine Bohnenstange, mit dunklem Haar und abgetragener Kleidung, die wie ein Zelt an ihm hing, kam auf sie zu. „Ich habe gesehen, was er getan hat."

Lotte nickte und unterdrückte das Bedürfnis, sich zu übergeben.

„Du hattest Glück, dass die beiden zu tun hatten", sagte er.

Sie hob den Kopf und sah in warme schokoladenfarbene Augen. Er konnte nicht älter als dreizehn sein, aber er hatte den wissenden Blick eines alten Mannes.

Die Fähre legte mit einem Ruck auf der anderen Seite des Flusses an und brachte Lotte aus dem Gleichgewicht. Der Knabe ergriff ihre Hand und ließ sie nicht mehr los, auch nicht, als sie ihr Gleichgewicht wiedergefunden hatte.

„Ich bin Markus und du?"

„Alex", sagte sie und ließ ihre Hand in seiner liegen. Auch wenn er nur ein Kind war, gab es ihr den Trost, nicht allein zu sein.

„Du hast einen Jungennamen?"

„Mein richtiger Name ist Alexandra." Sie lächelte. „Wo willst du hin?"

Sein Gesicht verzog sich. „Nach Berlin. Ich hoffe, dort meine Tante zu finden und das, was von meiner Familie noch übrig ist ..." Seine Stimme wurde schrill und in seinen Augenwinkeln erschienen Tränen. Lotte drückte seine schlanke Hand.

„Ich bin auch auf dem Weg nach Berlin. Sollen wir gemeinsam weiterreisen?" Sie überraschte sich selbst mit dem Angebot, denn sie kannte ihn noch keine fünf Minuten. Aber sein kindliches Gesicht sah so unglaublich traurig aus ... und unschuldig. Er würde ihr nichts antun und sie wären zusammen besser dran.

„Aber nicht so, wie du angezogen bist", grinste er und deutete auf ihr schickes Kleid. Auch staubig und schmutzig stach sie in Karens Kleid immer noch wie ein wunder Daumen unter den anderen Reisenden hervor. „Es sei denn, du willst die Aufmerksamkeit der Russen auf dich ziehen."

„Meine Güte, nein!", rief sie aus. „Aber ich habe nichts anderes zum Anziehen."

„Überlass mir das."

Hand in Hand verließen sie die Fähre und gingen in das

Dorf. Markus schien sich gut auszukennen, denn er zog sie hinter sich her zum Friedhof.

Lottes Herz pochte in ihrer Brust. „Was machen wir hier?"

„Was zum Anziehen für dich besorgen."

Lotte schauderte und wollte protestieren, aber Markus war schon losgeflitzt und kam kurz darauf mit einer staubigen Hose, einem Hemd und einer Jacke zurück.

„Du erwartest doch nicht ernsthaft, dass ich die Sachen einer Leiche anziehe?" Lotte wich angewidert einen Schritt zurück.

Markus kicherte glockenhell. „Doch, das tue ich, denn wir werden einen Mann aus dir machen. Und jetzt hör auf, so zimperlich zu sein, und zieh dich aus."

Sie schaute den Knaben an, der das für eine gute Idee zu halten schien und eine lustige noch dazu. „Würdest du dich wenigstens umdrehen?"

Ein weiteres Kichern verließ Markus' Mund. „Kann ich dir vertrauen?"

„Kannst du", antwortete Lotte automatisch, während sie darüber nachdachte, ob sie *ihm* vertrauen konnte.

„Mein richtiger Name ist Martha."

„M-Martha?" Es dauerte ein paar Sekunden, bis die Worte in Lottes Gehirn sickerten. Und dann verstand sie. „Oh."

„Du hättest es niemals erraten, oder?" Martha strahlte vor Stolz. „Ich hab die Sowjetzone schon zweimal auf der Suche nach meiner Familie durchquert und kein Russe hat mich je belästigt. Nicht ein einziges Mal."

Widerwillig zog Lotte den Anzug an, der für einen Mann klein war, aber an ihr schlackerte. Wären da nicht die Hosenträger, hätte sie die Hose bei jedem Schritt verloren.

„Perfekt", sagte Martha. „Aber du musst die Jacke immer geschlossen halten, damit dich dein Busen nicht verrät."

Zum Glück hätte die Jacke zwei von ihrer Sorte aufnehmen können und das wenig schmeichelhafte Kleidungsstück verbarg jede Spur ihrer weiblichen Rundungen.

„Jetzt müssen wir uns nur noch um deine Haare kümmern."

Kaum gesagt, schon getan. Martha fummelte ein Messer aus ihrer Umhängetasche und Lotte schloss entsetzt die Augen, als sie sich an ihren schönen roten Locken zu schaffen machte.

„Erledigt. Deine eigene Mutter würde dich nicht wiedererkennen." Martha schlug sich eine Hand vor den Mund. „Es tut mir leid. Lebt sie noch?"

„Ich hoffe es. Ich bin auf dem Weg nach Berlin, um dort nach ihr und meinen beiden Schwestern zu suchen." Lotte fuhr sich erst mit einer Hand, dann mit beiden durch die Haare – und gab einen fassungslosen Seufzer von sich. Von ihrem ehemals kinnlangen Haarschopf waren gerade noch ein paar Zentimeter übrig. Wahrscheinlich würde sie sich selbst nicht mehr erkennen, wenn sie denn einen Spiegel hätte, um nachzusehen.

„Wir müssen bis nach Wittenberge laufen. Von dort soll es einen Zug nach Berlin geben", sagte Martha mit der Autorität von jemandem, der schon viel zu lange unterwegs war.

KAPITEL 26

Zwei Tage später kamen Martha und Lotte in Berlin an, wo sich ihre Wege trennten. Lotte ging die vertraute Strecke vom Bahnhof Zoo zu dem Wohnblock, in dem sie aufgewachsen war.

Aber nichts war mehr wie früher. Sie erkannte die Straßen kaum wieder und verirrte sich mehr als einmal in dem endlosen Labyrinth der Verwüstung. Es war, als hätte sich der Schlund der Hölle aufgetan und ganz Berlin verschluckt, sodass nur noch geschmolzener Schutt zurückblieb.

Als sie durch die Straßen stapfte, sah sie Frauen, die für Verpflegung anstanden, Frauen, die Trümmer aus den Ruinen entfernten, Frauen, die Steine sammelten, um sie wieder zu verwenden, Frauen, die Ziegelsteine schichteten, Frauen, die Straßenbahnschienen reparierten, Frauen, die Busse fuhren.

Was sie nicht sah, waren Männer.

Nachdem sie so lange in der Garnison von Männern umgeben gelebt hatte, war Lotte erstaunt über ihr offensichtliches Fehlen. Die einzigen männlichen Erwachsenen, die zu sehen waren, waren sowjetische Soldaten, die durch die Straßen schritten, als ob sie ihnen gehörten – was ja den Tatsachen entsprach.

An einer Ecke hielt sie an, um eine müde aussehende Frau nach dem Weg zu fragen, die mit ihren bloßen Händen Ziegelsteine aufhob. Die Fremde streckte stöhnend den Rücken durch und schaute Lotte mit trüben Augen an, die ihr Leuchten längst verloren hatten. „Da runter und dann nach links."

Bevor sie sich in die angegebene Richtung entfernte, konnte Lotte ihrer Neugierde nicht widerstehen: „Warum machen die Männer nicht diese Knochenarbeit?"

„Männer? Welche Männer?" Die Frau wischte sich den Schweiß von der Stirn und murmelte: „Alle tot, in Gefangenschaft oder vermisst. Du hast Glück, dass du noch lebst. Sie haben jüngere Knaben als dich aufgeknüpft."

Das alte Postamt einen Block von ihrem Haus entfernt war nur noch ein Haufen Ziegelsteine, aber die uralte Linde davor stand trotzig wie ein Grabstein und markierte die Stelle. Wie oft waren Lotte und Richard auf die kräftigen Äste geklettert, wenn Mutter ins Postamt musste, um Briefe zu frankieren?

„Es ist undamenhaft, auf Bäume zu klettern. Warum kannst du nicht mehr wie deine Schwestern sein?", hatte Mutter geschimpft. Aber Lotte hatte sie ignoriert und ihre Eskapaden fortgesetzt, bis zu jenem Tag, als sie zwölf Jahre alt war und ein Junge ihr nachpfiff.

„Er kann deinen Schlüpfer sehen, Lotte." Anna und Richard hatten sich vor Lachen gekrümmt und Lotte war nie wieder auf diesen Baum geklettert. Aber jetzt, wo sie Männerkleidung trug, kämpfte sie gegen den unwiderstehlichen Drang an, noch einmal ganz oben in der Baumkrone zu sitzen. Stattdessen fuhr sie sich mit der Hand durch ihr kurzgeschorenes Haar und ging weiter, fest entschlossen, so unverwüstlich zu sein wie dieser geliebte alte Baum.

Als sie endlich an dem Wohnblock ankam, in dem ihre Familie

seit Jahrzehnten lebte, fuhr ihr der Schock in die Glieder und ließ sie erstarren. Sie stand wie festgewurzelt auf der Straße und riss ihre Augen mit jeder Sekunde weiter auf. Ein Auto hupte, weil sie im Weg stand, aber sie rührte sich immer noch nicht.

Ein bedenklich windschiefes Gebäude mit zertrümmerten Fensterscheiben und klaffenden Kratern in den mit Einschusslöchern gespickten Wänden ragte vor ihr auf. Dort, wo sich die Wohnung der Klausens befand, hatte die Wand eine andere Farbe, als wäre sie frisch errichtet worden, um ein Loch zu flicken.

Bitte lieber Gott, lass sie am Leben und hier sein, betete Lotte, obwohl sie sich beim besten Willen nicht vorstellen konnte, dass irgendjemand in diesen Zuständen lebte. Schon gar nicht Mutter, die, was Sauberkeit und Ordnung anging, extrem pingelig war.

Sie schlüpfte durch die Eingangstür, die in den Angeln hing und eilte die beschädigte Treppe hinauf, wobei sie drei Stufen auf einmal nahm. Ein Junge kam ihr entgegengestürzt, schob sich wortlos an ihr vorbei, huschte nach draußen auf die Straße und verschwand.

Lottes Herz blieb fast stehen. Er hatte sie nicht erkannt, aber obwohl er im letzten Jahr um einiges gewachsen war, gab es keinen Zweifel, dass dies ihr Neffe Jan war. Wenn er hier lebte, musste auch der Rest der Familie hier sein. Mit neuer Hoffnung rannte sie in den vierten Stock und stand schließlich mit klopfendem Herzen und schwitzenden Handflächen auf dem Treppenabsatz.

Sie hämmerte mit beiden Fäusten gegen die Tür, ohne sich darum zu scheren, dass sie die ganze Nachbarschaft alarmierte. Nicht einmal die Tratschtante, Frau Weber, konnte ihr in diesem Moment Angst einjagen. Was sollte sie schon tun, wenn die totgeglaubte Tochter der Nachbarn nach Hause kam? Sie bei den neuen Machthabern denunzieren?

„Was hast du vor, du Spinner?" Ihr Schwager Peter öffnete

die Tür und sah sie wütend an. Das letzte Mal als sie ihn in Warschau gesehen hatte, war er ein beeindruckender, ja, furchteinflößender, und stämmiger Mann gewesen. Jetzt starrte sie schockiert auf sein hohlwangiges Gesicht und seinen skelettartigen Körper. Sein eigener Anzug hing an ihm genauso lächerlich herab wie die gestohlenen Kleidungsstücke an ihr.

Vor Schreck konnte sie kein einziges Wort herausbringen.

„Willst du eine Tür aufbrechen, die sowieso schon in den Angeln hängt? Wir haben kein Geld und auch sonst nichts. Verschwinde." Peter versuchte, ihr die Tür vor der Nase zuzuschlagen, aber sie war schneller und schob einen Fuß zwischen Tür und Angel.

„Peter, ich bin es ..."

In diesem Moment hörte sie die Stimme ihrer Schwester Anna, die rief: „Wer ist da an der Tür?"

Bevor Peter etwas sagen konnte, schrie sie: „Anna. Ich bins, Lotte."

Augenblicke später starrte sie ihre Schwester an, die einen Ausdruck völligen Unglaubens in ihren Augen hatte.

„Lotte, Herzchen, du hast es nach Hause geschafft." Anna schob ihren Mann beiseite, schlang die Arme um ihre Schwester und die beiden heulten noch auf der Schwelle wie Schlosshunde, bis Peter sie schließlich in die Wohnung bugsierte.

„Oh, Anna ..." Lotte hatte sich so lange danach gesehnt, wieder mit ihrer Familie vereint zu sein, dass ihr jetzt die Worte fehlten. Alles verschwand wie hinter einem Schleier und irgendwann fand sie sich auf einem abgewetzten Sofa wieder, ein Glas Wasser in den Händen haltend.

„Meine Güte, Lotte, wir haben von deiner Evakuierung gehört und dass du vermisst wirst ..." Anna umarmte sie so fest, dass sie dachte, ihre Rippen würden bersten. „Ich bin so froh, dass du es geschafft hast."

"Wo ist Mutter? Und Ursula?"

„Ursula ist mit dem Baby bei Tante Lydia und Mutter macht

Besorgungen."

„Gott sei Dank ..." Lotte traute sich kaum, ihre nächste Frage zu stellen. „Was ist mit Richard? Und Vater?"

Anna schüttelte traurig den Kopf. „Wir haben nichts von ihnen gehört."

„Was ein gutes Zeichen ist", sagte Peter. „Wenn sie tot wären, hätte man eure Mutter informiert." Das war ein schwacher Trost.

„Ich habe Jan die Treppe hinunterstürzen sehen, aber er hat mich nicht erkannt."

Peter gluckste. „Ich hab dich auch nicht erkannt. Dachte, du wärst einer dieser Landstreicher, die betteln kommen."

„Was ist mit deinen Haaren passiert?", fragte Anna.

„Die mussten ab. Es war sicherer, so zu reisen."

Die bodenlose Qual in Annas Augen sagte Lotte, dass ihre Schwester nur zu gut wusste, wovon sie sprach. Ihnen beiden war Schreckliches zugestoßen, aber wenn sie überleben wollten, mussten sie die Vergangenheit begraben und niemals wieder darüber sprechen.

„Sieh es positiv, Lotte. Es hat neunzehn Jahre Auflehnung gebraucht, bis du bekommen hast, was du wolltest, und zu einem Jungen geworden bist." Anna gab sich alle Mühe, die Stimmung aufzuheitern.

Lotte lachte, als sie die Wahrheit erkannte. „Da irrst du dich, Schwesterherz. Ich wollte nie ein Junge sein. Ich wollte nur all die aufregenden Dinge tun, die Jungs tun dürfen und Mädels nicht."

„Apropos Jungs. Hast du Neuigkeiten von dem Soldaten, in den du dich verguckt hast?", fragte Anna.

Ihre Familie hatte Johann nie kennengelernt, denn er hatte in Warschau bleiben müssen, als Lotte letztes Jahr auf Heimatbesuch war.

„Er wurde im Januar von den Russen gefangen genommen. Seitdem habe ich nichts mehr von ihm gehört." Ihr Herz schmerzte bei dem Gedanken an den Mann, den sie liebte. Sie klammerte sich an die Hoffnung, dass er bald freigelassen werden und an ihre Seite zurückkehren würde.

Zum Glück hatte sie keine Zeit, lange Trübsal zu blasen, denn die Tür öffnete sich, und Mutter betrat die Wohnung.

„Was ist ..." Mutter ließ ihre Einkaufstasche fallen und ein Dutzend Kartoffeln, für die sie vermutlich stundenlang angestanden hatte, purzelten auf den Boden. Lotte stürzte sich in die geöffneten Arme ihrer Mutter. „Lotte, mein Kleines. Gott ... mein Schatz ... du bist da ... mein Mäuschen ist da."

Und ausnahmsweise störte es Lotte kein bisschen, dass ihre Mutter sie immer noch Kleines nannte. Sie war am Leben und wieder zu Hause.

* * *

DANKE, dass Sie sich die Zeit genommen haben, ENTHÜLLTE TARNUNG zu lesen. Wenn Ihnen dieses Buch gefallen hat, würde ich mich sehr über eine Rezension freuen.

Das nächste Buch der Reihe **Kriegsjahre einer Familie** ist die lang erwartete Fortsetzung der Liebesgeschichte von Ursula und ihrem britischen Piloten Tom. Sie treffen sich nach dem Krieg wieder, aber eine Beziehung ist aufgrund der Verbrüderungsverbote der Alliierten nicht möglich.

Lesen Sie Glücklich Vereint, um herauszufinden, ob ihre Liebe füreinander stärker ist als alle Hindernisse. Im Buch erfahren Sie außerdem mehr über Richard und Katrina, Anna und Peter, Lotte, Mutter und Tante Lydia.

UND WENN SIE noch nicht alle Bücher der Reihe gelesen haben, melden sie sich hier für meinen Newsletter an http://marion kummerow.de und lesen die Kurzgeschichte GEWAGTE FLUCHT, die es exklusiv für meine Abonnenten gibt.

ANMERKUNGEN DER AUTORIN

Liebe Leserin, lieber Leser,

Lotte hat seit dem Band DUNKLE NACHT, als sie ein impulsiver, sechzehnjähriger Teenager war, viel erlebt. Sie musste lernen, dass jede Handlung Konsequenzen hat und dass die Welt nicht schwarz oder weiß ist.

Einige von Ihnen haben sich beschwert, dass sie im ersten Buch zu unreif und egoistisch war – was natürlich stimmt. Aber ich denke, sie ist gereift und wurde zu einer aufrechten jungen Frau in TOLLKÜHNER AUFSTAND, wo sie sich in Johann verliebt, als sie während des Warschauer Aufstands in Warschau sind.

ENTHÜLLTE TARNUNG ist der Abschluss ihrer Geschichte, wenn auch nicht ganz. Sie wird im nächsten Buch der Reihe, GLÜCKLICH VEREINT, noch einmal auftauchen, welches die lang erwartete Fortsetzung der Liebesgeschichte zwischen Ursula und ihrem britischen Piloten Tom bringen wird.

Die Deutschen besetzten Norwegen früh im Krieg, aber weil Hitler die Skandinavier als Teil der überlegenen arischen Rasse betrachtete, litten sie nie unter der gleichen brutalen Unterdrückung wie etwa die osteuropäischen Länder.

Vor vielen Jahren, direkt nach dem Abitur, war ich im Urlaub in Norwegen. Der Preikestolen am Lysefjord ist eine der beeindruckendsten Sehenswürdigkeiten, die ich je gesehen habe, deshalb konnte ich nicht widerstehen, dieses majestätische Naturwunder im Buch zu erwähnen. Wenn Sie jemals die Gelegenheit haben, Norwegen bzw. Stavanger zu besuchen, lohnt es sich auf jeden Fall, einen Abstecher an den Lysefjord zu machen.

Was die Evakuierung und spätere Gefangennahme der Wehrmachthelferinnen betrifft, gibt es leider nicht viele Informationen. Bei meinen Recherchen fand ich Tausende von Artikeln über männliche Kriegsgefangene, aber die Frauen wurden mal wieder vergessen.

Sie waren zwar keine Soldaten, aber auch keine Zivilisten, sodass die Alliierten sie im Grunde behandeln konnten, wie sie wollten und oft ratlos schienen, was sie mit ihnen machen sollten. Die Sowjets waren in der Beziehung die Schlimmsten und jene Frauen, die das Pech hatten, auf dem Balkan oder in Osteuropa in Gefangenschaft zu geraten, kamen in der Regel nicht mehr nach Hause. Tausende wurden in Arbeitslager in Russland geschickt, wo die meisten umkamen.

Selbst die Wehrmacht wusste nicht wirklich, wie sie mit ihren Helferinnen umgehen sollte. Die befehlshabenden Offiziere hatten einerseits den Befehl, alle weiblichen Hilfskräfte „im Notfall" zu evakuieren, andererseits wurden die Wehrmachthelferinnen gebraucht, um die Einsatzbereitschaft der Truppe zu gewährleisten. Wenn also ein Offizier die Frauen zu früh evakuierte, wurde er wegen Defätismus und Feigheit angeklagt, aber wenn es zu spät war und sie gefangen genommen wurden, klagte man ihn wegen Verstoßes gegen den Befehl, die Frauen in Sicherheit zu bringen, an. Es war wirklich eine ausweglose Situation für die Vorgesetzten, die oft ihre eigene

Karriere riskierten, um die Frauen zu schützen, indem sie sie nach Hause schickten.

Die Mittsommernacht oder Sankt Hans, wie sie in Dänemark genannt wird, ist in den nordischen Ländern ein riesiges Fest, das den längsten Tag des Jahres markiert. Ich verbrachte einen Sommer in Finnland, wo die Sommersonnwende die wichtigste Feier des ganzen Jahres ist. Unter der Naziherrschaft war sie verboten, aber sobald der Krieg vorbei war, besannen sich die Menschen wieder auf ihre alten Traditionen.

Mein Dank geht wie immer an meine Coverdesignerin Daniela Colleo, die es jedes Mal schafft, meine diffusen Vorstellungen in ein fertiges Cover zu verwandeln. Die wunderbare Cathleen, eine Reenactment-Darstellerin, und ihr Mann, ein Fotograf, haben für mich das fantastische Foto von „Lotte" in einer originalgetreu nachgeschneiderten Wehrmachthelferinnen-Uniform gemacht.

Mein größter Dank geht aber an Sie, meine lieben Leserinnen und Leser. Danke, dass Sie das Leben der Klausens mit Spannung verfolgen, für Ihre wunderbaren E-Mails, den Zuspruch und die netten Worte. Ich liebe es, von Ihnen zu hören!

Nochmals möchte ich Ihnen von ganzem Herzen danken, dass Sie sich die Zeit genommen haben, mein Buch zu lesen, und wenn es Ihnen gefallen hat (oder auch nicht), würde ich mich über eine aufrichtige Rezension freuen.

Den nächsten Band der Familiensaga gibt es hier:
Glücklich Vereint

Marion Kummerow

Liebe und Widerstand im Zweiten Weltkrieg

- Band 1: Unnachgiebig
- Band 2: Unerbittlich
- Band 3: Unbeugsam

Kriegsjahre einer Familie

- Prequel: Gewagte Flucht
- Band 1: Blonder Engel
- Band 2: Dunkle Nacht
- Band 3: Tödlicher Ehrgeiz
- Band 4: Agentin wider Willen
- Band 5: Beherzte Rettung
- Band 6: Tollkühner Aufstand
- Band 7: Enorme Opfer
- Band 8: Bittere Tränen
- Band 9: Enthüllte Tarnung
- Band 10: Glücklich Vereint
- Band 11: Heftige Strafe

- Spin-off: Nicht ohne meine Schwester
- Spin-off: Nur die Liebe heilt ein Herz

Schicksalhaftes Berlin

- Band 1: Eine Zeit des Aufbaus
- Band 2: Eine Stadt der Hoffnung
- Band 3: Ein Spielball der Mächtigen
- Band 4: Eine Fahrt ins Ungewisse

Margaretes Weg

- Prequel: Neugeboren aus der Lüge
- Band 1: Ein Licht der Hoffnung
- Band 2: Am Ende dunkler Tage
- Band 3: Die Frau im Schatten

Flüchtlingskind

KONTAKTINFORMATIONEN

Ich freue mich über jede Zuschrift:

Twitter:
http://twitter.com/MarionKummerow

Facebook:
http://www.facebook.com/AutorinKummerow

Website
https://www.marionkummerow.de

Made in the USA
Monee, IL
07 July 2026